D1734302

¿Es la perrita Blackie?
Que deje de comer, y que se ponga.

EL LIBRO DE

Gila

ANTOLOGÍA TRAGICÓMICA DE OBRA Y VIDA

Diseño de cubierta y de interior: Setanta
www.setanta.es
© de las fotografías de cubierta y de interior:
Miguel Gila y Herederos de Miguel Gila

© Miguel Gila y Herederos de Miguel Gila, 2019
© del prólogo y la antología: Jorge de Cascante
© de la edición: Blackie Books S.L.U.
Calle Església, 4-10
08024, Barcelona
www.blackiebooks.org
info@blackiebooks.org

Maquetación: Setanta
Impresión: Liberdúplex
Impreso en España

Primera edición: marzo de 2019
ISBN: 978-84-17552-29-9
Depósito legal: B 4019-2019

Todos los derechos están reservados. Queda prohibida la reproducción total o parcial de este libro
por cualquier medio o procedimiento, comprendidos la reprografía y el tratamiento
informático, la fotocopia o la grabación sin el permiso expreso de los titulares del copyright.

EL LIBRO DE

Gila

ANTOLOGÍA TRAGICÓMICA DE OBRA Y VIDA

Edición y textos de Jorge de Cascante

Índice

Sobre esta edición

Un borrico es un caballo que no ha podido ir a la escuela.
—MIGUEL MIHURA

E ste libro existe para que Miguel Gila siga existiendo. Para que no deje de existir ni cuando estemos dormidos, que es casi siempre.

Con esa idea en mente he procurado armarlo. Esta edición se maneja en un 95% con la voz y la palabra del humorista, y la tercera persona entra muy poquito una vez sobrepasada esta nota inicial. Este no es un libro *sobre* Miguel Gila, ni *de* Miguel Gila. Este libro *es* Miguel Gila. Y se acerca a su esencia centrándose en su labor literaria, tal vez la faceta suya más oscurecida por su extrema popularidad. Era un escritor estupendo. Fino, cariñoso y divertido como una liebre imposible de alcanzar. Se ajustaba a las voces de sus personajes como nadie, sabía lo que hacía, y pienso que se nota mucho.

Para mí —que hasta hace unos meses sólo me lo sabía de verlo en la tele—, Gila era un castizo universal, un soldado por la paz que reunía todo lo que hay de bueno y de distinto en España. Le reconocía giros y gestos que me habían rodeado siempre y pensaba *este tío es de Madrid de fijo, pero va más allá.* El ir más allá era lo argentino (vivió un tercio de vida en Buenos Aires) y lo catalán (vivió otro tercio por Les Corts). Siempre mucho más allá. Luego me enteré de que no sólo era de Madrid: era de mi barrio, de Chamberí, a dos calles de lo mío. Todo cuadrando como nunca. Miguel Gila es mi pastor, nada me falta.

Por casa siempre hubo singles y cassettes con los monólogos de Gila. Propiedad de mi abuelo, don José María de Cascante, que lloraba de jolgorio escuchándolos y se los sabía de memoria. Se hacía el silencio cuando Gila aparecía en la pantalla de la tele y aunque yo no entendía todo lo lejos que estaba yendo aquel hombre con las cosas que decía, sí que tenía claro que estábamos siendo testigos de algo importante. Recuerdo estar en el salón de casa y escuchar a Gila decir: *El otro día voy por la calle y veo a nueve tíos metiéndole una paliza brutal a uno. ¿Te lo puedes creer? Buah. ¡Nueve contra uno! Pallá que me fui escopetao directo al bulto, ¡y le dimos una somanta de hostias entre los diez...!* Ver reír a mi familia en pleno con esa coña trajo consigo una iluminación que todavía me dura.

* * *

El año pasado edité un libro siamés de éste que tienes ahora entre las manos. Iba de Gloria Fuertes, venía con sus poemas y sus cosas, y entre sus cosas estaba el propio Gila, que fue amigo y vecino y casi novio suyo durante la adolescencia de ambos. Entre estas cosas de Gila que lees ahora, también está Gloria, hilo conductor tan contento que me ha llevado a tejer este otro volumen sin moverme de mis dos calles de Chamberí. Gila es una continuación de Gloria, y de Quevedo y de Valle-Inclán y del humor negro de Ambrose Bierce y de los cuentos de vecinos peleados de Emilia Pardo Bazán leídos una tarde de mucho sol en el parque del Retiro.

Mi sueño es hacer libros y más libros de gente que haya vivido a dos calles de mí, y descubrirle al mundo lo bien que se puede estar jugando en corto y entre amigos, porque la amistad es siempre lo más importante.

Al igual que le sucedió a Gloria Fuertes, la fama televisiva ensombreció un poco lo buen escritor que era Gila, lo rápido y lo bien que soltaba lastre y esa manera de contarse a sí mismo que tanta felicidad te provoca si estás con el ánimo abierto. Él se refería a sus anécdotas (género mayor) como *aguafuertes*. Los aguafuertes de Gila son aguafuertes que parecen apañados por un Roberto Arlt chiquitín y pobre, de polizón en un crucero de lujo. Y son de lo mejor que hay, por favor. Van setenta en este libro, echa un ojo si no me crees, no soy objetivo. Si eres objetivo con Gila es que te has muerto y nadie te lo ha dicho. Cuidado con eso.

Miguel Gila murió en 2001. De no haber preferido marchar lejos, cumpliría cien años este próximo marzo. Cien años, parece mentira. Igual es mentira. Miguel Gila vuelve a la vida cada vez que alguien pone un telediario a cualquier hora, cada vez que alguien discute con alguien a través de Internet, cada vez que vas a comer a casa de tus padres y alguien suelta una opinión de brocha gorda. Miguel Gila es la raíz del árbol que nunca muere. Supo entender a los de aquí y a los de allá y unió a las personas más cabreadas del mundo —las personas de España— con un idioma que hablaban todos: la risa que no cesa.

* * *

Existe una raza de pájaro carpintero que habita según qué zonas de Nevada y Arizona y que se llama Gila. El Gila. Un pajarito que pica siempre en el mismo sitio por si acaso picando y picando lograr tirar abajo el bosque entero. Igual que nuestro Gila, que además vivió durante una temporada en Arizona (¿serán esos pájaros hijos suyos?).

La banda Beach House tiene una canción titulada "Gila", que no pasaría del chascarrillo del título de no ser por esa primera línea que dice: *Man, you got a lot of jokes to tell*. Todo esto es real, no me lo invento. Peinando esta dimensión en busca de la verdad de Gila he llegado a pensar que la realidad misma estaba organizada en torno a su teléfono y su boina.

Humorista de traje negro y camisa roja y dientes por fuera y corazón por fuera, Gila nació pobre y creció pobre y fue a la guerra y a la cárcel y a otra cárcel y a otra más y siguió de pobre y pasando ese frío zamorano que te lo quita todo. Y cuando le llegaron las pesetas se las gastó como un caballo loco por si no le volvían a llegar y leyó a Poe y leyó a Zane Grey y leyó todas las novelas del Oeste. Y aprendió lo que tenía que aprender sin olvidar ni media vuelta de lo que ya sabía desde antes de nacer: que no somos nada, pero que siendo nada también podemos pasar un buen rato.

La vida de Gila es la vida de alguien sobrepasado y pasmado por los acontecimientos, pero que sabe narrar ese pasmo. Es la vida de un hombre serio que hace felices a los demás, un hombre con tendencia al recogimiento pero siempre enamorado. Como dice en un poema dedicado a su esposa María Dolores: *Me encuentro raro sin ti | en este mundo lleno | de gente vacía, | que no lo llena.* Ese runrún lleva Gila por dentro mientras la gente ríe, ese saberme solo por completo cuando no estoy contigo. La única música posible si no quieres volverte loco.

* * *

Siempre con el débil, siempre riendo a su lado para regatear la desgracia, intentando hacer del mundo un lugar mejor carcajada a carcajada. Ejecutando una crítica nada encubierta a la desigualdad de todo tipo, a la clase política, a los militares, al machismo, a la Iglesia. En todo momento desde el punto de vista del perdedor, de quien no tiene ni una oportunidad para recuperar el paso. Con un fusil en la guerra y con un teléfono después.

Encarando los temas más universales de la forma más sencilla posible, con un lenguaje claro y un tono mundano, con la voz del pueblo como si le lloviera cada mañana.

En las galas de fin de año y en las madrugadas del sábado por la noche, entrando a escena con el teléfono negro entre una actuación de Depeche Mode y otra de Franco Battiato y luego otra vez antes de Patti Smith sin que los pobrecitos supieran que eran ellos los que estaban trabajando entre las actuaciones de Gila.

Logrando que aquellos textos delirantes parecieran siempre leídos por primera vez. Como dichos por alguien que se inventa un cuento sobre la marcha para entretener a un niño. Que daba las gracias después de cada actuación y decía: *Os quiero, os quiero mucho a todos.* Y os quería.

Gila era una persona tranquila que no alzaba el tono para imponer ninguna idea a nadie, y que siempre sabía ver la costura de la chanza en las zonas más impracticables. Un hombre meticuloso, siempre fiel a sus principios, que vivía feliz siguiendo las rutinas de cada día mientras dibujaba sus viñetas de marquesas, mendigos, monjas y soldados. Que tenía una visión positiva de la realidad, siempre rodeada de ternura.

Sin Gila tal vez no habría existido Pepe Rubianes, ¡aunque sólo sea por eso!

Este libro es la historia de alguien que vivió los peores momentos del siglo XX en España y aguantó gracias a su sentido del humor. Un sentido del humor negrísimo y precioso.

* * *

Cuando alguien destaca y brilla tanto como Gila, las personas que prefieren vivir en penumbra hacen todo lo posible por taparlo. Es habitual que al hablar de él salga siempre un español que diga que Gila contaba mentiras. Que no lo fusilaron en la guerra, que no estuvo en la cárcel, que su debut no fue tan de película como él contaba, que tan comunista no sería cuando actuó para Franco en las funciones privadas del Palacio de La Granja, que no se exilió por la dictadura sino por las deudas.

La única fuente de estos comentarios (y he rascado durante meses) es una columna de opinión escrita por el escritor y militar franquista Ángel Palomino y publicada en un periódico de tirada nacional a los quince días de morir Gila. Quince días de protocolo que se antojan pocos para empezar a lanzar mentiras.

Al respecto de las visitas para complacer a Franco (o a su esposa, Carmen Polo, que era la verdadera fan), dejo que hable Joan Manuel Serrat: *Cuando escucho a alguien ya veterano acusar a Gila de haber actuado para Franco, nunca es alguien que diga: "A mí me invitaron a actuar para Franco y me negué". No, siempre lo escucho de mediocres, de gente a la que jamás invitaron a ninguna parte. Tener tanto éxito como Gila y negarse a actuar para Franco no era una opción... Si no lo has vivido, mejor no hables.*

La mixtificación que recae sobre la existencia de Gila es, en parte, culpa del humorista, que mezcló siempre su vida y su obra borrando las distinciones entre ambas, como buen *raconteur*, permitiéndose volar, en ocasiones, demasiado alto. Pero una cosa no quita a la otra: salió vivo de un fusilamiento, estuvo en la cárcel y se fue de España harto de la dictadura pero por decisión propia, algo que jamás negó. Eso sí, su debut no fue como él lo contó; no saltó de espontáneo, su actuación estaba anunciada en los carteles y en los periódicos del día.

Como dice Gila en su monólogo de los catetos: *Si no sabe usted aguantar una broma, márchese del pueblo.*

* * *

El Libro de Gila trae un orden biográfico sutil, nunca rígido, y se puede abrir por cualquier página porque trae perlas repartidas por todos sus rincones. Las páginas de fondo rojo son las páginas de vida y las de fondo blanco las de obra, *que viene de obrero:* monólogos, diálogos, cuentos y ocurrencias. Artesanías de un hombre que viaja. Vida y ficción se entremezclan y se dan la réplica entre viñetas, fotos y pies de foto (de alta densidad) y recortes de periódicos que alumbran el camino.

No habría sido posible montar este álbum de recuerdos y burradas de ciudad y de pueblo sin la ayuda de Malena Gila, que con todo el amor del mundo puso a mi disposición los quehaceres y artilugios de su padre. Entrevistas, notas personales, cartas y charlas con sus amistades han facilitado la labor de urdir los aguafuertes de su vida de la forma más fiel posible. Las piezas de ficción han sido editadas por mí a partir de las múltiples versiones que había de cada una (gracias al sistema de prueba y error con el cual Gila refinaba su material) y las anotaciones manuscritas del propio autor. Falta en los monólogos la cadencia de Gila, pero creo que siguen funcionando a otro nivel, como un reloj de los buenos.

Entre la obra he colado algunos poemas que fueron publicados por primera vez en el magnífico libro *Miguel Gila: Vida de un genio* (Libros del Silencio, 2011), firmado a cuatro manos por Marc Lobato y Juan Carlos Ortega. No es raro en absoluto que Gila escribiera poesía después de haberse pasado media existencia buceando en el humor más absurdo.

Este libro, a pesar de ir siempre con la voz del propio Gila (manteniendo incluso sus tan bellos laísmos y leísmos) y estar del todo escrito por él, es una visión muy personal que tengo yo de su figura, y como tal viene con unas cuantas omisiones y unos cuantos apegos que supongo que habrá gente que no los entienda. No se ha perseguido el completismo, ni la certeza, sino el echarse unas risas y el ponerse tiernos, las dos cosas todo el rato.

Este libro carece de ideología política pero saldrá de la imprenta con bastante rojo en sus páginas.

* * *

Miguel Gila es una figura clave para entender la cultura española de todo el siglo XX.

A día de hoy aún habrá gente que piense que Gila era un ser humano, pero no lo era: Gila era un mensaje. Un recordatorio de todo lo que une a las personas y de todo lo que amenaza con dividirlas. Un mensaje de doblarse de risa, que es de las cosas más bonitas que se puede hacer mientras rondas —o pululas— por la Tierra.

Gila nos enseña que incluso en la máxima pobreza, en la depresión, en la guerra y hasta en la muerte, el humor puede salvarnos. Nos dice que no nos preocupemos, que siempre hay una luz, hasta en la noche más cerrada.

Y pegado a un teléfono viejo demuestra que la distancia más corta entre dos puntos no es una línea recta, sino una risa larga que nos libera y hace que vislumbremos, aunque sólo sea por un segundo, la verdad más absoluta: nada tiene sentido, pero todo es tan bonito.

Jorge de Cascante
Madrid, diciembre de 2018

JORGE DE CASCANTE (Madrid, 1983), más que otra cosa, escribe. Su primer libro, *Detrás de ti en el Museo del Traje*, una colección de relatos, se publicó en 2014 en la editorial El Butano Popular. Colabora en publicaciones como *Apartamento*, *Tentaciones* o *La Vanguardia*. Su segundo libro, *Hace tiempo que vengo al taller y no sé a lo que vengo*, será editado por Blackie Books en mayo de 2019. Cascante es la última persona viva que sigue disfrutando al hablar por teléfono durante horas. Si Gila y él se hubieran conocido habrían ocupado esas horas charlando acerca de perros, desayunos, paseos lánguidos por el centro de la ciudad y los placeres de una soledad bien administrada.

Vida de Gila

De cómo atravesó Gila el siglo XX procurando llorar poco y reír mucho

Miguel Gila nace en el distrito de Tetuán, en Madrid, el 12 de marzo de 1919. Su padre, que era ebanista, había muerto pocos meses antes tras sufrir un accidente en Barcelona. Su madre, Jesusa, una estuchadora de azúcar convertida en viuda casi adolescente (diecinueve años recién cumplidos), se traslada a Madrid embarazada para buscar el apoyo de la familia de su marido. Desde su nacimiento, Gila vive con sus abuelos paternos en una buhardilla minúscula que comparten con sus tres tíos solteros.

Estudia en el colegio religioso Raimundo Lulio, en la plaza de Chamberí, en donde se dedica a no prestar atención en clase, dibujar en los libros de texto y pasárselo lo mejor posible a pesar de sobrevivir en un contexto de pobreza acuciante. *Me echaron del colegio a los trece años, por travieso. Estuve dos meses yendo al río Manzanares a hacer novillos sin saber qué otra cosa hacer. Luego me coloqué de empaquetador en la fábrica de chocolates de El Cafeto, en el paseo del Pacífico. A los catorce años empecé a trabajar de aprendiz en Carrocerías MEL, unos talleres que estaban en la calle Eloy Gonzalo, luego me coloqué de mecánico en otro taller, y ya no tuve la oportunidad de estudiar nada que no fuera cómo lograr algo de dinero para llevar a casa.*

Más tarde pasa a ser aprendiz de mecánico en la fábrica de Boetticher y Navarro, todo un logro a ojos de su familia. Allí trabaja su tío Manolo, delegado de la UGT, que le convence para afiliarse al sindicato de trabajadores. Mientras tanto recibe clases de dibujo técnico y artístico en la Escuela de Artes y Oficios.

Se hace militante de las Juventudes Socialistas a los dieciséis años. A los pocos días de estallar la Guerra Civil Española, el 21 de julio de 1936, se alista como voluntario en el Regimiento Pasionaria para más adelante pasar a formar parte del Quinto Regimiento de Líster. Tenía diecisiete años. *No es que yo tuviera una ideología concreta como para alistarme en el Regimiento Pasionaria. Yo pensaba que aquello iba a ser una guerra como las que salían en las novelas juveniles de aventuras que leía yo. Las de James Oliver Curwood o las de Zane Grey. Pensaba que el hecho de tener un rifle en mis manos iba a hacer de mí un gran cazador, un guerrero. Pero pronto me di cuenta de que no tenía nada que ver. Yo no era ningún guerrero, y aquello era una cosa seria.*

* * *

Durante la guerra es destinado, entre otros lugares, a Sigüenza y Somosierra y a los frentes de Madrid, Guadalajara y Ebro. A mediados de 1937 pasa un tiempo en Extremadura. Durante la guerra le sobrevienen toda clase de infortunios y penalidades. *Más que las balas, la sed, el hambre, las heridas o los piojos, lo que más pesa de estar en el ejército es la humillación. Eso de que llegue alguien a quien no has visto en tu vida y te diga que es tu superior y le tienes que obedecer, y te ordene hacer cualquier cosa ridícula y no puedas ni abrir la boca.*

El 6 de diciembre de 1938, en El Viso de los Pedroches (Córdoba) es capturado por mercenarios del Ejército Nacional y puesto frente a un pelotón de ejecución junto a otros trece compañeros. El fusilamiento se produce al anochecer, bajo la lluvia y con todos los ejecutores borrachos, lo cual facilita que fallen varios de los disparos y no acierten a dar al cuerpo de Gila. Tampoco efectúan tiros de gracia. Gila se hace el muerto hasta que los mercenarios se marchan y huye del lugar llevando a cuestas a otro compañero herido en la pierna. *No sentí ningún miedo. Estaba tan destruido, tan demacrado de arrastrarme por el suelo, de las heridas, el hambre y todo eso, que sólo quería que terminase ya. Tan es así que recuerdo la última frase que dije, que no fue nada como "Mi reino por un caballo" ni nada épico, lo que dije fue: "Aquí se acaba la historia de Miguel, un buen pedazo de gilipollas", y luego no sé qué pasó, me empujaron, nos caímos todos, yo creo que me caí de culo, de puro susto.*

Dos días después es hecho prisionero de nuevo e internado hasta mayo de 1939 en un campo de concentración cercano, en Valsequillo, tras lo cual pasa distintas etapas en las cárceles de Yeserías, Carabanchel y Torrijos.

Siendo prisionero en el penal de Yeserías, en torno a 1941, retoma su afición por el dibujo y logra que varias de sus viñetas aparezcan publicadas en la popular revista *Flechas y Pelayos*. Ese mismo año empieza a colaborar en la revista humorística *La Codorniz* por intermediación de Miguel Mihura, que ve en el joven Gila un talento considerable. Al principio firma sus colaboraciones como "XIII", en referencia a Alfonso XIII *(los dos éramos hijos póstumos, aunque él de mejor familia que yo)* pero al poco tiempo pasa a firmar —ya de forma definitiva— como "Gila".

Es liberado por un decreto ley en 1942. Mediante la falsificación de un certificado de buena conducta que le prepara un amigo logra entrar a trabajar como mecánico en la fábrica de construcciones aeronáuticas CASA, en Getafe. Pero al pertenecer a la llamada "Quinta del Biberón" (soldados republicanos casi siempre menores de edad), las autoridades militares lo reclaman para que cumpla con los cuatro años de servicio militar obligatorio. *Entre la guerra, el campo de prisioneros, las cárceles y la mili, pasé casi diez años en el ejército. Siempre me imagino a mí mismo vestido de soldado, por eso no se me hace raro vestir de uniforme en mis actuaciones.*

Lo destinan a Zamora, en donde —más que hacer la mili— trabaja de chófer de un coronel franquista, labor que le permite tener bastante tiempo libre para inventar historias en su cabeza y seguir dibujando.

Cuando terminé la mili me puse a trabajar en el diario Imperio y en Radio Zamora con el único propósito de adqui-

rir alguna cultura que notaba que me faltaba, igualito que el Proust en "A la busca del tiempo perdido".

En 1944 contrae matrimonio con una de las hijas del dueño de la pensión de Zamora en la que se hospeda, una mujer llamada Ricarda. *Cuando le cuento a la gente que yo me casé porque en Zamora hacía mucho frío se piensan que les tomo el pelo, pero ése fue el motivo real de mi boda. Nunca hubo ni amor, ni cariño. Solo el frío.*

Tras hacer la mili, se establece de forma definitiva en Zamora y empieza a trabajar en la radio local presentando varios programas de música y de actualidad, entre ellos uno titulado "De Pepe Blanco a Wagner" en el que trata de descubrir sus canciones preferidas a las gentes de los pueblos. *En Radio Zamora anunciaba calcetines, jabones, sopas... radiaba partidos de fútbol, escribía guiones y hasta barría los pasillos con esmero. Considero muy difícil la profesión radiofónica, primero porque hay que decir cosas como "dentrífico" y palabras así sin equivocarse, y segundo porque hay que hablar de asuntos que uno desconoce por completo, cosas de política o de economía que te obligan a improvisar casi siempre.*

Viviendo en Zamora entabla amistad con los tres hermanos Ozores, sobre todo con José Luis Ozores, con el cual trama toda clase de travesuras, como si viviera una segunda infancia. Sus amistades le animan a que dé el salto a Madrid, cosa que hace al fin —gracias a la ayuda de la actriz Conchita Montes— en marzo de 1951. Deja atrás a su esposa, con la que apenas convivía, porque ella se niega a viajar a Madrid. Pero no se separan de forma legal por las enormes dificultades que había en España por aquel entonces para obtener el divorcio. *El divorcio apenas existía, pero lo que sí existía era el "ahí te quedas".*

* * *

En Madrid, Gila pasa numerosas privaciones y conoce el estilo de vida de los artistas de la época. *Conocía a gente, pero era*

gente como yo. Gente pobre. Todos los que íbamos al Café Va-
rela pagábamos el café con un dibujo o un poema. Su principal
apoyo en esos primeros meses es el dibujante Antonio Mingote.
Cuando llegué de Zamora sobreviví gracias a Mingote, que me
dejó quedarme en su casa una temporada y compartió conmigo
lo poco que tenía. Una peseta con veinticinco céntimos costa-
ban un plato de lentejas y una naranja en la calle de las Con-
chas, y eso comíamos siempre. Décadas después siento que me
sigue sabiendo la boca a lentejas y naranjas.

El 8 de octubre de 1951, Gila actúa por primera vez de
forma profesional interpretando una versión primigenia de lo
que sería su famoso monólogo de la guerra (*Sólo he traído una*
bala, mi sargento. Pero se me ha ocurrido que le puedo atar un
hilo y así me vuelve después de matar y puedo seguir matando).
Más que un estreno, es un asalto: irrumpe en el fin de fiesta
del teatro Fontalba de Madrid y empieza a hablar al público,
que lo vitorea desde el principio y no para de aplaudir. *No es-*
peraba que me fuera tan bien pero sí esperaba hacerlo medio
bien, porque había ido mucho de espectador al teatro y veía que
faltaba ese humor que sí que estaba en las calles de Madrid, un
humor muy concreto, muy de soltarlo y darte la vuelta. Un poco
herencia del surrealismo.

Aquello marca el inicio de su fama. Empieza a trabajar
en Radio Madrid, actúa de forma regular en teatros y salas de
fiestas y da el salto al cine —llegando a trabajar en treinta y
cinco películas—, a los programas de televisión y a la publicidad, con la célebre campaña de las hojas de afeitar Filomatic,
ideada entre Luis Bassat y el propio Gila.

Formé una compañía propia y con ella recorrí toda Espa-
ña y Marruecos. Durante los primeros años de la década de los
cincuenta hice varias películas, "El hombre que viajaba despa-
cito", "¿Dónde pongo este muerto?", "El Ceniciento", "Sitiados
en la ciudad", "El Presidio", "Sucedió en mi aldea", "Los gam-
berros", y muchas más; en unas como protagonista y en otras
con un papel importante. Escribí y estrené varias comedias:
"Tengo momia formal", en compañía de José Luis Ozores, Tony

Leblanc y Lina Canalejas; "Abierto por defunción", "Contamos contigo", "Éste y yo, sociedad limitada", con Tony Leblanc y Lina Morgan; "El mundo quiere reír", "La nena y yo", con Mary Santpere; "La Pirueta", con María Dolores Cabo, y otras tantas.

A mediados de los años cincuenta, en las salas de fiestas de Madrid, se popularizan unos cartelitos en los que se lee: "No se vayan, que luego hay Gila". A veces no había Gila, pero la gente se quedaba siempre por si acaso.

La vida social del humorista se dispara de mano de su fama. En palabras del director de cine Jess Franco: *Las mejores fiestas de Madrid en los años cincuenta las organizaban unos actores que se dedicaban a improvisar doblajes de películas extranjeras, un grupito magnífico: los hermanos Ozores, Antonio Buero Vallejo, que solía doblar la voz del pueblo, no a actores concretos... Gila, que era de los mejores... Qué agilidad mental tenían, eran unos bárbaros.*

Durante una estancia de varios meses en México en 1959 funda la revista de humor *La Gallina* (como extensión y homenaje a *La Codorniz*) junto al dibujante Rius, llegando a publicar nueve números antes de su disolución.

En el plano teatral, Miguel Gila busca pareja artística con escaso éxito: prueba con Tony Leblanc, con José Luis Ozores y con Mary Santpere, pero no termina de cuajar con nadie y aquello le lleva a pensar en una alternativa: tener un compañero que le dé la réplica pero que no esté presente. Se le ocurre emplear un teléfono a modo de compañero silencioso. *Lo de usar el teléfono nació de una convicción mía de que tenía que trabajar solo. Y no por no compartir el sueldo con otro compañero, sino por la idea que me fui haciendo de lo complicado que era mantener una pareja artística durante un tiempo prolongado. Si ya era difícil mantener una novia sin discutir...*

Actúa en en el Palacio Real de La Granja junto a otros artistas montando espectáculos para Franco. *Había que aceptar la invitación. Por todos era sabido que si se rehusaba te hacían la vida imposible, te prohibían trabajar y te vetaban en todas partes.*

Empieza a llamar por teléfono al enemigo, a la fábrica de armas, al cura, a su esposa... Su fama se dispara y se entremezcla con una vida personal agitada. A mediados de los años cincuenta tiene un hijo y una hija —Miguel y Carmen— con la bailarina Carmen Visuerte, fuera del matrimonio. En 1961 comienza una relación con la actriz María Dolores Cabo, a la que permanecerá unido el resto de su vida y con la que tendrá una hija, Malena Gila. La relación con María Dolores es complicada ante la imposibilidad de divorciarse de su primera esposa y las prohibiciones existentes en España a la hora de rehacer la vida después de un matrimonio fallido. La primera esposa de Gila, Ricarda, llega a denunciarlo por adulterio para intentar hacerse con parte de su fortuna (algo que acabaría logrando). *María Dolores y yo nos sentíamos perseguidos. La policía llamó a nuestra puerta una noche a las cuatro de la mañana para levantar un acta por adulterio. Me acordaba de Lola Flores, que decía que es muy difícil que te cojan con un hombre o una mujer en la cama, porque alguno de los dos se tiene que levantar a abrir la puerta cuando llaman al timbre. Es muy desagradable, sobre todo para la mujer, que tenía otro papel en aquella época. Para el hombre era menos grave, pero es que era una cosa como de la Inquisición, yo llevaba quince años sin ver a mi primera esposa, si ella hubiera querido yo me habría divorciado, pero no quería, era una situación que no había por dónde agarrarla. No tenía ningún sentido. Estaba ya harto de que la gente se diera golpes con el codo y nos echase miraditas cuando entrábamos en un café. Eso me ponía muy mal, la verdad. Decidimos irnos fuera porque sabíamos que íbamos a encontrar más libertad.*

A mediados de los años sesenta, el popular locutor de radio José Luis Pécker definía a Gila de la siguiente manera: *Lo arrolla todo. Es el prestidigitador de la risa, el fabricante de las carcajadas, nadie se le resiste, su gracia es para calvos y peludos, para amigos del bicarbonato y para socios de callos y guindillas. Las señoras le aplauden porque las hace morir... de risa. Los caballeros le ovacionan porque les hace reír... tras esa pesada ruta todos los días en pos de la amarilla peseta. Le escuchan los sabios*

y los listos, los corrientitos y los otros. Ricos y pobres, tristes y
soñadores. Todos y todas esperan la voz del gran Miguel Gila.

* * *

Gila se autoexilia en 1968 por una mezcla de cuatro factores:
sus deudas económicas, la imposibilidad de vivir feliz en Madrid al lado de María Dolores, la necesidad de comprobar si
sus monólogos pueden funcionar en el extranjero, y el hartaz-
go que sentía viviendo bajo la dictadura franquista.

De Argentina a México crea una red de amistades con
las que comparte la mayoría de su tiempo. Entre sus mejores amigos de la época se encuentran Anthony Quinn, Gabriel
García Márquez, el torero Antonio Ordóñez y Mario Moreno
(Cantinflas). Desde Argentina colabora con textos y viñetas,
durante cuatro años, en la maravillosa revista Hermano Lobo.

Durante la dictadura argentina da cobijo en su apartamento de Buenos Aires a actores que tienen problemas con el
gobierno, facilitando trabajo para ellos en México y España.
En aquel piso pudimos albergar a varios amigos que no habían
tenido tiempo de emigrar y hacer de puente para que pudieran
salir del país y encontrar en otro la posibilidad de vivir y tra-
bajar sin ser perseguidos, capturados, torturados, y acabar en
una fosa común o lanzados desde los helicópteros de la Marina
en estado inconsciente a las aguas del río de la Plata. Así, supe-
rando el riesgo que conllevaba ese quehacer, logramos ayudar a
compañeros como Norman Brinski, Héctor Alterio, Luis Politti
y muchos más, siempre gracias al contacto y la amistad de Al-
fonso Arau en México y Elías Querejeta en España.

* * *

En 1979, tras verlo actuar en la sala Florida Park de Madrid en
uno de sus esporádicos (y fugaces) viajes de vuelta a casa, el
poeta José-Miguel Ullán escribió lo siguiente en la sección de
cultura de *El País*:

Ahí esta, casi mudo, rodeado de amigos, al fondo de un jardín interior. Antes, cuando retornó a España en 1977, no fui a ver su espectáculo. Turbio temor al chasco. Ese mismo temor que ahora me asalta ante el hombre educado, evasivo y adusto de voz grotesca, explosiva e inolvidable. (...) Oscuridad. Foco central. Y ahí está, boquiabierto, en un plan muy bestia, sólida boina y la camisa a rayas, entre un micrófono y un teléfono, como feroz guerrero sin antifaz: es Gila. (...) A partir de ese instante, su crudeza no va a tener pausas. Ni tampoco las tiene el espectador, sometido al ciclón, con mil amores y dos mil irrefrenables carcajadas. Lo suyo es un festejo neroniano, sanguinolento, babeante, repleto de tullidos y espuma sonrisueña. Tocar o no el violín es ulterior cuestión. En cualquier caso, dice Gila con alas: "Toco de oído y no me dejo aconsejar".

El nombre de Gila suena de nuevo con fuerza en la Península, y empieza a plantearse su regreso definitivo a España.

En Argentina consigue al fin legalizar su situación con María Dolores Cabo: se casan en el consulado español de Buenos Aires en 1984. *El mayor gusto de todo aquello fue que nuestra hija pudiera asistir a la boda.*

Vuelve a instalarse en España en 1987 y pasa a ser una presencia indeleble en la televisión del país durante los siguientes diez años.

Cuando volví a España y me encontré con que había gente que apoyaba a distintos partidos políticos, después de cuarenta años bajo un régimen que no tenía ningún movimiento a su alrededor porque era la única opción de gobierno, me quedé muy sorprendido. La mejoría era evidente, pero con el paso del tiempo ha ido degenerando, y ahora es como si fuesen combates de boxeo entre dos enemigos o partidos de fútbol en los que tienes que ser de uno de los dos. Pienso que todo eso divide a la gente más que la une. Me aburre y me da pena, porque ya lo he visto en el pasado y son situaciones que nunca han terminado bien.

Revive sus monólogos de antaño, dándoles nuevas formas y cadencias más cercanas al aquí y ahora, y los entremezcla con material nuevo. Lo describe perfecto el escritor Marcos Ordóñez en su libro "A pie de obra": *Los espectáculos del último Gila estaban compuestos de grandes éxitos, de números clásicos de su repertorio. Los mismos números que escuchábamos, de pequeños, en la radio, y en aquellos tocadiscos de maletita, y luego en la televisión, y en teatros como la Sala Villarroel de Barcelona, que se apuntó el tanto, a finales de los ochenta, de "presentar" a Gila a las jóvenes generaciones, las que no conocieron los teléfonos negros como catafalcos. Vuelvo a Gila como se vuelve a un clásico, como vuelvo a los tebeos de la escuela Bruguera: historietas que he leído mil veces, que sé de memoria, pero que vuelvo a leer por la inverosímil ligereza de su trazo, por esos colores que ya no existen. Los colores del limbo.*

Participa en numerosos programas en cadenas de televisión públicas y privadas, incluidas las galas de fin de año, en las que Gila es presencia obligada. En 1993 rueda trece capítulos de una serie de televisión que protagoniza junto a Chus Lampreave, "¿De parte de quién?".

Además de sus muchas apariciones televisivas, publica viñetas de humor con regularidad en *El Periódico de Catalunya*, en una sección suya titulada "Encuentros en la Tercera Edad", y presta su imagen como apoyo a la candidatura del PSOE en las elecciones generales a causa de su afinidad con —el entonces presidente— Felipe González. *Yo no me siento parte de ningún partido político. Yo defiendo a la gente desfavorecida, lucho por la gente que tiene menos y voy en contra de la gente que de pronto acumula cincuenta mil millones. Que digo yo que para qué querrá esa persona cincuenta mil millones. No tiene ningún sentido.*

* * *

Miguel Gila fallece el 13 de julio de 2001 en la clínica Teknon de Barcelona. Dos meses más tarde, el escritor Paco Umbral —compañero y amigo en la revista *Hermano Lobo*— escribe lo siguiente acerca de Gila en su columna diaria del periódico El Mundo:

Una de estas noches se ha celebrado un homenaje a Miguel Gila, el original humorista, y poco antes ha habido una cierta polémica de prensa sobre su pasado. Que si fue comunista o no lo fue. Gila fue obrero fresador en Madrid y en Zamora y, se use como se use la Historia, lo que queda claro es que fue siempre un hombre de izquierdas que ya en los años cuarenta, a través de aquella radio de bombilla y anuncios, supo expresar su crítica al militarismo imperante, adoptando una posición naïf que hacía reír incluso a Franco. La otra noche había bastante rojerío en la fiesta del Conde Duque, lo que quiere decir que la clave de Gila fue entendida muy pronto y ha perdurado hasta hoy. No hace falta decir cuál era el bando militarista en la guerra del 36, aunque los paisanos también se comportaron como auténticos coroneles con boina. No es posible quedarse en una interpretación simplista de Gila, ya que su visión ingenua de la guerra no es sino un recurso para pasar la censura, pero un recurso absolutamente genial. El humor, el verdadero humor, requiere siempre una segunda lectura para no quedarse en pasatiempo, aunque también sea un pasatiempo. Casi toda la España de entonces se quedó en la primera lectura. Gila era un paleto muy gracioso y hacía chistes sobre una cosa tan reciente como la guerra, pero chistes que no se metían con nadie. No era así, desde luego. Gila practicó siempre una absoluta demolición del mito militarista cuando España volvía a ser un cuartel. Y lo hizo con la inocente brutalidad con que lo haría un niño. Los que tenían que entender, entendieron.

Imaginario de Gila

De cómo Gila inventó el mundo entero (en sus palabras)

Muy buenos días. Me llamo Miguel Gila Cuesta. Mis padres se llaman Miguel y Jesusa. Hubiera querido nacer en Logroño, pero como mi madre vivía en Madrid, me pareció que era hacerle un feo. Hasta los seis años no hice nada. Luego ya fui al colegio y aprendí todas esas cosas que nos enseñan de pequeños para que de mayores podamos hacer los crucigramas de los periódicos. Trabajé de pintor, de fresador, de chocolatero, arreglando radios y haciendo varias cosas más, fui a la guerra, la perdí y me volví a mi casa. Ahora hago dibujos humorísticos para revistas como *La Codorniz* o *Don José*, cuento monólogos de risa en los teatros y llevo un tiempo trabajando en las películas. Escribí una obra para teatro titulada *Tengo momia formal* y una novelita de humor para el Club de la Sonrisa titulada *El capitán que se estableció por su cuenta*. Me gusta viajar y aprovecho mi profesión para recorrer el mundo. He estado en países en los que no entendía a nadie pero me ha dado igual. En general soy feliz y para recordármelo me doy muchos besos en los brazos todas las mañanas. Hago bastantes cosas y no pienso parar de hacerlas jamás.

* * *

Siempre he procurado mantener la mente clara y prestar atención a los grandes maestros del humor, que para mí son, por ejemplo, Tono, Wenceslao Fernández-Flórez, Quino, Jardiel Poncela, Ramón Gómez de la Serna, Miguel Mihura, Edgar Neville... Toda esa gente de la cual he aprendido tanto.

* * *

Soy una persona sensible. Me conmueven las desgracias y disgustos de los amigos y procuro ayudarlos en lo que puedo. A veces pienso que me gustaría seguir siendo un niño para no tener que vérmelas con los problemas del día a día. El niño no es rencoroso, no trata de molestar a nadie. La vida sería mejor si todos nos sintiéramos un poco más niños y un poco menos oficinistas.

* * *

El disparate tiene que ser verosímil. Tiene que haber una cierta lógica interna. Si digo que he agarrado a una vaca en el campo y me la he llevado a casa y la he sacado al balcón para que tenga la leche fresca, pues es algo que tiene lógica. Lo que no puedo decir es que la vaca sabe hacer castillos de naipes.

* * *

En cuanto a las dedicatorias en los libros, no creo en ellas. Es costumbre, cuando se escribe un libro, dedicárselo a alguna persona o a varias personas, o a un caballo o a varios caballos. Yo, teniendo en cuenta esa costumbre, pienso siempre en alguien a quien dedicarle mis libros. Primero pienso en mi tía Enriqueta, pero, aparte de que es imbécil, la tengo un asco que no la puedo ver ni en pintura. Luego se me ocurre que puedo dedicárselos a mi primo Carlitos, pero recuerdo que cuando yo era niño y él era niña me clavaba alfileres en las orejas, me dejaba caer ladrillos en la uña del dedo gordo del pie derecho y me quemaba las pestañas con papeles ardiendo o me untaba el pelo con mermelada de frambuesa, y no contento con eso, todos los años me rompía el cochecito de bomberos que me traían los Reyes Magos y me lanzaba ácido sulfúrico a la ropa día sí, día también. Me pasa con toda la gente que se me ocurre, y es por ello que jamás pienso dedicar mis libros a nadie.

Además de todo esto debo añadir que todos mis libros están dedicados a alguien.

* * *

No me resulta complicado dar con el humor que hay oculto en la vida cotidiana. Muchas veces está bien a la vista. El otro día, por ejemplo, estaba viendo un programa de entrevistas muy intelectual en TV3 en el que sucedió algo inaudito. Hacían una entrevista a un señor alemán. El alemán, claro, hablaba en alemán. Otro señor lo traducía al castellano y otro al catalán. Y vuelta. El catalán al castellano y el castellano al alemán. Dos horas así. Si eso no es cómico...

* * *

Se me acercan personas de sesenta y tantos años y me dicen "Ay, Gila, que íbamos a verle al Salón Rigat de Barcelona y ahora hemos venido con nuestros hijos", y los hijos tienen treinta y tantos años. Me dicen que me escuchaban por la radio y los miro y veo que tienen sesenta años mínimo, no tiene ningún sentido. Pienso que las generaciones van pasando pero yo me mantengo en el mismo lugar, sigo siendo el mismo.

* * *

Con dieciséis años llegué a jugar de titular en la Balompédica de Chamberí, un equipo casi serio al que los equipos grandes mandaban ojeadores. De no haber sido por la Guerra Civil creo que habría podido ser futbolista profesional, era un interior izquierda bastante fino. Igual habría llegado a jugar en el Real Madrid. Si hay algo que no le perdono a Franco, es eso: que montase su cruzada justo cuando yo estaba a punto de ser aclamado por las multitudes.

* * *

Si quieres llegar al mayor número de personas que forman tu audiencia cuando actúas en un teatro, tienes que pensar como el más inteligente que haya entre el público, pero tienes que hablar para que te entienda el más tonto.

* * *

Los anuncios de los años cincuenta y sesenta tenían algo que yo no encontraba en esos otros programas de televisión hechos por señores aburridos que decían cosas incomprensibles para mí. La publicidad tenía algo festivo que yo relacionaba con la alegría. (...) Creo que lo llaman "suspensión del juicio". Hacer creer cualquier cosa a cualquier persona. Eso lo hacen los políticos con mala fe. El humor hace lo mismo, pero con buena fe. Tal vez aquellos anuncios antiguos que ahora nos parecen ridículos me enseñaron sin que yo lo supiera cómo se hacen esas cosas.

* * *

Siendo yo un niño el amor de mi vida era Katharine Hepburn. Tenía una cajita de madera llena de fotos de ella y en la tapa había escrito "Mi amor" con un punzón. Además, en la pared de mi cuarto tenía un cartón forrado con terciopelo azul sobrante de un sillón que había restaurado mi abuelo, y pegado al terciopelo había colocado un corazón rojo y al lado una fotografía de ella y escrito a mano "Mi Katharine".

* * *

Esto puede parecer una estupidez, pero envidio a los pobres. No a los que pasan hambre y no pueden mantener a sus hijos, pero sí a los pobres vocacionales. Aquellos que han dado la espalda a la sociedad porque han querido. Envidio su libertad, su haber sabido descolgarse de la burocracia. Puedo permitirme decir esto porque yo he sido muy pobre y sé que, aunque parezca que no, tiene sus ventajas.

* * *

El teléfono siempre me había atraído y siempre lo había relacionado con el humor y con las situaciones sin sentido. Recuerdo llamar a un cliente de mi abuelo siendo yo un adolescente. Llamé a la hora de la siesta por una emergencia y dije: "Disculpe que le despierte a estas horas", y el hombre, lleno de ironía, me respondió: "No te preocupes, muchacho, si me iba a despertar de todas formas. Estaba sonando el teléfono".

* * *

Lo que más me gusta es dar largos paseos. No hay nada comparable a caminar por las calles de la ciudad. Disfruto en especial cuando llevo un rato largo paseando y llego a una plaza llena de ancianos tomando el sol. Qué estampa es ésa, resume la vida entera.

* * *

A veces en mis actuaciones cuento cosas que me pasaron en el frente, pero las cuento tal cual, porque la vida misma tiende a ser delirante. Una vez estaba en el frente, en Somosierra, en La Cabrera (en Peña Gandullas) y entre varios del bando republicano arreglamos jugar un partido de fútbol contra los del ejército nacional. Ya se sabe que estas cosas pasaban. Así que hicimos una tregua pequeñita y jugamos el partido. Ganamos por siete a cero. Ellos se enfadaron tanto que uno agarró su pistola y se lio a tiros, aunque por suerte no nos dio a ninguno. Y sólo porque les habíamos ganado. Broma, broma no es, porque nos podían haber matado. Pero algo de gracia tiene.

* * *

Es más sencillo hacer llorar que hacer reír. Hay más público preparado para el llanto, la propia vida misma ya nos prepara

para ello. Para hacer reír hace falta más imaginación y talento que para hacer llorar.

* * *

No creo que esté encasillado. Nunca he querido quedarme en el cateto de la boina y el teléfono, voy añadiendo matices y variaciones todos los años. He estudiado teatro con Lito Goodkin y Augusto Fernández. He asistido a cursos de interpretación con Lee Strasberg, y de dirección de cine con Simon Feldman. Publico libros, escribo y estreno obras de teatro. Estudio mucho, escribo mucho, me esfuerzo. Nadie me ha regalado nada.

* * *

Me he inspirado mucho en *El Caso*, un semanario español especializado en noticias truculentas, asesinatos y la muerte en general. Siempre me han interesado los extremos del ser humano, investigar hasta dónde se podía llegar partiendo de nuestra naturaleza. Me sigo asombrando y estremeciendo.

* * *

Muchas veces voy por la calle y alguien me dice "Gila, cuéntame un chiste" y yo siempre respondo lo mismo: "Lo siento pero no sé explicar chistes". Y es verdad, no sé cómo lo hago cuando lo hago. Yo cuento historias, no chistes. Sin menospreciar a los que cuentan chistes, como Eugenio, que me resulta un artista de primer orden. Pero si me paro a pensar en ello no sé cómo contar chistes ni cómo ser gracioso. Es algo que me sale solo.

* * *

No sé si mi humor sirve para algo. Recuerdo a mi abuelo, que era ebanista y hacía mesas para la gente, y esas mesas servían para colocar los platos con la comida, para jugar a las cartas, para poner un jarrón con flores, y me pregunto: ¿lo que yo hago sirve para algo? Una vez Adolfo Marsillach me dijo que sí, que aunque sólo sirva para media hora, lo que hacemos sirve de mucho. Pero yo sigo con dudas.

* * *

Leo mucho, quizá para intentar recuperar todo el tiempo que se me fue. Me aburre la novela pero soy un entusiasta de los cuentos. Admiro a los rusos Chejov y Pushkin, a los latinoamericanos Borges, Cortázar, Horacio Quiroga, y Mujica Lainez y a la norteamericana Flannery O'Connor.

* * *

Alguna vez me han acusado de machismo por la forma de enfocar los personajes femeninos en mis monólogos. Tienden a ser personajes que no se enteran o que cometen atrocidades. Pero lo primero es que mis personajes masculinos son idénticos. Todos mis personajes, hombres y mujeres, son personajes exagerados, bestias, desconcertados. Y lo segundo es que yo siempre me he fijado más en las mujeres, por afinidad. Muchos hombres miran a la mujer y sólo ven un cuerpo, aunque esto, por suerte, es cada vez es menos habitual. Yo siempre he prestado más atención a lo que decían ellas y a cómo lo decían... Lo que hacen y dicen los hombres no me importa, no quiero describir a un señor levantándose por la mañana y quitándose una legaña. En cambio, para mí, la mujer es siempre fascinante.

* * *

Mi fuente de inspiración para mis viñetas de humor era lo que veía en la calle a diario: niños, borricos, señoras con sombrero, señoras sin sombrero, ancianos, mendigos, hombres a pie, perros, curas, nodrizas dando de mamar a glotones niños de carita rosada. La belleza que tenemos cerca. No hay para mí un placer comparable al de dibujar.

* * *

Me gusta el invierno y no me gusta el verano. No soporto a esas personas que entran en un restaurante lleno de mesas vacías y se sientan justo en la que hay al lado de la mía. No soporto a esas personas que, cada vez que cuentan algo, no paran de repetir: "No sé si me entiendes". No soporto a esas personas que cuando sale la torre Eiffel en la pantalla del cine le dan un codazo a la persona que tienen al lado y susurran: "Mira, París". No soporto las corbatas, me gusta la ropa cómoda.

* * *

Mi sistema de hacer humor consiste en unir la ingenuidad de los niños con la maldad de los hombres. O al revés, según se mire. Un espejo en el que se refleja la infinita estupidez del ser humano. El contraste hace que todo fluya mejor.

* * *

Lo que más me gusta de la vida artística es poder levantarme muy tarde. Me gusta trabajar de noche, que es cuando se hacen bien las cosas. Por la mañana te están molestando los vecinos cada dos por tres para pedirte una hojita de perejil.

* * *

Los juegos de inteligencia que hacíamos siendo niños para conseguir algo de comida son los mismos que utilizamos cuando somos adultos. A veces pienso en aquellas cosas que hacíamos, y recuerdo cómo agarrábamos las croquetas y las ensaimadas con una caña atada a un alambre en forma de gancho. La invención de aquel artefacto dignificaba el robo. Del mismo modo, pienso que la invención del humor dignifica el engaño en el que está sostenido.

* * *

Debajo de la boina de cada cateto hay un filósofo escondido. Y esto lo sé porque yo soy un cateto más.

A todos los humoristas del mundo,
menos a algunos.

—MIGUEL GILA

I

Cuando yo nací, mi madre no estaba en casa.

De cuando Gila conoció a la Jesusa, charló con los pájaros, atravesó sueños en los que comía churros y más churros y empezó a imaginar que había una vida mejor

El monólogo de la historia de mi vida

Bueno, ya sé que muchos de ustedes me conocen, algunos me conocen mucho, otros me conocen poco y otros no me conocen de nada, así que para aquellos que no me conocen les voy a contar la historia de mi vida, que es dramática, pero no tengo otra. Podría contar la de mi hermana Elisa, pero no le gusta, se cabrea cuando la cuento.

La cosa fue así. Yo tenía que nacer en invierno, pero como éramos pobres y no teníamos calefacción y yo no tenía jersey, pues me esperé para nacer en mayo y nací por sorpresa. En mi casa ya ni me esperaban. Cuando yo nací, mi madre no estaba en casa. Había ido a pedir perejil a una vecina. Bajé a decírselo a la portera, dije: "Señora Julia, que soy niño" y dijo la portera: "Bueno, ¿y qué?", y dije yo: "Pues que he nacido y no está mi madre en casa y a ver quién me da de mamar".

Me dio de mamar la portera, pero me dio de mamar poco, porque la pobre ya no estaba ni para un cortao. De joven había dado de mamar a once niños y a un ingeniero, que ni se casó con ella ni nada, un desagradecido. Que además me enteré luego de que era un tragón, mojaba ensaimadas en la teta.

Bueno, y fui a mi casa, me senté en una silla que teníamos para cuando nacíamos, y cuando vino mi madre salí a abrirle la puerta y le dije: "Mamá, que ya he nacido", y dijo mi madre muy enfadada: "Que sea la última vez que naces solo". En aquella época las madres eran muy rigurosas con lo del parto, así que le escribimos una carta a mi papá, que trabaja de tambor en la orquesta sinfónica de Londres, y vino corriendo. Se puso muy contento porque hacía más de dos años que no venía por casa y dijo: "Ahora tendré que trabajar de verdad", porque ya éramos muchos, éramos nueve hermanos, mi mamá, mi papá y un señor vestido de marrón que estaba siempre sentado en el pasillo y que no le conocíamos de nada. Entonces, le vendimos el tambor a unos vecinos que eran pobres, y no tenían radio, ni tocadiscos ni nada, y con el dinero que nos dieron por el tambor, en lugar de gastárnoslo en champán y en marihuana, lo echamos en una tómbola y nos tocó una vaca. Nos dieron a elegir entre la vaca o doce pastillas de jabón, y dijo mi padre: "La vaca, que es más gorda", a lo que mi madre añadió: "Tú con tal de no lavarte, lo que sea".

Después llevamos la vaca a casa y le pusimos de nombre Matilde en honor a una tía mía que se había muerto de una tontería: le salió un padrastro en el pie, empezó a tirar de la uña y se peló el cuerpo entero.

La vaca la pusimos en el balcón para que tuviese la leche fresca y se ve que tenía un cuerno flojo, se asomó, se le cayó el cuerno a la calle y se le clavó a un señor de luto. Subió muy enfadao con el cuerno en la mano y cuando salió mi padre a abrirle la puerta dijo el de luto: "¿Es de usted este cuerno?", y dijo mi padre: "Pues yo qué sé", porque mi padre era muy despreocupao.

Total, que el señor del cuernazo se murió y a mi papá le metieron preso por cuernicidio y se escapó un domingo por la tarde que no había taxis y estaba lloviendo y dijo: "¡Estoy libre!". En buena hora. Se le subieron ocho encima pensando que era un taxi y ahí murió, en el tumulto.

Como éramos muy pobres mi madre hizo lo que se hacía en aquella época con los huérfanos, nos fue abandonando por los portales en un cestito. A mí me dejó en el portal de unos marqueses que eran riquísimos, tenían corbatas, tenían sopa, en la cisterna del váter ponían agua mineral, se hacían las radiografías al óleo. Tenían radiografías de Goya, Velázquez... Todo primeras calidades.

Bueno, y por la mañana salió el marqués, me vio, me levantó y me preguntó cómo me llamaba y yo dije: "Como soy pobre supongo que me llamo Pedrito", y él dijo: "Desde hoy te vas a llamar Luis Enrique Carlos Jorge Alfredo". Aunque luego me llamaba Chuchi, para abreviar. Los marqueses querían que estudiara bachillerato, eso que luego de mayor te sirve para hacer la lista de la compra si tienes suerte, pero a mí no me gustaba estudiar y me escapé y me metí a trabajar con un fotógrafo buenísimo, que sacaba a la gente muy favorecida. Retrataba a un pordiosero todo hecho jirones y al revelar la foto salía en la imagen un almirante de marina con los ojos verdes.

Un día, haciendo una foto en un encargo, confundí el magnesio con la dinamita y maté a una boda entera con los novios incluidos, sobrevivió una señora muy vieja pero se le quedó el sombrero chamuscao, así que el fotógrafo me despidió y me fui de aprendiz de ladrón a una banda, pero lo tuve que dejar porque me entraban remordimientos y todo lo que robaba lo devolvía. Los compañeros de la banda no me soportaban.

Por tanto me fui a Londres y me coloqué de agente en Scotland Yard, que era lo mejor para mis inquietudes. Yo descubrí lo del asesino ese famoso, que lo habrán oído nombrar. Nunca lo he contao por modestia, pero se lo voy a contar esta noche. Yo atrapé a Jack el Destripador. La cosa fue así: apareció un hombre en la calle como dormido y lo dejamos estar, pero fueron pasando los días hasta que ya hacía más de un mes que estaba allí dormido, y dijo el sargento: "No sé yo. Mucho sueño para un adulto...".

Llamamos al forense, que ni era médico ni nada, era un primo de un amigo que tenía un coche Ford y le llamábamos El Forense. Vino a toda velocidad, se acercó al tumbao, le dio seis patadas en la cabeza con todas sus fuerzas, luego diez puñetazos en el cuello y cuando acabó dijo: "O está muerto, o aguanta lo que le echen".

Entonces apareció Sherlock Holmes con su lupa de siempre, lo miró y dijo: "Ha sido Jack el Destripador", y le preguntamos que cómo lo sabía y Sherlock dijo: "Pues porque soy Sherlock Holmes", y ahí ya nos callamos todos porque la verdad es que tenía razón, el tío.

Me enteré de dónde vivía Jack el Destripador y resultó que se hospedaba en un hotel del centro. Me fui al mismo hotel, pagué una habitación y como a mí no me gusta la violencia opté por detenerlo con indirectas. Nos cruzábamos en el pasillo y yo le decía: "Alguien ha matao a alguien y no quiero señalar". Al día siguiente nos volvíamos a encontrar y yo decía: "Alguien es un asesino y no quiero decir quién". Al día siguiente: "Alguien ha cometido un crimen y no acuso a nadie...". Y así hasta que a los quince días se rompió del todo: "No puedo más, he sido yo, no lo soporto, lo confieso", y se entregó. El trabajo de detective es duro pero tiene sus recompensas, aunque yo siempre he huido de la fama.

Lo de Londres lo dejé porque había mucha niebla y tenía que hacer la ronda palpando y me pegaba unos hostiazos con las farolas que dije "me voy a matar", así que devolví la placa y ya me dediqué a esto de hablarles a ustedes.

Y ésta es la historia de mi vida, más o menos. Después sigue, hay muchas más cosas, pero casi mejor que se las cuento otro día.

Gracias, les quiero mucho.

El puñetazo

He contado la historia de mi vida muchas veces en forma de monólogo, pero la verdadera historia fue otra. Para empezar, quien no estaba conmigo cuando nací no era mi madre, sino mi padre, a quien nunca llegué a conocer.

Mi padre estaba haciendo la mili y era cornetín de órdenes del Cuartel de la Montaña en Madrid. Se hizo novio de la que después sería mi madre por el sistema sencillo y al mismo tiempo complicado de aquella época: el piropo, el rubor, la palabra, la cita para el domingo y la espera hasta llegar al beso. Ese primer beso que produce calor en el estómago. Después, los paseos y el contarse cosas de la vida cotidiana. Ni los padres de mi madre ni los de mi padre eran partidarios de que aquella relación se hiciera firme. Argumentaban que no tenían ni edad ni medios para casarse. Como, efectivamente, no tenían dónde ni de qué vivir, mis padres se alojaron en la casa de mis abuelos maternos, que cedieron un poco. Mi padre siguió cumpliendo con su servicio militar como cornetín de órdenes y mi madre trabajando de estuchadora de azúcar.

Al mes de estar casados, el que iba a ser mi padre recibió una bofetada de un sargento, y sin medir las consecuencias que esto le podía traer, respondió con un puñetazo en la boca. El sargento, que estaba cerca de la escalera, cayó rodando por ella, hasta el final, y en la caída sufrió la fractura de un brazo y de varias costillas. Mi padre huyó del cuartel, llegó a su casa, metió alguna ropa en una pequeña maleta y, sin ningún comentario, se fue a la estación de Atocha, se metió debajo de uno de los vagones de un tren, se acostó sobre las tablas que hacían de fondo en el vagón y así viajó de polizón hasta Barcelona. En Madrid, mi padre era buscado por agresión a un superior y por prófugo.

Días más tarde mi madre recibió una carta de su marido diciendo que estaba en Barcelona. Se fue a vivir con él.

Un domingo que mi padre (que todavía no era mi padre, si es que alguna vez llegó a serlo) estaba en el rompeolas de Barcelona pescando con unos amigos, una ola muy fuerte lo arrastró y lo estampó contra las rocas. Los esfuerzos y los gestos que hacía para mantenerse a flote provocaron la risa de todos sus amigos, pero las carcajadas se apagaron cuando, después de aferrarse a las rocas y salir, vieron el gesto de dolor que se reflejaba en el rostro de su compañero. No dijo nada al llegar a su casa, no hizo ningún comentario, se limitó a acariciar el vientre de mi madre, ya con embarazo de seis meses.

Habían pasado varios días desde el accidente. Al que iba a ser mi padre le brotaron en un costado, a la altura de la cadera, unas pequeñas manchas rojas que le molestaban, pero no les dio importancia. Se dijo que casi seguro serían picaduras de pulgas, que en la Barceloneta eran muy comunes. Pero las pequeñas manchas se fueron agrandando y comenzaron a tomar un color violáceo. El que iba a ser mi padre sentía que aquello era algo más que la picadura de unas pulgas. Tenía un fuerte escozor interno allí donde había sufrido el golpe, como un fuego. Aquello se agravó, y el que iba a ser mi padre sufrió un derrame interior o una gangrena, nunca quedó claro.

Le subieron al tranvía y le llevaron hasta el Hospital Clínico. No había camas. Esto no es un patrimonio de la monarquía ni del pasado: ahora, en la democracia ésta y después de tantísimos años, seguimos sin camas suficientes en los hospitales.

El que iba a ser mi padre murió sentado en una silla, en la puerta del Hospital Clínico. Se murió con los ojos muy abiertos, como si el asombro de morir con veintidós años le hubiera provocado una hipnosis para la eternidad.

Gila junto a su madre en 1921.
Fui concebido cerca de la Barceloneta, frente al Mediterráneo. Quizá por ello he vuelto siempre a Barcelona. Vivir en Barcelona, ahora que me encuentro en mi vejez, y poder sentarme frente al rompeolas donde mi padre sufrió el accidente que le costó la vida, me hace viajar en el tiempo sin moverme del sitio. [de una entrevista en *Diario 16* realizada en 1994]

Jesusa

La muerte de mi padre hizo que mi madre, viuda con diecinueve años, se viera obligada a viajar a Madrid para dar a luz en la casa de mis abuelos paternos.

Trabajó como asistenta en varias casas en las que recibía un sueldo de miseria y una comida al día. Como tenía que amamantarme, me llevaba con ella. Me ataba a sus espaldas con una pañoleta y, arrodillada, fregaba los suelos conmigo en su grupa, como un pequeño jinete.

Cuando mi madre cumplió veinte años y yo comencé a dar mis primeros pasos, conoció a un hombre llamado Ramón Sanmartín, gran persona, y se casó con él. Mis abuelos paternos, tal vez porque veían en mí la reencarnación del hijo que habían perdido, convencieron a mi madre para que yo siguiera con ellos, al menos hasta estar seguros de que su nuevo marido me aceptaría como hijo propio. Ese tiempo se prolongó y la situación se transformó en algo fijo.

Mi madre tuvo hijos con su nuevo marido, y yo me crie y crecí con mis abuelos, a los que siempre llamé padre y madre. En la misma casa vivían tres hermanos de mi padre que aún estaban solteros: Antonio, Manolo y Ramón, mis tíos. Mi madre siguió viniendo a verme, trayéndome siempre algún juguete, unos zapatos, un algo. En cada visita que hacía intentaba llevarme a vivir con ella, pero ya había una relación entre mis abuelos y yo muy difícil de romper.

El nombre de mi madre era Jesusa y así la llamaba siempre. Por más que ella me decía: "Yo no soy Jesusa, yo soy mamá", yo, con mi media lengua, repetía insistente: "No, no. Tú te llamas Jesusa".

La pobre lo intentaba y lo intentaba, pero no me convencía.

El cuento de mi amigo Juanca

Mi amigo más querido de la infancia era Juan Carlos, o Juanca, como le llamábamos en el barrio. Yo tenía por aquella época siete años, y Juanca dos más que yo. Por lo general, a los chicos de nuestra edad nos gustaba jugar a policías y ladrones. Mi amigo Juanca era distinto. A mi amigo Juanca no le gustaba jugar a nada, le gustaba hablar de su vejez, de su juventud, de sus hijos y de sus noviazgos. Me contó que tenía siete nietos. Porque Juanca había sido anciano antes de ser joven y había sido joven antes de ser niño. Me contó lo feliz que había sido en su matrimonio antes de quedarse viudo, lo que lloró en la boda de su hija y lo que padeció cuando el accidente de su hijo. Juanca, al revés que los demás, había nacido viejo y luego había ido descumpliendo años hasta llegar a niño. Su mamá, según me dijo, iba a desnacerle dentro de nueve años. Yo entonces no entendía muy bien aquello, pero escuchaba a Juanca con atención. El chico sabía contar historias.

A medida que pasaban los años, mientras los demás íbamos creciendo, Juanca era cada vez más niño. Cuando cumplí quince años, él cumplió uno. Y aquel chico que años atrás hablaba de cosas muy interesantes, ahora sólo sabía decir *mamá, caca* y *nene*.

Me mudé de barrio y fui a despedirme de Juanca, que a juzgar por su sonrisa y sus gestos me reconoció a la primera. Un año más tarde volví de visita. La mamá de Juanca estaba embarazada de nueve meses.

Ahora, cada vez que pienso en mi amigo me lo imagino contándoles historias buenísimas a los otros doscientos mil millones de espermatozoides que tendrá a su alrededor. Se lo tienen que estar pasando de muerte.

Viñeta escrita y dibujada por Gila y publicada en la revista *Hermano Lobo* en 1973. Gila produjo estas viñetas durante toda su vida y concentró en ellas todo el humor y la filosofía de vida que llevaba dentro. *Dibujo porque no puedo evitarlo*, decía a menudo.

EL LIBRO DE GILA

La buhardilla

Vivíamos en una buhardilla. Decía mi abuela que el vecino de arriba era Dios.

La buhardilla tenía dos habitaciones, una cocina y un comedor. Los techos de cada habitación y el de la cocina y el comedor empezaban a una altura de cuatro metros y luego iban descendiendo hasta llegar a un metro sesenta, más o menos. El lado bajito lo usábamos para las camas, el lado alto para los armarios de caoba, hechos por mi abuelo.

Ni el comedor ni ninguna de las habitaciones tenían ventana, se ventilaban por un tragaluz que daba al tejado y por ese tragaluz, de noche, entraba la luna blanca, cuadrada, a sentarse en los baldosines del comedor y de las habitaciones.

Sobre las tejas que formaban el techo de la buhardilla se acumulaba en los inviernos la nieve, y eso suponía vivir y dormir a veces a temperaturas bajo cero.

Manuela Reyes, que así se llamaba mi abuela, calentaba las sábanas con una plancha de hierro antes de acostarnos y luego nos metía en la cama, en la parte de los pies, una botella con agua muy caliente.

Mis tíos, en invierno, se subían en una silla con una olla llena de café, sacaban medio cuerpo por el tragaluz, le daban vueltas a la olla de café sobre la nieve acumulada encima de las tejas y hacían café helado, un lujo que no nos podíamos permitir en el verano, que es cuando hubiera sido lógico, pero es que en el verano no había nieve sobre el tejado.

En el verano el sol castigaba y calentaba las tejas durante todo el día. Acostarse, dada la cercanía de la cama con el techo, era una verdadera tortura, pero es verdad que uno se acostumbra a todo y todo lo acepta como algo natural. Cuando tenía mucho calor, llenaba un vaso de agua fresquita del grifo, le añadía un poco de vinagre y azúcar y me hacía unos refrescos que estaban deliciosos. Un lujo más.

La única ventana que había en la buhardilla estaba en la cocina. La ventana servía para que cuando yo jugaba en la calle mi abuela me tirara por ella la merienda envuelta en un papel de periódico. La merienda, que era siempre la misma, pan con aceite y sal, aunque algunas veces cambiaba por pan y una onza de chocolate marca *Elgorriaga*, aquella onza de chocolate que tenía en relieve a un niño tomando chocolate en un tazón.

Junto a la ventana había macetas con geranios. En esas macetas jugaba yo a las guerras. Mis soldados eran las pinzas de madera de tender la ropa y el campo de batalla las macetas.

Pagábamos veinticinco pesetas de alquiler mensual por la buhardilla. Después, durante la Guerra Civil, a los que tenían algún familiar combatiendo en el frente, el Gobierno de la República les rebajó el precio del alquiler al cincuenta por ciento; así, durante el tiempo que duró la guerra, pagábamos tan sólo doce pesetas con cincuenta céntimos.

Otro lujo más consecuencia del conflicto.

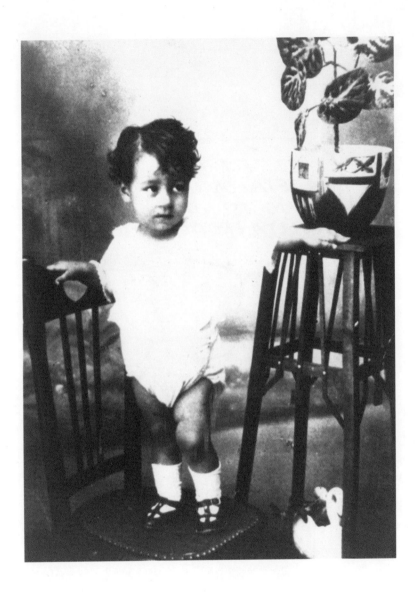

Gila en la buhardilla en la que vivía, en 1922.
A los cuatro o cinco años de edad aún no tenía conciencia de que la gente joven pudiera morirse. Y un día pregunté en casa que por qué mi padre se había muerto. Me dijeron que porque Dios lo necesitaba a su lado. Y yo me hice esta reflexión: ¿para qué necesitaba Dios a un ebanista de 22 años si Dios ya lo tenía todo? Sigo sin dar con la respuesta.
[de una entrevista en el programa *Les mil i una*, emitido por TV3 en 1997]

Los primeros dibujos los hice en el colegio, aburrido estudiando lo de los reyes godos. A mí me gustaba llenar los libros de monigotes. Pintaba en todas partes, en las paredes, en la escalera de mi casa... Que luego me pillaban siempre porque ponía: "Todas las vecinas de este piso son tontas", y debajo: "Firmado: Miguel Gila". **[de una entrevista realizada por Joaquín Soler Serrano en el programa *A fondo*, emitido por TVE en 1976]**

Turpin

A los seis años me hice experto en la cría y cuidado de las aves. Teníamos una tórtola que andaba suelta por la casa y que se pasaba el día cantando el mismo soniquete: "¡Tórtola! ¡Tórtola! ¡Tórtola!". Le habíamos puesto de nombre Claudia y a la hora de comer daba un vuelo y se subía a la mesa exigiendo las sobras.

Pero lo que más nos gustaba eran los canarios.

Recuerdo bien la muerte de uno de mis preferidos. Yo le había puesto de nombre Turpin, como uno de los personajes de las novelas de aventuras que más me gustaban, las de Dick Turpin. Turpin, como algunos otros elegidos, no dormía ni habitaba en el jaulón en el que convivían las otras aves, ni iba a ser vendido a nadie. Turpin tenía una jaulita para él solo, hecha de alambres dorados. Vivía a su aire.

Murió mientras dormíamos. Su cuerpo inerte yacía sobre el metálico piso de su prisioncita. Un terrón de azúcar picoteado en sus esquinas, una mustia hoja de escarola y el diminuto columpio con su balanceo velaban al pequeño cadáver. Sus últimos trinos tal vez se habían escapado por entre los finos barrotes y habían salido por la ventana de la cocina, buscando respuesta en alguna hembra de su especie que como él estaba presa en alguna jaula.

Llevé el pequeño puñado de frío y plumas a uno de los solares que había en la esquina de nuestra calle. Hice un hoyo y enterré a Turpin. Coloqué sobre la diminuta tumba una crucecita de madera con una corona que hice con unas flores amarillas que crecían en el solar. Cuando, ya de noche, pasé por la cocina para ir a mi habitación, eché una mirada a la jaula vacía y muda y creo que antes de dormirme sentí en mis oídos el canto alegre de mi amigo.

Gila con su abuela, Manuela Reyes, en 1925.
Como todos los chicos de mi edad era medio tonto. De pequeño quería ser tranviario. Mi abuela decía: "Este niño es idiota". Pero la idea de conducir un tranvía por Madrid me hacía ilusión. **[de una entrevista en Onda Madrid emitida en 1990]**

Diálogo entre una profesora y un alumno

—Pedrito: haga el favor de explicarnos el Principio de Arquímedes.
—Lo primero decirle que algo me olvidaré porque uno es un ser humano.
—Pruebe a ver.
—Arquímedes, muy bien. Pues dice Arquímedes, bueno... decía, porque está muerto. Arquímedes decía que toda mano sumergida en un líquido experimenta una sensación de que te la estás mojando... en relación proporcionalmente directa con la mano que te mojes. ¿Es así, o no es así?
—No es así en absoluto.
—Me lo imaginaba.
—¿Por qué se lo imaginaba?
—Porque me lo acabo de inventar.

El retrete

Lo único que no había en la buhardilla en la que vivíamos era un retrete.

El retrete estaba en el pasillo y lo compartíamos todos los componentes de las seis familias que vivíamos en ese pasillo. Estaba al fondo del todo, cerca de la puerta, y era de dimensiones más bien reducidas.

El lugar para hacer nuestras necesidades estaba en un rincón, era de pizarra negra, con un agujero redondo en el centro. Para no poner el culo en la pizarra casi todos los vecinos del pasillo tenían su tabla para sentarse, con forma triangular y el agujero redondo en el centro. La tabla nuestra era la mejor de toda la vecindad, mi abuelo se había esmerado y la había hecho de buena madera, bien lijada y pulida y hasta le había dado una mano suave de barniz. Algunos no usaban la tabla, se colocaban en cuclillas y con una gran puntería hacían diana en el agujero.

En el otro rincón del retrete había una pequeña pila de hierro con un grifo y en una de las paredes un gancho de alambre, en él se colgaban trozos de periódico cortados en cuadritos con mucho cuidado, tiras de papel que usábamos como papel higiénico.

Nos limpiábamos con el periódico del día.

El día que no nos pasábamos por el culo algún discurso oficial, nos pasábamos la foto de algún ministro.

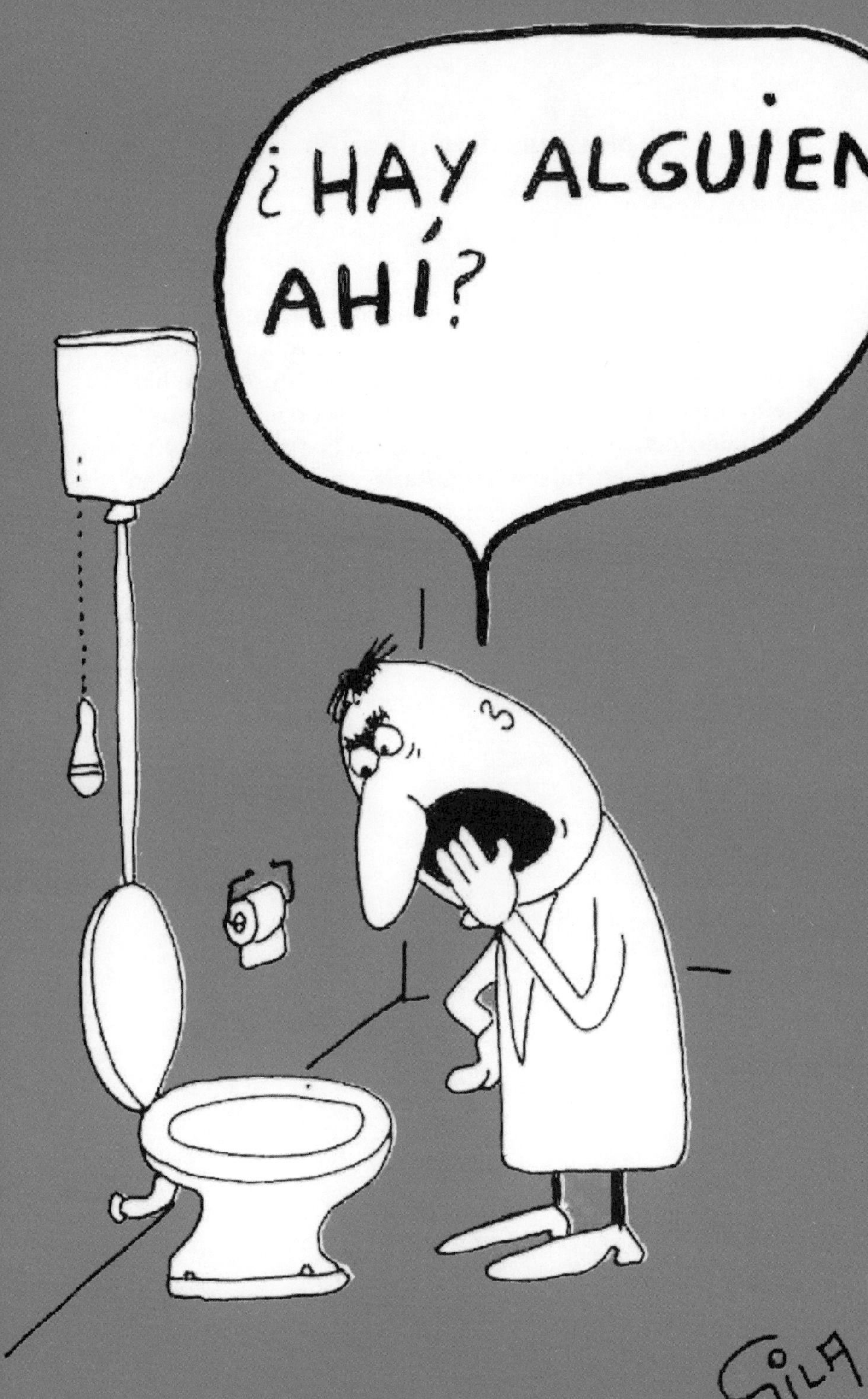
¿HAY ALGUIEN AHÍ?
GILA

Noticias de Colombia

El matrimonio Ramírez de los Costales hace treinta años que no se dirigen la palabra. Parece ser que entre los cónyuges hubo un pequeño disgusto en 1943, y desde entonces no han vuelto a hablar. Desde la fecha en que ocurrió el disgusto han tenido siete niños seguidos, pero sin decirse ni mú. Ella sufre de reúma articular y le gustaría viajar alguna vez en crucero. El esposo no tiene conocimiento de ninguna de estas cosas.

El cine

Algunos días, mi abuela se vestía de calle, me vestía a mí, me ponía en una bolsa una manzana o un panecillo y una onza de chocolate, y nos íbamos en tranvía al cine *Proyecciones* de la calle Fuencarral.

Ahí, en ese cine, con mi abuela, veía películas de Tom Mix, de Cayena, de Tom Tyler, Chispita y Vivales, de Charlot, Tomasín, Ben Turpin, Sandalio, el Gordo y el Flaco. Las películas eran mudas y de vez en cuando tenían un letrero con lo que decían o pensaban los personajes, a veces ponían un explicador que se situaba sobre el escenario, a un costado de la pantalla, y con un puntero largo la señalaba y decía: «Ahora viene el malo y se lleva a la chica con el caballo». Y entraba el malo, que siempre tenía un pequeño bigotito, y se llevaba a la chica con el caballo. Así no se nos pasaba nada por alto. Yo sentía una gran admiración por aquel explicador porque sabía todo lo que iba a pasar en la película.

Una vez vimos una que se titulaba *Honrarás a tu madre*. Era la historia de una mujer viuda que tenía dos hijos y uno de ellos se iba al extranjero y se colocaba en un sitio donde ganaba mucho dinero y le ponía giros a su madre todos los meses. Mi abuela empapó el pañuelo de lágrimas y todas las mujeres al salir del cine, lo mismo que mi abuela, iban secándose las lágrimas.

A mí la película me gustó, pero no como las de Tom Mix, que él solo con dos pistolas mataba seis o siete bandidos y veinte o treinta indios.

Todas las familias del barrio teníamos en casa la trampa de la luz: esos cables atados para
tener electricidad sin pagar. En casa nos decían que no contásemos que la teníamos, pero
que todos los niños rivalizábamos entre nosotros por ver quién tenía la mejor trampa.
Vivíamos con emoción el tener que salir corriendo a quitar la trampa de la luz porque
sonaba el timbre y alguien gritaba: "¡Que son los de la luz! ¡La trampa, la trampa!".
Y los niños, con esa cara de ingenuos, abríamos la puerta al empleado, que venía con la
gorra puesta, y le decíamos: "Buenos días, ahora sale mi mamá". Y mamá mientras tanto
desenganchando la trampa a toda prisa. Era como en la serie de "Misión Imposible".
[de una entrevista realizada por José Luis Pécker, y emitida por la Cadena SER en 1981]

El monólogo de mi tío Joaquín

Mi tío Joaquín fue siempre muy tímido. Cuando era joven estaba enamorado de Margarita Hueso, y de no haber sido tan tímido quizá la hubiera pedido de salir para que fuese su novia, pero nunca se atrevió a decirle nada.

Margarita se casó con un señor de Andújar, pero sin estar enamorada. Y de no haber sido tan tímido mi tío Joaquín hubiera podido ser, cuanto menos, el amante de Margarita.

Luego, cuando Margarita quedó viuda por parte de marido, mi tío Joaquín hubiera podido declararle su amor y ser el segundo esposo de Margarita, que ahora tenía una finca heredada con vacas y gallinas, pero mi tío Joaquín nunca le declaró su amor apasionado a la viuda, justo por su timidez.

Margarita murió unos años más tarde y mi tío Joaquín fue a firmar en el libro de los pésames, pero a la hora de poner su firma no se atrevió, su timidez le dominaba una vez más. Compró unas flores para llevárselas al cementerio, y se las hubiera llevado de no ser tan tímido. Prefirió abandonarlas en una calle oscura, aprovechando que no pasaba nadie.

Cuando mi tío Joaquín estaba a punto de morir, hubiera querido decir una última frase, por ejemplo: "¡Margarita, te quiero!" o "¡ay, madre!" o algo bonito como lo de "¡luz, más luz!", pero era tan tímido que no dijo nada. Se limitó a ponerse muy pálido y se murió.

El monólogo de mi tío Arcadio

No he conocido a una persona más embustera que mi tío Arcadio.

Mi tío Arcadio se llamaba en realidad José María, pero a todo el mundo desde niño le había dicho que se llamaba Arcadio, sólo por el afán de mentir. Su esposa era una señora asturiana, altísima y delgadita, pero mi tío Arcadio —José María—, con esa atracción hacia la mentira, a todos les decía que su esposa era de Cádiz y bajita. Nadie se lo creía, porque la esposa de mi tío Arcadio no tenía acento andaluz y medía un metro ochenta y cinco.

Todas las tardes, al llegar a la tertulia del café, cuando se reunía con sus amigos, tenía alguna mentira que contar.

—Mi mujer acaba de tener un niño.

—Pero si tuvo uno hace un mes.

—Pues hoy otro.

Era inútil explicarle lo de los nueve meses.

Y luego:

—¿Habéis leído la prensa hoy? Han matado en Soria un jabalí de novecientos cincuenta kilos.

—Será de noventa y cinco kilos.

—¡Novecientos cincuenta! Vi uno igual en el zoo de Berlín.

Y no había estado nunca en Berlín. De hecho aquellas personas a las que les contaba las mentiras en el café, no eran sus amigos. Les había hecho creer que lo eran. Su esposa no era su esposa. Los tenía engañados a todos. Sobra decir que tampoco era tío de nadie.

El monólogo de mi tío Arturo

Mi tío Arturo era testarudo. Decía que por encima de todo estaba su voluntad, y que no le gustaba dar su brazo a torcer. Y hacía bien en decir brazo. Porque sólo tenía uno, por ser tan testarudo.

Todas las tardes, al volver del trabajo, se dirigía al zoológico, entonces situado en el Retiro madrileño. Mi tío Arturo se quedaba quieto durante horas delante de la jaula del león. Era un león viejo que no conocía la selva ni de oídas. Lo había parido allí mismo una leona que había muerto de aburrimiento, hija a su vez de otro león capturado en inferioridad de condiciones a causa de un ataque de lumbago.

El león nieto, pero viejo, se pasaba la vida dando vueltas por aquella jungla de baldosines con olor a pis. Se sabía que era un león por el cartel que había sobre la jaula, pero ni rugía ni nada. Pero era león, tuerto y con mala idea.

Mi tío Arturo era testarudo. Se había empeñado en darle al león una empanadilla de pimientos, a pesar de haberle advertido el cuidador que aquello era peligroso. Insistió varios días, hasta que el león, quizá por presumir delante de unos huerfanitos que habían ido de visita al zoológico, se quedó con la empanadilla y con el brazo de mi tío Arturo. Pero mi tío Arturo era tan testarudo que salió del sanatorio y lo primero que hizo fue comprar otra empanadilla para dársela al león.

Menos mal que habían trasladado al animal a otro sitio. Pocas cosas hay más peligrosas que ser testarudo.

El monólogo de mi tío Aníbal

Mi tío Aníbal era muy precavido. Ya de niño nunca tomaba ningún alimento lácteo sin antes hacer un análisis a fondo del biberón o de la teta.

De mayor, cuando ya tenía bigote y una esposa que se llamaba Joaquina y que también tenía bigote, mi tío Aníbal se compró un automóvil. Como mi tío Aníbal era muy precavido, antes de cruzar una calle detenía su coche, se apeaba y acercándose a la calle que iba a cruzar se asomaba para ver si venía otro automóvil, y sólo cuando se cercioraba de que no venía ninguno, subía en su coche y cruzaba la calle haciendo sonar con fuerza la bocina para mayor seguridad. Cuando mi tío Aníbal pasaba cerca de un parque detenía su automóvil, se acercaba a las señoras que tomaban el sol, les daba una tarjeta y después de presentarse decía:

—Señora, me llamo don Aníbal Gila y estoy pasando por esta calle con mi automóvil, tenga cuidado de que su niño no cruce, porque no quisiera atropellarle con mi auto, que es aquél.

Y sólo cuando la señora sujetaba al niño en brazos mi tío Aníbal subía en su coche y proseguía su camino.

Antes de dar una limosna a un pobre se informaba a fondo sobre si aquella persona era en realidad de origen humilde o un simple impostor. Después llevaba al pobre a que le hicieran unas radiografías de estómago, y cuando ya las habían revelado y estaba seguro de que el pobre no había comido nada ese día, le daba una peseta para que fuese ahorrando.

La pastelería

Mi mejor amigo del colegio se llamaba Juanito García Sellés. Hacíamos juntos el trayecto hacia el colegio: Zurbano, Martínez Campos, glorieta de la Iglesia, Eloy Gonzalo, Juan de Austria y Raimundo Lulio.

Subiendo por Martínez Campos había un convento de monjas de clausura. Juanito y yo entrábamos en el oscuro portal del convento y poniendo voz pobre decíamos:

—Una limosnita, que Dios se lo pagará.

A los pocos instantes, el torno de madera giraba y en él venían media docena de bizcochos, que devorábamos muertos de risa. Después pasábamos por una churrería. Los churros estaban dentro, pero en la puerta ponían unas bandejas grandes, de chapa, con los churros y porras que se habían roto al hacerlos, los vendían más baratos y los llamaban "puntas". Juanito García Sellés y yo, cuando estábamos cerca de la churrería, tomábamos impulso, dábamos una carrera y al pasar por las bandejas donde estaban las "puntas" metíamos la mano y nos llevábamos con nosotros un puñado de aquel desecho, que no tenía buena presentación, pero que estaba igual de rico que las porras o los churros normales.

Luego nos deteníamos frente al escaparate de una pastelería que había en la calle de Eloy Gonzalo, mirábamos a través del cristal y decíamos:

—Me pido los merengues.

—Yo me pido la tarta de fresas.

—Y yo la de chocolate.

Y así, nos hacíamos dueños de todos esos pasteles que estaban en el escaparate y disfrutábamos de su sabor, aunque sólo con la mirada.

Las noticias

De niño yo era más de periódicos que de libros.

Cuando se escuchaba el ruido del motor de un avión, recuerdo que la gente se asomaba a las ventanas gritando:

—¡Un aeroplano, un aeroplano!

Y se quedaban boquiabiertos viendo pasar el aeroplano.

Un día pasó un zepelín y la calle estaba repleta de gente que miraba hacia arriba, viendo con asombro aquella cosa tan grande flotando por los aires. Fue algo parecido a lo que años más tarde nos mostró Fellini en *Amarcord* con el transatlántico gigantesco. Aquello nos dejó hipnotizados. Al día siguiente no se hablaba de otra cosa.

Una semana después en el *Mundo Gráfico* venía una foto del zepelín volando sobre Madrid. Los periódicos eran mejor que lo que nos explicaban los frailes en el colegio, porque nunca en el *Mundo Gráfico* venía una foto de San Sebastián atado a un árbol, con la noticia de que le habían matado a flechazos. Pero sí que podías ver el zepelín ese.

Por eso a mí me gustaba más leer los periódicos que los libros. Los libros que leía en el colegio eran muy aburridos, con el presente indicativo y el pretérito pluscuamperfecto. En el periódico explicaban todo muy claro, mientras que para entender lo de los libros los frailes nos tenían que poner ejemplos en la pizarra. Yo hubiera sacado un sobresaliente si en lugar de preguntarme la conjugación del verbo cantar en todos los tiempos del modo indicativo me hubieran preguntado sobre la mujer a la que mordió un perro rabioso, al que después le cortaron la cabeza.

Otra noticia que le leí a mi abuela, mientras me hacía un jersey de lana de ochos, que estaban de moda, fue la del sangriento crimen de Atocha.

Ocurrió en mayo de 1929, cuando yo acababa de cumplir los diez años. En la estación de Atocha, en un baúl, que estaba depositado en consigna desde el mes de diciembre de 1928, se encontró el cadáver de un hombre al que le faltaba la cabeza. El baúl había sido remitido desde Barcelona. El cadáver era de un tal don Pablo, que se hallaba en la Ciudad Condal en viaje de negocios. Las sospechas sobre el autor del crimen recayeron en Ricardo Fernández, el criado del asesinado. Ricardo Fernández alegó en su defensa que estaba harto del trato despótico. Lo de despótico no lo entendí muy bien, mi abuela me explicó que el muerto trataba con despotismo al criado. Tampoco entendí qué era el despotismo, pero seguí leyendo la noticia. El criado había matado a su señor golpeándole con una plancha, después serró el cadáver, lo metió en un baúl y lo facturó para Madrid. Lo que no apareció nunca fue la cabeza, decía el periódico que a lo mejor el asesino la había tirado al mar en el puerto.

Mi abuela y yo disfrutábamos como enanos con ese tipo de noticias. No me cabe la menor duda de que han sido influencia directa para mi imaginación durante el resto de mi vida. Cuanto más truculentas eran, más nos gustaban.

Gila con siete años, remando en el estanque del Retiro madrileño, en 1926.
Los domingos solíamos ir al Retiro por la mañana, y por las tardes, cuando había partido en Chamartín, varios chicos del barrio íbamos a la carretera de Maudes y, como la tapia del campo era muy baja, veíamos pasar el balón de un lado al otro. Cuando el balón salía a la carretera todos los chicos nos abalanzábamos para apoderarnos de él, que nos servía como pase especial para poder entrar en el campo sin pagar. Al final del partido, cuando lograba entrar yo, me acercaba al portero del Madrid, Ricardo Zamora, y me dejaba llevarle los guantes hasta la puerta del vestuario. Nunca supe por qué pero siempre me llamaba el Obispo. Luego yo se lo contaba emocionado a mi abuela, y a mi abuela le daba igual porque no sabía quién era Ricardo Zamora. [**de su libro de memorias *Y entonces nací yo***]

El monólogo del cura de mi pueblo

Yo soy de un pueblo muy pequeño, tan pequeño que hagas lo que hagas siempre tienes un codo fuera. En mi pueblo las personas crecen asilvestradas. Les ponen una boina y pegan el estirón, como los champiñones pero en paleto.

Son más burros los de mi pueblo... Tienen una frente así de estrecha, que entre la boina y la ceja no les cabe una tarjeta postal. Y fíjense que digo LA ceja, porque tienen sólo una. Ancha, negra. Como si llevaran de luto la inteligencia.

Bueno, todos burros menos uno: el Damián, que yo creo que es como mínimo parapsicólogo. Trabaja en la cantina y no veas cómo cala a los parroquianos. Un día entra un tío en la cantina, pide un coñac y le dice el Damián: ¿No será usted bombero? Y el hombre pone cara de sorpresa y le pregunta que cómo lo sabe, y el Damián le dice: Pues por la forma de andar, el tono de la voz, cómo mueve las manos, la forma de apoyarse en la barra, el casco, el uniforme, la manguera...

Eso sí: parece mentira, pero en un pueblo tan pequeño tenemos un equipo de fútbol que es la envidia del país. Sin embargo, no tenemos ni periódico, ni radio, ni televisión... Vamos, que la crítica de los partidos la tiene que hacer el párroco, don Clemenciano, que es la única persona culta que hay por los alrededores.

Todos los domingos, después del sermón, dice: "Que se queden los aficionaos". Los que no son aficionaos se van al bingo y los demás nos quedamos allí. Entonces don Clemenciano se sube al púlpito y dice algo como:

Se jugó esta tarde un partido de fútbol entre dos equipos de tercera división y en el minuto 24 de la primera parte vimos con sorpresa cómo fallaba un gol delante de la portería el delantero centro de uno de los equipos. Y pregunto yo: ¿hasta qué punto ese delantero es culpable? ¿Hasta qué punto debe un delantero, y estoy hablando como ser humano, ensañarse en el portero contrario como el buitre se ensaña en la carroña? Pensemos: frente al delantero hay un portero, y ese portero tiene madre, y esa madre, anciana tal vez, se sentiría humillada por ese gol e iría por la calle señalada por el dedo de la afición, que diría: "Ahí va la madre de ese al que le metieron el gol".

¿Y debe un delantero humillar a la madre de un portero? Nooo..., porque madre sólo hay una, y fútbol, mucho. ¿Acaso hay madres de tercera división? Son todas de primera. Así que el delantero hizo bien fallando ese gol. A lo mejor ese delantero vio venir el balón, ¿por qué no?, y en ese momento pensó:

"No matarás", y llevó aún más lejos la enseñanza y pensó: "No rematarás", y se quedó quieto. Hizo bien fallando ese gol... porque también podría, en justa represalia, el portero humillar a la madre del delantero. ¿Y qué sería del deporte? Una mutua humillación de madres, y más si añadimos la del árbitro, que ya se la humilla por costumbre. Hizo bien fallando ese gol el chico. Porque, digo yo: si se juegan dos partidos, uno como local y otro como visitante, ¿por qué ha de ganar un equipo los dos? ¿Por qué ese egoísmo? Que cada uno gane un partido, para que el fútbol sea empate, amor de hombres y respeto de madres. Amén, y con Dios.

Teresa

Yo acababa de estrenar mis catorce años, Teresa tenía doce. Nos habíamos conocido en un cine de verano. No puedo recordar de qué hablamos: sólo recuerdo que nos hicimos novios. Cuando estábamos juntos, si alguien nos observaba, hablábamos de papá y mamá, para esconder nuestro noviazgo, aparentando que éramos hermanos. Lo hacíamos de común acuerdo, porque sentíamos la misma vergüenza.

Teresa tenía unos ojos grandes y despiertos, un pelo largo y fino descansando sobre sus hombros y una risa limpia que se te contagiaba.

Nuestra cita diaria empezaba a las siete de la tarde y terminaba con los gritos de su madre que se asomaba al balcón, ya con la mesa puesta para cenar.

Nuestro noviazgo fue corto. Teresa murió.

Salté las tapias del convento de los padres Paúles y arranqué las rosas más hermosas que encontré en el jardín.

Me colé en casa de Teresa y asomé la cabeza por entre las personas mayores. Dormía la noche eterna vestida de primera comunión. Fui un intruso en su entierro. Se fue con mis rosas.

Regresé a mi casa con la incomprensión de haber perdido a mi primera novia, que no tenía razón para morir.

Me quedé viudo a los catorce años.

El monólogo del maestro de escuela

[LLAMA POR TELÉFONO]

¿Hola? Sí, perdone, ¿vive ahí un maestro de escuela así como pequeñajo, feo, que parece medio tonto, un poco asqueroso...? Ah, que es usted. Disculpe que le despierte. Es que no me puedo dormir porque me ha traído el niño la factura del colegio y esto no puede ser, estoy preocupado. ¿No será la factura de algún viaje suyo a Valencia que se le haya traspapelado?

"Asistencia: 750 pesetas". ¿Esto es por ir al colegio y ya, o que el niño intenta entrar por la puerta y no puede y hay que contratar a un señor para que le ayude? Ah. O sea, por ir al colegio y ya..., vale. "Francés: 175". ¿No le importa si mejor habla deprisa el niño y ya está? Si da igual, si no se le entiende de todas formas. "Piano: 250". ¿Pero le dan el piano cuando acaba el curso? ¿No? Pues que toque la zambomba. "Calefacción: 325". ¿Esto es el precio de un año entero? De un solo mes, vaya. ¿Y si el niño va ya caliente de casa? Veo que va a ser mejor. "Gimnasia: 45". Si quisiera un niño deportista no lo enviaría a la escuela, lo pondría a jugar al fútbol. Haga el favor de no entrenarme al niño más. Déjemele como está. "Desgaste de patio: 185". Muy bueno. "Desgaste". ¿Esto es que lleva lija el niño y rasca el patio? Ah, ya veo, ya. Pero entonces deberíamos pagarlo a medias. Porque digo yo que también se me gastará el niño a mí. "Timbres: 17 pesetas". No hacen falta timbres. Que le llamen a gritos, que está acostumbrado.

Es que se están pegando ustedes una juerga a cuesta del crío que se les caen los palos del sombrajo. Casi mejor que no estudie. Le compro un traje y a fichar a una oficina. Venga, hasta luego.

El aula de la escuela olía a tinta barata y a humedad. La sotana de los frailes, a rancio. Decía Mariano Cifuentes, uno de mis compañeros de clase, que era porque los frailes después de mear no se la sacudían, y uno, que se apellidaba Sanabria, decía que los frailes no se la sacudían porque sacudírsela era pecado y Cifuentes le decía que sacudírsela no era pecado, que lo que era pecado era meneársela y el Maceda, que se sabía de memoria el catecismo, decía que meneársela no era pecado, que era pecado si se la meneabas a otro y encima te gustaba. Nunca se ponían de acuerdo. **[de su libro de memorias *Y entonces nací yo*]**

Los pobres

Una mañana leí algo en el periódico que me causó una gran impresión. Hablaban de doscientos pobres que habían sido envenenados en Chamartín. Me acerqué a mi abuela y se lo leí:

Un descuido en las cocinas de los padres jesuitas en Chamartín de la Rosa ha sido la causa de que se intoxicasen más de doscientos pobres, de los cuatrocientos que diariamente son socorridos con la clásica sopa por aquella comunidad. A las seis de la tarde comenzaron a llegar los primeros intoxicados a la casa de socorro de Tetuán de las Victorias, donde se hallaban de guardia los doctores Infante, Fernández Alfañaque y Biesa, con el practicante don David Sánchez, todos los cuales se desvivieron y se multiplicaron para auxiliar a los pacientes que, en numerosos grupos, llegaban demandando su asistencia facultativa. Gracias a su actividad y a su ciencia, al auxilio prestado por la Cruz Roja y por la profesora de cirugía doña Dolores Burnes, y a los trabajos del alcalde, el suceso no revistió caracteres de catástrofe. En la foto podemos ver al religioso encargado del reparto de sopa a los pobres, distribuyendo limosnas de veinte céntimos a los que concurren después del suceso.

En la foto se veía a un cura de espaldas y un pobre con la mano extendida recogiendo los veinte céntimos.

Un poco más abajo venía un anuncio que decía: "Fosfatina Falieres es el alimento más recomendado para las personas de estómago delicado". Y pensaba yo que por qué los padres jesuitas, en lugar de darle a los pobres una sopa envenenada, no les habían dado la Fosfatina Falieres. Porque los pobres, pensaba yo, tienen el estómago delicado de comer poco y mal.

A mí, esto de que hubiera pobres que hacían cola para que les dieran una sopa no me parecía normal, no me entraba en la cabeza que hubiera gente tan pobre que no tuviese dinero para comerse una sopa. Y dándole vueltas al asunto se me ocurrió un invento para acabar con los pobres en diez años. Se lo expliqué a mi abuela, era muy sencillo. Todos los domingos, cada uno de los veinticinco millones de españoles le dábamos dos pesetas al Gobierno y el Gobierno, el lunes, las repartía entre veinticinco pobres. De esta manera, cada semana, veinticinco pobres disponían cada uno de dos millones de pesetas, que yo calculaba era el capital que tendría en aquel entonces el conde de Romanones.

Teniendo en cuenta que en diez años hay quinientos domingos, multiplicados por veinticinco, en diez años doce mil quinientos pobres serían millonarios. No sé el número de pobres que hay en España en la actualidad, pero estoy convencido de que, si mi abuela me hubiera hecho caso, habría ahora en España alrededor de cien mil pobres menos y cien mil millonarios más.

Cuando le contaba este tipo de ideas mías, la abuela miraba al infinito y decía siempre lo mismo: "¡Este chico es tonto!".

El monólogo de la caridad cristiana

Esto sucedió cuando yo tenía cinco años. Por aquel entonces mis padres tenían una fortuna incalculable: vivíamos en una mansión tremenda, con ama de llaves, doncellas, mayordomo, jardinero, aves del paraíso y chófer.

Llegó el día del lema aquel de "Siente un pobre a su mesa", y el mayordomo salió a buscar un pobre para cumplir con nuestro deber de buenos cristianos. Era invierno, las calles estaban cubiertas de nieve y no resultaba fácil dar con un pobre. Mi padre, para asegurarse pobres a los que dar de comer, había ordenado poner cepos en las puertas de las iglesias, que era donde más pobres había, pero a causa del frío se habían resguardado todos en sus cuevas.

El mayordomo tardó más de nueve horas en volver a casa con un pobre. Le dio caza a la altura de Navacerrada, utilizando perros amaestrados en el noble deporte de la caza de pobres, que era una de las aficiones preferidas de papá.

El pobre estaba en los huesos. Cuando entró en el comedor, su cara expresaba desconfianza. La mesa la presidía mi padre, y a su alrededor estábamos mi hermana, mi madre, la abuela y yo.

—Tome asiento, señor pobre —dijo papá—. Estamos felices de tenerle entre nosotros para poder cumplir nuestro deber como cristianos. Lo único que le pido es que se lave un poco.

El pobre fue al cuarto de baño. Cuando volvió, se subió las mangas del abrigo y le enseñó las manos a papá, que las inspeccionó antes de dar permiso para empezar a servir la cena.

—Esperamos que le guste la comida —dijo mamá—. Tenemos ostras como entrante. Después hay lenguado meunier y luego un tournedó con champiñones.

El pobre puso cara de póquer y dijo:

—Preferiría unas lentejas con chorizo, si no es mucho pedir.

—Pero, señor pobre —dijo papá—, las ostras son un manjar de dioses. Y si se toman con un vino rosado René Barbier bien fresquito, están de rechupete. Hágame caso.

—De beber mejor un tinto. Las ostras es que me dan ascazo, lo siento.

Nos quedamos todos fríos.

—Son ostras del Cantábrico, las han traído hoy mismo —dijo papá.

—O como lentejas o me quedo sin comer —dijo el pobre.

—Usted es un invitado, y los invitados no ponen pegas. ¡Es de mala educación! —dijo papá con el gesto torcido—. Le hemos invitado porque somos una familia buena y educada.

—Las ostras son repugnantes —dijo el pobre.

—Hoy es un día muy especial y no quisiera que el pecado de la ira arruinara mi actitud cristiana —dijo papá—. Haga usted el favor de comerse las ostras.

Se hizo el silencio. El pobre miraba el plato de ostras.

—¿Qué espera? —dijo papá.

—¿Y unas lentejitas solas, sin su chorizo...?

—Es usted un caprichoso.

Empezamos a asustarnos. Sabíamos del carácter violento de papá.

—¿Y si buscamos otro pobre? —susurró mi abuela.

Mi madre vio el cielo abierto y apoyó la propuesta, pero mi padre no quería ceder.

—El problema no es buscar a otro pobre —dijo, y se volvió hacia el indigente—. ¿Usted quién se ha creído que es? ¿El duque de Windsor?

—No.

—Cómase las ostras o le reviento la cara a hostias.

El pobre se asustó. Agarró una ostra y todos le miramos con una sonrisa. Pero, antes de que la ostra tocase su boca, la miró y la volvió a dejar en el plato. Mi padre, consumido en la ira, se levantó con los ojos rojos y dijo:

—¡Que se lo coma! ¡Pobre de mierda! ¡Sucio!

El pobre volvió a coger la ostra y se la llevó a la boca, pero no se la tragó. Nos miraba con la boca cerrada, llena, y mi padre no pudo contenerse más:

—¡Está bien, marquesito! ¡Usted lo ha querido! ¡¡Matías!!

El mayordomo se acercó a la mesa.

—¿Señor?

—¡Sujete al mendigo!

El mayordomo agarró al pobre y, valiéndose del abrigo del infeliz, que le quedaba largo, improvisó un nudo con las mangas convirtiéndolo en una especie de camisa de fuerza.

—Se acabaron las contemplaciones —dijo mi padre—. Ábrale la boca.

Matías, haciendo palanca con el mango de un cucharón, abrió la boca del pobre, mientras mi padre le metía en la boca trozos de ostra y pedacitos de pan, y de vez en cuando le arrojaba a las fauces un sorbo de vino rosado René Barbier bien fresquito.

Y así fue como aquella noche cenamos felices compartiendo mesa con un auténtico pobre. Como buenos cristianos que somos.

Dos singles de 7″ con monólogos de Gila editados a mediados de los años cincuenta.
La forma de retratar el mundo a través de sus viñetas refleja desde el principio una visión
tierna y sin filtro que traslada la realidad más cruda al plano del humor. Jamás riendo
desde arriba, sino haciéndolo siempre a la misma altura de la gente que no tiene nada.

Para tener sentido del humor es importante reunir una serie de condiciones. Tener dinero,
ser guapo, tener gente guapa y simpática alrededor... Porque si eres feo y bajito y no tienes
dinero y andas resfriado, igual no tienes tanto sentido del humor. O lo tienes por la fuerza,
porque si no lo tienes lo mismo te mueres. Depende de unas cuantas cosas.
[de una entrevista realizada por Cristina Morató en el programa *Plató vacío*,
emitido por TVE en 1986]

El monólogo del bombero, primera parte

EL LIBRO DE GILA

[LLAMA POR TELÉFONO]

Aquí la bombería, diga. Los bomberos. Aquí los bomberos. Cuénteme.

¿Nota usted como sofoco? ¿Mucho calor? ¿Y nota usted... así como olor a quemao? Y mucho humo también. Entiendo. Pues va a ser un incendio. Déjeme que piense. ¿Qué calle es?

Por la avenida del Poeta Coliga, de acuerdo, creo que ya sé. ¿Qué número? ¿Que hay una zapatería enfrente? La zapatería del señor don Marcos. Anda que no le he apagao fuegos. Cómo prenden los zapatos esos. Muy bien. De todos modos yo iré oliendo los portales y donde huela a quemao pues ahí me meto. Oiga, y para no perder tiempo, ¿qué tranvía me deja cerca? Es que estoy solo, no tenemos el coche de bomberos ahora, se han ido mis compañeros a un bautizo y se lo han llevao. No, no se preocupe, si a mí me gusta trabajar solo. Estoy bien. Puedo ir a eso de las once, tardaré un rato. Pero si le viene mejor puedo ir mañana. No muy temprano, que tampoco quiero hacerla que madrugue. Mientras tanto vaya echando unos cubos de agua fría al fuego cada quince minutos y así alivia el incendio. Si ve que la cosa se pone fea vuelva a llamar y me dice. Llame aquí y pregunte por Cecilio. Sí, Cecilio el bombero. Como estoy solo pues me aviso a mí mismo. Entro y digo: "¡Cecilio!", y yo mismo digo "¿qué pasa?", y yo me respondo: "Que te llama una señora", y ya vengo y pues la atiendo. Descuide que no se me olvida, pero si ve que no le digo nada vuelva a llamar. Quédese tranquila que lo tengo todo controlao. Llamo ahora a mis compañeros y les digo por si acaso pudieran acercarse. Un abrazo, y a no quemarse.

Gila en 1928, el día en que hizo la primera comunión.
Yo iba a un colegio en la plaza de Chamberí y teníamos al lado el parque de bomberos,
que creo que ahora es una alcaldía o algo. Todos los niños corríamos al lado del coche de
bomberos cuando salía del parque, y llegábamos al incendio a la vez que los bomberos, así de
despacito iban por aquel entonces. **[de una entrevista realizada por Pablo Lizcano en el**
programa *Fin de siglo,* **emitido por TVE en 1987]**

El monólogo del bombero, segunda parte

[LLAMA POR TELÉFONO]
¿Oiga? ¿Es el merendero Angulo? ¿Están los bomberos del bautizo? El bautizo del hijo del jefe. Sí, esos, los de los cascos. Que se ponga. No, el niño no. Que se ponga un bombero, el que sea.

¿Oye? ¿Quién eres? Ah, Josetxu. Cómo vas. ¿Os queda mucho bautizo? ¿En serio? Qué pesaos sois... A ver, te cuento. Que tengo un montón de avisos y no doy abasto.

Han llamao los de la casa que apuntalamos hace cinco años, que dicen que ya no aguanta. Cuando paséis le dais una patada al palo que pusimos y que se caiga ya todo porque eso no tiene solución ninguna.

¿Te acuerdas de los que llamaron la semana pasada, que se les había reventao la cañería? Pues ha llamao el portero y dice que se han ahogao, así que otra cosa menos.

Ha llamao también el vago, el de todos los días, que dice que ya está en la cama y que vayamos a apagarle la luz. Digo yo que habrá que ir.

Luego tengo un aviso de un incendio importante pero creo que no es buena idea que vayamos porque la escalera nueva llega como mucho a un segundo piso y este fuego es en un séptimo. Aunque suba el Abelardo, que es alto, no creo que llegue. No, nada, que se les ha quemao el abuelo, pero era ya mayor, no pasa na. Vale, lo tacho.

Y ahora acabo de recibir un aviso que he quedao en que iremos mañana, pero tampoco parece gran cosa. Eso es, correcto. Tachao también.

Bueno, pues a divertirse. ¡Oye!, y una cosa importante: traedme unas pastas de las que me gustan. Las de chocolate. Cuento con vosotros, eh. Venga, adiós guapo. Hasta la noche.

El frío

El frío es algo que nunca ha existido para mí. No usé un abrigo hasta que cumplí los treinta años, quizá por haberme criado en aquella buhardilla congelada. Si en pleno invierno tenía que salir a la calle, a buscar la leche o a cualquier otro mandado, usaba una camiseta de mi abuelo que me llegaba por debajo de las rodillas, y en los pies unas alpargatas. La portera, al verme, decía: "Ahí va Adán el Pillo. Desnudo, y con la mano en el bolsillo".

Ni siquiera durante la guerra, en Somosierra, ni en el frente de Teruel, he sentido frío. Es posible que se debiera a que el techo de mi casa era de un grosor que no llegaba a los quince centímetros. Esto lo comprobé el día que se prendió fuego la cocina y los bomberos lo derribaron.

Estábamos los chicos del barrio jugando en un solar cuando escuchamos la campana de los bomberos. Corrimos detrás del coche de bomberos, que se detuvo en el portal de Zurbano 68 y de repente alguien me dijo: "Es en tu casa". Subí los escalones de dos en dos y cuando llegué a mi casa, me encontré con los bomberos derribando a golpes de pico y hacha el techo de la cocina y echando cubos de agua en las maderas que mi abuelo tenía preparadas para su trabajo. En el montante o tragaluz del comedor habían puesto una escalera de mano y arriba del todo estaba subida la Julia, una vecina que vivía sola. Me pedía cubos de agua que yo le llevaba con entusiasmo porque Julia no llevaba bragas y desde debajo de las escaleras yo le veía el conejo.

Lo que no podía entender es que en mi casa hubiera un fuego, si en el portal de la casa de ladrillos había un letrero que decía: "Esta casa está asegurada contra incendios".

En 1930, con varios de sus amigos. En el dorso de la foto está escrito: *de pie, de izquierda a derecha: Juanito, el Gregorio, Pedro Tabares, César Bello y Gustavo. Sentados, Cabecilla y yo, Miguel Gila, un poco a oscuras.*

Dejé la escuela a los trece años. Me hice aprendiz de mecánico, luego pintor de coches en "Carrocerías MEL"... Bueno, pintor de coches o pintor de sobacos, porque ponían los coches en lo alto y al pintar alzando el brazo la pintura te caía por todo el sobaco que luego se secaba y tenías que quitártela con una espátula. Luego fui fresador, como Serrat. Luego pasé a Elizalde Motores y posteriormente a Boetticher y Navarro. En Elizalde trabajaban Manolo y Ramón, el Dúo Dinámico, pero ellos eran delineantes. La verdad es que hice de todo.
[de una entrevista realizada por Joaquín Soler Serrano en el programa *A fondo*, emitido por TVE en 1976]

EL LIBRO DE GILA

El interés por el dibujo me lo despertó una novela ilustrada que se entregaba cada semana. Se titulaba "Gorriones sin nido", el autor era Mario d'Ancona, y trataba de dos niños huérfanos que se llamaban Carabonita y Perragorda, y que vivían en la calle pasando mil penurias. Aquellos dibujos me hipnotizaban.
[de su libro de memorias *Buenos Aires, mon amour*]

Algunas observaciones acerca del número siete

Es interesante saber que el número siete es uno de los números más misteriosos y complejos. Se trata de un número fundamental para nuestro funcionamiento en sociedad.

Los días de la semana son siete.

Añadimos tres a las cuatro semanas del mes, y suman siete.

Si se quitan cinco a los doce meses del año, quedan siete.

Plinio el Joven, Petrarca, Napoleón y Aristóteles tuvieron siete años cada uno durante un año entero cuando eran niños.

Los dos ojos de los hombres sumados a los cinco dedos de la mano dan siete.

Y si a los diez dedos de las manos se le restan las dos orejas y la nariz, suman siete.

El número siete está en todas partes. Cada vez que lo pienso se me pone la carne de gallina.

EL LIBRO DE GILA

Mi abuelo

Mi abuelo se llamaba Antonio y era carpintero o ebanista, nunca he sabido muy bien cuál es la diferencia entre una cosa y otra. Creo, según escuché alguna vez, que el ebanista es más fino que el carpintero, que el trabajo de los ebanistas es más delicado que el de los carpinteros, aunque en mi abuelo era difícil establecer la diferencia, ya que lo mismo hacía puertas y ventanas para alguna obra, que tallaba un mueble de biblioteca, tapizaba un sillón o hacía cajas para peines cortando maderas muy exquisitas en largas tiras que luego barnizaba con distintos colores que recordaban un poco al arte de los árabes.

Mi abuelo era un artesano de su profesión. Trabajaba por cuenta propia. Tenía su taller instalado en la cocina: junto al puchero del cocido estaba siempre el bote de pegamento industrial y había que andarse con ojo para no pegarle un trago a ese bote en vez de a la leche.

A mi abuelo le importaban tres puñetas los derechos del niño y me hacía trabajar con él después de que yo saliera del colegio. Íbamos a las casas a hacer lo que él llamaba chapuzas y yo le acompañaba con una pequeña maleta de madera donde llevaba sus herramientas.

Tapizaba sillones de gente rica con telas de colores tristes y los remataba con una greca dorada llena de pelotitas colgando. Cuando mi abuelo me colocaba un sillón encima de la cabeza para que se lo llevara a alguno de sus clientes, me advertía que no me sentara encima del sillón durante el trayecto. A los veinte minutos de andar con el sillón encima de la cabeza, se me empezaba a poner la cara morada. Descansaba un rato sentado en el bordillo de la acera y cuando el pescuezo recobraba su longitud normal, me ponía de nuevo el sillón sobre la cabeza, ayudado por algún transeúnte caritativo, y llegaba a casa del cliente, donde su señora me daba una peseta y otro sillón con los muelles asomando con el que tenía que volver a cargar de vuelta a casa, haciendo varias paradas durante el trayecto para no morir en la calle.

Mi abuelo era un hombre serio, son contadas las veces que le vi reír, pero tenía un gran sentido del humor. Cuando en nuestra casa no iba bien el trabajo y nos lamentábamos de la falta de dinero, él, en lugar de ponerse de mal humor, si entraba por la puerta después de no haber cobrado algún pago pendiente, cantaba:

> *No tenemos dinero,*
> *no tenemos dinero,*
> *pondremos el culo*
> *por candelero,*
> *pondremos el culo*
> *por candelero.*

Y el resto de la familia nos íbamos agregando a la canción hasta formar un coro.

> *No tenemos dinero,*
> *no tenemos dinero,*
> *pondremos el culo*
> *por candelero.*

Nos reíamos y se nos olvidaba el problema del dinero.

Yo de pequeño decía siempre: "Cuando sea mayor no quiero ser ni carpintero, ni arquitecto, ni albañil, ni nada. Yo quiero ser viejecito como mi abuelo". Mi abuelo era un abuelo estupendo, con un sentido del humor muy fino. Un día estábamos los dos sentados en un banco de la Castellana y una señora que pasaba nos echó unas monedas a los pies. Mi abuelo me miró y dijo: "Qué pinta tendremos, Miguelito, que nos acaban de echar una limosna". Y se metió la moneda en el bolsillo. **[de una entrevista en Onda Madrid emitida en 1990]**

El monólogo de mi abuelo el inventor

Mi abuelo era un sabio, era inventor.

Había inventado una taza con el asa al lado izquierdo, para zurdos, y decía: "Para que no tengan que ir a desayunar al otro lado de la mesa". Y también inventó un colador para pobres, sin agujeros, para que no se les fuera el caldo y mojaran pan. Después quería inventar la radio en colores, y ahí ya... Estuvo en el balcón dos meses, con tres latas de pintura y una brocha, dando brochazos al aire y diciendo: "¡El día que agarre la onda...!". Lo único que agarró fue una pulmonía.

Cómo querían a mi abuelo en el barrio, la de gente que vino al entierro... Le tuvimos que enterrar seis veces, la gente: "¡Oootra, oootra!", y métemelo y sácalo, parecía un bizcocho mi abuelo. Cuando estaba dentro de la tumba con todo tapado llegaba una vecina: "¡Ay, que yo no lo he visto!", y otra vez con el abuelo para fuera.

Mi abuelo era mayor que yo. Y sin embargo yo le daba consejos. Le decía siempre: "Abuelo, déjales los inventos a los japoneses", porque es verdad, ¡cómo inventan esos tíos! Y todo chiquitito, que eso es lo que a mí me gusta de los japoneses, la delicadeza que tienen para los inventos. Televisores del tamaño de una caja de cerillas. ¿Y los relojes? Han inventado un reloj que tiene brújula, despertador, televisión en colores, alarma antirrobo, frecuencia modulada, calendario perpetuo, horóscopo, termómetro, cortauñas y detector de mentiras, y aprietas un botón y te dice la hora que es en Bruselas, que parece una tontería, pero quién de nosotros no ha ido algún día por la calle y ha dicho: "¿Qué hora será en Bruselas?".

Si mi abuelo hubiera sido japonés yo creo que no se nos habría muerto nunca, algo habría inventado.

Pepe el de la Carola

Mi gran amigo de la juventud fue Pepe el de la Carola.

Le llamábamos Pepe el de la Carola porque en la casa en la que vivíamos había otros cinco Pepes. Y porque su madre se llamaba Carola. Era un muchacho distinto a los demás, todos le admirábamos. Pepe el de la Carola me dio una pedrada en la frente una vez, sin ningún motivo.

Pepe el de la Carola tenía un perro llamado Canelo. Era un perdiguero que no conocía la caza. No hubiera sabido distinguir una perdiz de un lenguado. El Canelo tenía cara de sacristán de pueblo y era un holgazán.

Pepe el de la Carola era el excéntrico del barrio, nuestro héroe. Con frecuencia se escapaba de su casa, se hacía una chabola en un solar y vivía varios días alejado de sus padres y hermanas. También dentro de la chabola vivía el Canelo. Los chicos robábamos en nuestras casas huevos, pan y naranjas, y metíamos en un pedazo de pan el tocino y la carne del cocido para llevárselo a Pepe el de la Carola.

La Carola no se preocupaba ni de su Pepe, ni del perro de su Pepe.

Cuando Pepe el de la Carola se cansaba de vivir en la incomodidad de la chabola volvía a su casa con los riñones doloridos y los ojos irritados del humo de las hogueras que hacía para matar el frío. Pero nadie le daba órdenes, nadie le decía lo que tenía que hacer.

Un día, Pepe el de la Carola se escapó de su casa y con él se escapó el Canelo. Nunca regresaron. Vivieron por todas partes. Cuando nos alistamos en el ejército sabíamos de antemano que él también se había alistado. Queríamos ser como Pepe el de la Carola: libres de verdad.

Pepe ya no vive. Murió en la guerra, sin alcanzar la paz.

Durante una de las excursiones a Hoyo de Manzanares que Gila solía organizar con sus amigos. En el dorso de la foto está escrito: *Carlos y César (marcados con una equis) fueron fusilados al finalizar la Guerra Civil. A su derecha, en orden, aparecemos: Pepe, yo y Cabecilla. Me recuerdo ágil. Fuerte pero delgado, siempre saltando las tapias de los solares, abriendo las puertas de los coches para ganarme una perra gorda, colgado de los topes de los tranvías, muy alegre y muy sentido. Pillo sin llegar a sinvergüenza, y travieso sin llegar a golfo.*
[de una entrevista realizada por José Luis Pécker y emitida por la Cadena SER en 1981]

105

II

¿Ustedes podrían parar la guerra un momento?

De cuando Gila ordeñó una vaca, hizo amigos en lugares insospechados, recibió consejos, recibió órdenes, fue fusilado, acabó en la cárcel y allí conoció a un poeta

El monólogo de la guerra

Pues nada, que estamos con un lío aquí en la guerra...

El general todo el día con los prismáticos mirando a las chicas que hay en los balcones, que no mira a las trincheras ni una vez, pero luego llega el día de repartir las medallas y son todas para él. Empieza: dame esa, y esa, la redonda, esa no que ya la tengo, dame esa otra.

Yo sólo tengo una medalla. Esta pequeña, porque me la dio un cura, es una medallita de San Antonio, pero al menos la tengo dedicada por detrás, que dice: "Para Gila de su gran amigo San Antonio". Y tengo claro que me la merezco, con la de gente que he matado. Un día maté a treinta y vino la policía y les dije: "He sido yo, ¿qué pasa?", y no pasó nada porque estamos en guerra y dejan matar.

No es por chulearme, pero cómo mato yo. Mato muy bien. Un día, en un combate, voy, le pego un tiro a uno, y me dice: "¡Que me has dao!". Y le digo: "¡Pues no seas enemigo! ¿Qué quieres que te dé , un beso en la boca?". Y dice: "Pero es que me has hecho un agujero". Y le digo: "Pues ponte un corcho". Y dice: "¿Y con qué tapo la cantimplora?". Y yo: "Muérete ya, anda, ¿no ves que estoy avanzando?".

Es lo malo de las guerras, que también tienen sus peligros, pero entre todos procuramos mantener un civismo. A veces estamos en plena batalla y cruza una viejecita y dice el coronel: "¡Alto el fuego!", y hasta que no cruza la vieja no seguimos disparando.

Lo que más me cabrea de la guerra son las broncas que tengo con mi mujer cuando vuelvo. Empieza: "Cómo vienes de guarro, si te habías ido hecho un pincel". Y digo: "Porque nos tenemos que arrastrar por el barro". Y dice: "Pues pon periódicos". ¿Pero qué idea tendrá ésta de lo que es la guerra?

Bueno, tengo que hacer unas llamadas.

Primero a resolver lo del armamento. Qué pocas ganas tengo...

[LLAMA POR TELÉFONO]

¿Es la fábrica de armas? ¿Está el ingeniero, el señor Emilio? Que se ponga.

(...)

¿Señor Emilio? Le llamo por un asunto de reclamaciones. Que de los seis cañones que mandó ayer nos han llegado tres sin agujero. Sí, nos hacen falta con agujero para que salga la bala. Estamos disparando con la bala por fuera. Al mismo tiempo que uno aprieta el gatillo, otro corre con la bala, pero se cansan y al rato la sueltan. No sabemos dónde la sueltan porque no vuelven. Muy bien, esperamos los cañones entonces.

Y luego lo del submarino. Muy bonito, pero no flota bien. Lo hemos echao al agua y se ha hundido y no ha vuelto a subir. Ah, ¿que era un barco? Joder. Con razón nos costó tanto hundirlo. Fallo nuestro entonces. Pero con el precio que tienen ya podían mandarlos con folleto de instrucciones.

Tampoco tenemos tanques. Estamos usando unos coches modelo Seiscientos con enanos dentro que van insultando al enemigo sin parar. No matan, pero desmoralizan.

En el tema de la aviación estamos tirando a los paracaidistas sin paracaídas, por ahorrar, y nos estamos quedando sin existencias. Sólo sirven pa una vez, no es buen negocio.

Una cosa más, disculpe, ¿sabe usted si ha ido a comprar un avión un soldado que se llama Julito, que su padre es pescadero y tiene una novia que tiene un lunar en el pescuezo a la derecha según la miras? Que se ponga.

(...)

¡Julito! ¿Tú te has sentado encima del caballo del capitán? Mírate el culo a ver si lo llevas puesto. Es un caballo marrón, con moscas.

(...)

¿Lo tienes? Ya les decía yo que seguro que lo tenías. Bueno, ven cuando puedas y tráete el caballo, que te estamos esperando para avanzar. Que encima el coronel dejó anoche el tanque aparcado en doble fila y se lo ha llevado la grúa, no damos para disgustos. Oye, y dame el teléfono del enemigo, que lo estoy buscando y no lo encuentro. Venga, gracias, un abrazo.

[CUELGA Y MARCA OTRO NÚMERO]

¿Es el enemigo? Que se ponga.

[SE OYEN DISPAROS Y ESTRUENDO DE BOMBAS. TAPA EL AURICULAR DEL TELÉFONO Y GRITA]

¿El enemigo? Oiga, ¿ustedes podrían parar la guerra un momento? ¡Que digo que si pueden parar la guerra un momento!

Ahora sí le escucho. Le quería preguntar una cosa. ¿Ustedes van a avanzar mañana? ¿A qué hora? Entonces, ¿cuándo? El domingo. ¿Pero a qué hora? ¡Ah! A las siete. ¿De la mañana? Es que a esa hora estamos todos acostados. ¿No podrían avanzar por la tarde? Después del fútbol. Perfecto.

¿Van a venir muchos? ¡Hala, qué bestias! Pero esos son muchísimos. Yo no sé si habrá balas para tantos. Bueno, nosotros las disparamos y ustedes se las reparten.

Ayer estuvo aquí el espía de ustedes, Agustín, uno bajito, vestido de lagarterana. Se llevó los mapas del polvorín. Que los traiga pronto, por favor, que sólo tenemos esos. Bueno, pues que haga una fotocopia y nos los devuelva el jueves, como mínimo. Es que ahora estamos que no encontramos el polvorín, y nos hace falta. De acuerdo, gracias.

¿Ustedes tiraron un cañonazo ayer? Es que le han dado a una señora que no era de la guerra y está el marido enfadadísimo.

Y una última cosa. ¿Podrían parar la guerra una hora o así? Porque se nos ha atrancado el cañón. Nada, el sargento, que ha metido la cabeza dentro para limpiarlo y no la puede sacar. Está vivo porque le oímos, dice: "Sacaaadme de aquí", y hemos probado con jabón pero nada, se le pone el pelo rubio pero no sale. (...) Pues es verdad, a lo mejor disparando se desatranca, no se nos había ocurrido. Probamos ahora mismo. Gracias otra vez, enemigo.

Bueno, entonces quedamos así. De acuerdo, el domingo nos vemos donde siempre. ¡Que usted lo mate bien! Adiós.

Miguel Gila junto a varios compañeros y compañeras de su batallón del Decimotercer Regimiento "Pasionaria".
En la guerra hice de todo. Hasta me fusilaron. Me apuntaba voluntario a todo, me inyectaban vacunas para ver si funcionaban, recuerdo que me dieron una barra de pan a cambio de probar en mí las primeras vacunas contra el tifus que vinieron de Alemania. Incluso ayudé a una mujer a dar a luz en una iglesia perdida. **[de una entrevista realizada por José María Íñigo en la revista *Diez Minutos* en 1985]**

Las momias

Tenía diecisiete años cuando estalló la Guerra Civil. Me alisté como voluntario en el bando republicano.

Mi primer frente de batalla fue en Sigüenza, donde curiosamente no había ningún frente de batalla. Ni siquiera sé si había enemigos por allí. Tal vez los hubiera, pero yo no los vi. O estaban muy lejos o se escondían muy bien. La primera misión que me fue asignada fue hacer de centinela en un lugar del viejo castillo de Sigüenza en el que había unas tumbas de unas monjas, medievales. Por un agujero que habían abierto en el suelo de un patio se veían las momias, que habían sido sacadas de sus ataúdes y estaban esparcidas por el suelo. Alguien, no sé si gente del pueblo o milicianos, había intentado encontrar algún tesoro oculto en aquel cementerio en el que además de las monjas estaban enterrados obispos, cardenales y algunos nobles.

Aquellos esqueletos tirados por el suelo me tenían aterrorizado. Durante las dos horas de guardia me produjeron más terror los muertos que la posibilidad de que un enemigo se presentara de improviso. Yo sabía que el fusil que tenía en mis manos era capaz de matar a un hombre, pero tenía mis dudas sobre si ese fusil era capaz de acabar con alguna de aquellas momias. Sentía que en cualquier momento me iban a atenazar con sus huesos cubiertos de aquella piel apergaminada, y me iban a meter en uno de los ataúdes.

Había visto muchas películas de guerras, pero ninguna en la que la guerra se representase con un chico sentado de noche en silencio rodeado de cadáveres de monjas. Pronto descubriría que la guerra de verdad era muy distinta a la de los cines.

La vaca

Una tarde, estando en el frente de Sigüenza con los compañeros montando guardia, se nos metió en la cabeza la idea de ordeñar una vaca, pero ninguno de nosotros tenía ni la más remota idea de cómo se hacía aquello. Éramos unos milicianos casi adolescentes y habíamos vivido siempre en la capital. Lo intentaron algunos, apretaban las ubres del animal, pero de allí no salía nada.

Yo había visto alguna vez a Kananga —el lechero de mi barrio, que tenía apellido de jefe de tribu africana— ordeñar, y recordaba que se escupía en la palma de la mano antes de cerrarla sobre uno de los pezones después de haber doblado el dedo pulgar; al tiempo que apretaba, daba un pequeño tirón, de esa manera salía un chorrito de leche que iba a parar al cántaro o cubo que tenía colocado bajo la teta de la vaca.

Así que yo, imitando a Kananga, me escupí en la mano, doblé mi dedo pulgar, cogí uno de los pezones de la teta y comencé a apretar con fuerza, al mismo tiempo que estiraba. Se produjo el milagro, comenzó a salir un chorro blanco que, con fuerza, iba cayendo en el cubo que habíamos puesto justo debajo de la ubre.

Aquello fue como cuando en una película, después de muchos días de perforar el suelo de un desierto, sale un chorro de petróleo. Todos mis compañeros daban saltos de júbilo y gritaban a mi alrededor. Algunos, los más ansiosos, metieron la cabeza debajo de la vaca y bebieron la leche sin dejar que esta llegara al cubo. Un momento especial.

Represento la guerra como algo absurdo porque la guerra es, en sí, absurda. **[de una entrevista en el periódico *Diario 16* publicada en 1987]**

El monólogo del ejército, primera parte

Les voy a contar por qué estoy aquí. Yo trabajaba de ascensorista en unos almacenes y un día en lugar de apretar el botón del segundo piso apreté el ombligo de una señora y me despidieron.

Me fui a mi casa y me senté en la silla que teníamos para cuando nos despedían del trabajo. Entonces llegó mi tío Cecilio con un periódico que traía un anuncio que decía: "Se necesita soldado que mate deprisa. Razón: la guerra". Y dijo mi abuela: "Apúntate tú, que eres muy espabilao". Y dijo mi hermana: "Pero tendremos que comprarle un caballo". Conque fuimos a comprar el caballo, pero no los vendían sueltos, tenían que ser con carro y eran carísimos. Y dijo mi mamá: "Este caballo está muy sucio, va a ser mejor que la guerra la hagas a pie, que cansa más pero al menos vas limpio".

Entonces mi madre me hizo una tortilla de escabeche y me preparó un termo con caldo y me fui a la guerra.

Cuando llegué a la guerra estaba cerrada, pero había en la puerta una señora que vendía bollos y torrijas, y le pregunté: "Señora, ¿es ésta la guerra del catorce?". Y me dijo: "No, ésta es la del veintiséis. La del catorce es más abajo". "¿Y sabe usted a qué hora abren?", pregunté otra vez. Y me dijo: "No creo que tarden mucho porque ya han tocado la trompeta".

¿No será que eres fascista?

Durante la guerra, apoderarse de algo que no nos pertenecía se llamaba "requisar".

En las casas donde había corral y que nos decían que eran propiedad de algún *facha*, "requisábamos" todo lo que fuese comestible: gallinas, conejos, cerdos... Pero la verdad es que algunos "requisaban" objetos o ropa y otras muchas cosas que no eran demasiado comestibles.

Muchas casas, las de gente de dinero, habían sido abandonadas por sus dueños, que se habían ido por temor a ser ejecutados por los rojos. En su huida se habían llevado lo justo para sobrevivir. Lo que hacíamos tenía más de saqueo y atraco que de "requisa".

Aunque yo no era muy culto, desde mi niñez había aprendido a tener respeto por todo lo que me pertenecía, y mucho más por lo que pertenecía a otra gente. En ese ayudar a mi abuelo en sus chapuzas íbamos a casas donde había cuadros, lámparas, relojes, y, sobre algunos muebles, objetos de valor o pequeñas esculturas de bronce o mármol, y fue mi abuelo de quien aprendí el valor de todo aquello, todos esos objetos hechos por artistas y artesanos de gran talento, y el respeto por lo que se conoce como "la cultura".

Así, cuando me negaba a participar en alguno de los saqueos, que para mí no tenían otra finalidad que la destrucción, alguno de mis compañeros siempre me decía: "¿No será que eres fascista?". Y pensaba yo que qué tenía que ver romper un piano, quemar cuadros y libros, o robar unas joyas con la defensa de la República.

Pero el hecho de no participar en alguno de aquellos actos era motivo de sospecha para mis compañeros. El mundo al revés.

El miedo

Seguíamos en Sigüenza cuando, un día cualquiera y sin previo aviso, nos llegó el primer enfrentamiento con el enemigo. La Guardia Civil y algunos militares se habían hecho fuertes en una catedral y ahí, sin ninguna disciplina militar por nuestra parte, tuvo lugar, como bautismo de fuego, una de las batallas más absurdas que me tocó vivir.

Aquello era lo menos parecido a lo que yo pensaba que era una guerra. Disparábamos hacia no se sabía dónde ni contra quién. Tampoco yo sabía quiénes ni desde dónde nos disparaban. Corríamos de un lado a otro tratando de esquivar las balas que venían del campanario o de los ventanales, y disparábamos a ciegas. Era un desmadre absoluto. Los heridos pedían socorro, algunos con amputaciones importantes; los menos graves también pedían ayuda, más por el pánico. Se evacuaba a los que se podía. Los muertos quedaban tendidos y abandonados sobre el lugar donde habían caído. A fin de cuentas, en una guerra un muerto es un soldado que ya no sirve para matar. Aquello era lo más parecido al infierno de Dante. Luego hice chistes sobre ello, pero vivirlo era otra cosa.

Al día siguiente, alguien con voz de mando ordenó la retirada. Obedecimos y nos fuimos de Sigüenza en los mismos camiones que nos habían traído de Madrid. Nunca he sabido si aquella batalla la ganamos nosotros o el ejército enemigo. Ni si los disparos que hice con mi fusil alcanzaron a algún soldado. Es más, ni siquiera me he tomado la molestia de buscar en los libros de historia si después de aquello Sigüenza quedó en poder de las tropas franquistas o de los rojos.

Para mí, lo más importante de aquella batalla fue que me dejó acojonao.

El monólogo del ejército, segunda parte

Mientras esperaba a que abrieran la guerra, me senté en un banco al lado de un soldado que no mataba porque estaba de luto.

Cuando abrieron la guerra entré, pregunté por el comandante y me dijeron que no estaba porque había ido a comprar tanques y albóndigas para el ejército, así que me esperé, y cuando llegó el comandante le dije: "Que vengo por lo del anuncio del periódico, para matar y atacar a la bayoneta y lo que haga falta". Y me preguntó: "¿Tú qué tal matas?". Y dije: "Yo flojito, pero puedo entrenar". Y me preguntó: "¿Traes cañón?". Y dije: "Yo creía que la herramienta la ponían ustedes". Y me dijo: "Es mejor que traiga cada uno el suyo, así el que rompe paga". Y dije: "Yo lo que traigo es una bala que le sobró a mi abuelo de la guerra de Filipinas. Está muy usada, pero lavándola un poco...". Y dijo el capitán: "Y cuando se te acabe la bala, ¿qué?". Y dije: "La ato con un hilo, disparo, tiro del hilo y me la traigo otra vez". Y dijo el comandante: "Y si se te rompe el hilo, pierdes el hilo y la bala". Y dije: "Lo que puedo hacer es disparar, ir a buscar la bala y traerla otra vez". Y dijo el teniente: "Es que no vamos a estar pidiéndole una tregua al enemigo cada vez que tengas que ir a buscar la bala. Además, esta bala es muy gorda para los fusiles nuestros".

Y dijo un sargento que pasaba por allí, que era bajito por parte de padre: "Pero limándola un poco...". Y el teniente le llamó imbécil y le condenó a seis días de arresto en el calabozo. Por tonto, y por sargento.

EL LIBRO DE GILA

*Cuando era niño dibujaba escenas de guerra en las tablas de madera que usaba mi abuelo
para hacer muebles. Cuando él venía se miraba bien todas las escenas y luego me hacía que
las lijase para poder usarlas en su labor. Lijar aquellas tablas era como aplicarle un tratado
de paz a mi guerra inventada.* [**de su libro de memorias** *Y entonces nací yo*]

El monólogo del ejército, tercera parte

Me dieron un fusil y seis balas y me dijo el comandante: "¡Hale, ponte a matar! Aquí se mata de nueve a una y de cuatro a siete, y los sábados por la tarde hacemos semana inglesa".

Y me fui a la trinchera, y estaba yo matando tan calentito, con mi tortilla de escabeche y mi fusil, y dijo el capitán: "Prepárate, que vas a ir de espía".

Me pusieron una peluca rubia con tirabuzones, una minifalda, una blusita de seda natural, unos zapatos de tacón alto y me fui hasta el enemigo y dije: "¡Muy buenas!".

Y dijo el centinela enemigo: "¿Qué quieres?". Y dije: "Soy Mari Pili". Y dijo: "Tú hace poco que trabajas de espía, ¿no?". Y dije: "Desde hace dos horas". Y me dijo: "Te lo he notado en los pelos de las piernas. Bueno, ¿qué quieres?". Y dije: "Que me ha dicho mi comandante que nos deis el avión".

Como nos llevábamos bien con el enemigo, compartíamos avión. Con un avión nos arreglábamos todos: los martes, jueves y sábados lo usábamos nosotros y los lunes, miércoles y viernes lo usaba el enemigo. Los domingos se lo alquilábamos a una agencia de viajes, para cubrir gastos.

Pero el enemigo me dijo que ese día no me podía dar el avión porque le estaban poniendo un grifo para hacerlo de propulsión a chorro. Digo yo que aquel chorro sería un chorro digno de ver.

Mi amigo Fermín

En febrero de 1937 nos trasladaron al frente de La Peraleda, en Aravaca.

El ancho de la carretera de La Coruña separaba el frente republicano del nacional, una distancia muy escasa.

Una de las noches que estaba de guardia escuché a uno que cantaba en la trinchera enemiga. Me sentía tan solo que no pude evitar tomar contacto con él, aunque sólo fuese de palabra. Le di un grito:

—¡Eh, tú, el cantante!

Me respondió:

—¿Qué quieres?

—Nada. Es que te he oído de lejos y por tu manera de cantar me parece que eres vasco o asturiano.

—No. Soy de Pamplona. ¿Conoces Pamplona?

—No. No la conozco, pero he oído hablar de los Sanfermines. Tengo entendido que os lo pasáis bárbaro.

—Cuando termine la guerra te invito a mi casa en Pamplona para que los conozcas. Te vas a divertir.

Le pregunté cómo se llamaba y dijo:

—¿Cómo coño quieres que me llame? Me llamo Fermín.

Y se echó a reír.

—¿Y tú?

—Miguel.

Cada noche, la hora y media que duraba la guardia era un diálogo permanente entre Fermín y yo. Ya se había hecho una costumbre.

Yo, desde mi trinchera le preguntaba a qué hora tenía guardia al día siguiente, y luego le pedía a mi sargento que me pusiera la guardia a la misma hora que la de Fermín.

Me contó que tenía novia, le dije que yo también, me dijo que le gustaba mucho el fútbol, a mí también. Me contó que trabajaba de camarero en un hotel, yo le conté que trabajaba de mecánico.

Fueron muchas noches de hablar y contarnos cosas.

Fue un enemigo muy amigo, del que sólo llegué a conocer su voz. Ojalá que en el momento en que escribo esto aún viva y que al final de la guerra se casase con aquella novia de la que me habló y que junto a ella viva rodeado de sus hijos y sus nietos.

Creo que de esa situación me nació el gran rechazo hacia los que, con la disculpa de defender una bandera, mandan a los jóvenes a ese matadero que es una guerra.

Lo he repetido cientos de veces: para mí, un país no es otra cosa que una nación a la que los militares llaman patria.

El monólogo del ejército, cuarta parte

Volví a mi trinchera, le dije al comandante que el enemigo no me había querido dar el avión que compartíamos y dijo: "¡Déjalos! Arrieros somos, y en el camino nos encontraremos... Ahora ve y les bombardeas a pie".

Así que me pusieron una bomba debajo del brazo y llegué otra vez a donde el enemigo, y me dijo el centinela: "¿Otra vez, Mari Pili? ¿Y ahora qué quieres?". Y dije: "Vengo a tirar la bomba". Y me dijo el comandante enemigo: "A ver si le vas a dar a alguien, ten cuidao". Y dije: "Yo soy un mandado, obedezco órdenes". Y dijo el enemigo: "Pues muy bien, si obedeces órdenes yo te ordeno que tires la bomba en un charco para que se moje y no explote". Y así lo hice. Tiré la bomba en un charco y no explotó y no maté a nadie.

Cuando volví a mi trinchera, me dijo el coronel: "¡A buenas horas vienes!". Y dije : "¿Qué ha pasado?". Y dijo: "Que se ha terminado la guerra, que ha venido la policía y como no teníamos al día la licencia de armas se nos han llevado los tanques, los cañones y las ametralladoras".

Nos repartimos las albóndigas y las patatas y el perejil de Intendencia y nos fuimos cada uno a su casa y paramos de matarnos entre nosotros, que ya era hora.

Los anarquistas

Estábamos instalados cerca de Navalcarnero cuando empezaron a escasear las provisiones y el armamento. Ya no teníamos nada con qué combatir, y nada que comer, ni siquiera teníamos agua. Intentábamos apagar la sed comiendo sandías, que había un montón en la zona, y hasta las usábamos para lavarnos las manos, que luego se nos quedaban pegajosas. Un asco.

Un día nos llegó la noticia de que dos mil anarquistas se habían negado a obedecer las órdenes del Ejército Republicano y se retiraban hacia Madrid en autocares.

El sargento me dio una pistola y me dijo:

—Toma. Ponte en la carretera, y a los que intenten alejarse del frente, les das el alto, y si no te obedecen, dispara, pero nada de disparar al aire. Dispara a matar.

Y obedeciendo la orden y con mi ingenuidad de diecisiete años me coloqué a un costado de la carretera, dispuesto a disparar a quienes intentaran huir del frente. De pronto apareció una interminable columna de autocares y, asomando por las ventanillas, los anarquistas, con sus pañuelos rojos y negros al cuello o en la cabeza, al estilo de los piratas, y los fusiles apuntando hacia delante. Por supuesto que ni se me ocurrió darles el alto.

Me limité a saludarlos sonriente.

Gila en 1937, en una misión de ayuda a la población civil.
Cuando hablo de la guerra y llamo por teléfono al enemigo y me quejo porque han tirado un cañonazo el jueves y le han dado a una señora que no era de la guerra y el marido está muy enfadado, para mí esa señora es toda esa población a la que la guerra ni le va ni le viene, pero que acaban siendo sus únicas víctimas. Es broma pero es verdad. **[de una entrevista realizada por Joaquín Soler Serrano en el programa** *A fondo***, emitido por TVE en 1976]**

Disciplina

Por un decreto o una orden del Gobierno había que hacer un cambio en las tropas de la República. Teníamos que pasar de ser milicianos a ser soldados. Nada de decirnos "¡Oye, tú!", ni "compañero", ni ninguna de esas libertades que usábamos los milicianos. La única forma de ganar la guerra era poniendo en funcionamiento el mismo sistema de disciplina que usaban las tropas de Franco. Para este fin enviaron unos oficiales instructores que nos enseñarían cómo había que entender la disciplina. Se trataba de cambiar el "¡oye, tú!" por el "¡a sus órdenes!"

En la primera clase nos pusieron de tarea la petición de un permiso a un superior, dando a conocer el motivo. Se suponía que este tenía que ser un problema grave, así que cada uno de nosotros tratamos de encontrar un problema grave que justificara la petición.

El teniente instructor, militar de carrera, se colocó en un lugar que se suponía que era el puesto de mando, y cada uno de nosotros entraba para pedir permiso. Aquello más que una clase teórica era lo más parecido a un circo. Entró el primero y, de entrada —no había puerta— con la boca imitó el ruido de una llamada, «pam, pam», al tiempo que golpeaba en el aire con el puño. Los que esperábamos turno no pudimos evitar una carcajada, pero el teniente instructor no se dio por enterado y dijo:

—¡Adelante, soldado!

El soldado, un madrileño castizo de Vallecas, pero bruto, bruto, dijo:

—A tus órdenes, oye, teniente.

El teniente, con mucha paciencia, le explicó lo del "usted" a los superiores y le dijo que suprimiera el "oye" y lo cambiara por "mi teniente", luego le mandó salir y entrar de nuevo.

El de Vallecas obedeció y volvió a golpear en el aire con el puño y otra vez con la boca el «pam, pam». Y el teniente:

—¡Adelante, soldado!

Y entró el de Vallecas. Esta vez al pie de la letra:

—¡A sus órdenes, mi teniente!

Nos dieron ganas de aplaudirle.

—¿Qué desea, soldado?

—Quiero que me des, o sea que... coño, que se me olvida lo del usté, que me dé usté permiso pa irme a mi casa, porque han bombao el puente Vallecas y a mi hermana le han jodío una pierna.

El teniente le corrigió:

—Han bombardeao.

—Bueno, pues eso.

—Está bien, soldado, tiene usted cinco días de permiso. Que pase el siguiente.

Y el siguiente, más bruto que el de Vallecas, dijo:

—¿Da su permiso pa entrar?

—Adelante.

—Muchas gracias, teniente mío.

Aquello provocó una carcajada todavía más grande. El teniente también estuvo a punto de partirse de risa, pero su condición de teniente se lo impidió. No obstante, con un fino sentido del humor, dijo:

—Soldado, procure decir "mi teniente" en lugar de "teniente mío", porque lo de teniente mío da pie a que yo le conteste con un: "Pasa, mi vida".

Trato de poner en ridículo la guerra. Busco hacer una caricatura del militarismo. Porque yo pienso siempre: ¿si tú desnudas a un general, en qué se convierte? **[de una entrevista en el programa Les mil i una, emitido por TV3 en 1997]**

El monólogo del gangster

Yo trabajé de gangster en Chicago.

Fui para colocarme de guardaespaldas de Al Capone, pero como ya tenía dos me colocó de guardamuslos de su mujer, que era muy maja y me regalaba muchas palmeras de chocolate.

Me hicieron una prueba para ver si yo tenía madera de criminal y me mandaron a asaltar una farmacia. Cuando le dije al farmacéutico: "¡Venga, la pasta!", me preguntó: "¿Colgate o Profidén", y dije: "No me han concretao". Conque volví a la guarida y allí estaba Al Capone sentado en un sillón, y me dijo: "Te voy a dar una última oportunidad. Toma esta bomba, vete a la Quinta Avenida y cuando pase el presidente se la lanzas". Conque fui a la Quinta Avenida y estaba llena de gente con banderitas. Me puse en mitad de la calle, se me acercó un policía y me dijo: "No se puede estar aquí porque va a pasar el presidente", y dije: "Es que yo soy el que va a tirar la bomba", y me dijo: "Si es así, vale, es que los hay que se ponen para estorbar", y dije: "Yo no, yo en cuanto mate al presidente me marcho". Conque esperé y cuando vi pasar un coche, tiré la bomba y eché a correr. Cuando llegué a la guarida estaba Al Capone con una cara... Y le digo: "¿Qué pasa, macho?". Y dice: "¿Que qué pasa? Pasa que has destrozado el coche que rifaban para los huérfanos de ferrocarriles. Haz el favor de irte y no vuelvas más".

Luego me metí en otra banda cuando tocó hacer la guerra, pero era peor que la de Al Capone, así que lo dejé al poco tiempo y ya me hice bueno.

El enemigo

Durante la guerra nos llevaban de un lado a otro sin parar. Subidos en los camiones, cantando las mismas canciones de siempre, nos trasladaban a Somosierra, a Buitrago y a distintos lugares de la sierra. Hacíamos parapetos con sacos de tierra y cavábamos trincheras.

El enemigo estaba en algún lugar aunque ninguno terminábamos de verlo. De vez en cuando algún centinela creía haber visto algo y disparaba su fusil. De inmediato se armaba un tiroteo a ciegas, participábamos todos, creo que un poco por aburrimiento. Disparábamos hacia adelante y gritábamos, pero del enemigo ni rastro. Durante el día, también por aburrimiento, disparábamos a una lata que habíamos colocado lejos. Esto hizo que los mandos nos cobrasen una peseta por cada bala que nos faltaba al hacer el recuento de la munición. Se moderó el juego y se acabó con los tiroteos a ciegas.

Otro de los entretenimientos era matar piojos, que nos tenían fritos. Por mucho que lavábamos las camisetas, los piojos sobrevivían, la única manera de acabar con ellos era cociendo la camiseta en una lata grande, pero las liendres sobrevivían, anidaban en las costuras de la ropa y la única forma de exterminarlas era quemándolas. Poníamos un palo en el fuego, y cuando en el palo se formaba ascua, lo pasábamos por las costuras y las liendres explotaban. Explotaban de verdad.

Así echábamos los días en el frente de Somosierra.

De vez en cuando nos visitaban poetas como Rafael Alberti o Miguel Hernández, nos sentábamos a su alrededor y nos recitaban poemas al tiempo que nos animaban a combatir. Pero como no había enemigo, pues tampoco había combate.

Guadalajara

Estaba destinado en el frente del Pardo, en la Cuesta de las Perdices, y disponía de una bicicleta. Aprovechando la cercanía, cuando veía que me daba tiempo agarraba la bicicleta y tiraba por la Dehesa de la Villa hasta Zurbano para dormir con comodidad en mi casa.

El día de mi cumpleaños subí a la bicicleta y marché a celebrarlo, pero al volver a la mañana siguiente me dijeron que mi regimiento, el Regimiento Pasionaria, había sido integrado en el Quinto Regimiento de Líster y mis compañeros se habían trasladado al frente de Guadalajara, así que subí a la bicicleta de nuevo y fui pedaleando hasta Guadalajara. Llegué de madrugada, bajo una oscuridad completa.

Vislumbré el fuego de una hoguera a lo lejos y me dirigí hacia él. Cuando llegué, descubrí a unos cuantos soldados sentados a su alrededor. Pregunté:

—¿Sabéis dónde está el Quinto Regimiento?

Como si se tratara de lo más natural, me dijeron:

—Nosotros somos nacionales. Tu regimiento creemos que está por allí.

Y en la oscuridad me señalaron hacia el otro lado de la carretera.

Yo, también con la mayor naturalidad posible, les di las gracias y me dirigí hacia donde me habían señalado. El terreno era chato, con arbustos y piedras en los sembrados empapados por la lluvia. Llegué hasta una paridera de ganado, y ahí estaban mis compañeros, que se llevaron una gran alegría al verme. Era tan grande la confusión de aquellos días que ningún mando había notado mi ausencia.

No le conté nada a nadie.

La Pasionaria

Un día vino a visitarnos al frente Dolores Ibárruri, La Pasionaria. Se acercó a mí, me midió con la mirada y me preguntó:

—¿Cuántos años tienes?

Mentí:

—Dieciocho.

Mentí porque en la guerra, si una madre reclamaba a un hijo porque no había cumplido los dieciocho años, lo mandaban a casa. Temía que mi abuela lo supiera y hablara con mi madre para que me reclamara por ser menor.

Me parece que La Pasionaria no me creyó, pero disimuló.

Yo tenía en mis manos una lata bomba que había hecho metiendo dentro unos clavos. Ella me preguntó qué era eso que tenía en la mano y se lo expliqué. La Pasionaria me regaló un mechero.

—Toma, para que enciendas la mecha sin tener que usar el cigarro. Eres muy joven para fumar.

La mirada profunda y la voz de aquella mujer se me quedaron grabadas para siempre.

No obstante, debo confesar que cuando estaba en el campo de prisioneros de Valsequillo y nos llegaron las noticias de que la guerra había finalizado y que muchos políticos, entre ellos La Pasionaria, habían huido al extranjero, recordé aquella frase suya que decía: "Es mejor morir de pie que vivir de rodillas", y me pregunté por qué, no sólo ella sino todos los que se habían ido al exilio, no se habían quedado ni a morir de pie ni a vivir de rodillas.

Para mí, aquello era como si me hubieran traicionado.

Cuando ya tuve un conocimiento más claro de la política, entendí aquel exilio de los que de haberse quedado en el país habrían sido fusilados y no hubieran tenido la posibilidad de regresar en ningún momento a España y continuar la lucha contra la dictadura.

En diciembre de 1985, con motivo del noventa cumpleaños de La Pasionaria, en el Palacio de Deportes de Madrid se celebró un acto homenaje a esta mujer que tanto luchó por los desposeídos. Yo dije algunas palabras que no recuerdo bien, pero me emocioné. Y ahí, en ese momento, me alegré de que se hubiera ido a Rusia. De otra manera no hubiéramos podido tenerla de vuelta con nosotros.

Años después de mi encuentro con La Pasionaria, siendo ya profesional del humor, en un viaje que hice a Chile por razones de trabajo, tuve un enfrentamiento con un exiliado que me reprochó que yo hubiera ido a La Granja con otros artistas a hacer funciones para Franco. Le recordé la frase de La Pasionaria y le dije que yo me había quedado en España a morir de pie y terminé viviendo de rodillas. Eso le cerró la boca de golpe.

En el dorso de la foto se puede leer una anotación de Gila: *Febrero 1938, Camprubí, yo, Tabares y otro que no me acuerdo de cómo se llamaba.*

Noticias de Europa del Este

Ayer por la tarde regresaron a sus hogares cuatro soldados bastante veteranos de la Segunda Guerra Mundial.

Al preguntarles a qué se debía su tardanza, dijeron que nadie les había avisado que la guerra había terminado y que estaban dispuestos a presentar sus quejas al alto mando por no decirles nada.

Durante todo el tiempo transcurrido desde que pasó lo que pasó, ellos, ignorando que ya había finalizado el conflicto, han estado avanzando bayoneta en ristre y tocando la trompeta.

Se han mantenido a base de sopa en cubitos y dormían en el monte. De no haber sido por unos campesinos que les dieron unos periódicos para envolver unos chorizos, aún seguirían peleando contra la nada.

Esperemos que esto no vuelva a ocurrir y que cuando termine una guerra lo anuncien por la radio.

Nos fusilaron mal

Nos fusilaron al anochecer, nos fusilaron mal.

Sucedió el 6 de diciembre de 1938 en El Viso de los Pedroches, Córdoba.

El piquete de ejecución lo componían un grupo de moros con el estómago lleno de vino y la boca llena de gritos de júbilo y carcajadas. La lluvia calaba los huesos. Y allí mismo, delante de un pequeño terraplén y sin la formalidad de un fusilamiento, sin esa voz de mando que grita: "¡Apunten! ¡Fuego!", apretaron el gatillo de sus fusiles y caímos los unos sobre los otros.

Catorce madres esperando el regreso de catorce hijos. Fui el único al que no acertaron. Por mi cara corría la sangre de aquellos hombres jóvenes. No puedo calcular el tiempo que permanecí inmóvil. Los moros, después de asar y comerse unas gallinas, se fueron. Amaneció.

La muerte en las guerras se lleva a unos y deja a otros para más adelante. Me dejó a mí y dejó al cabo Villegas. De mí no se llevó nada, del cabo Villegas se llevó una pierna, la izquierda. Sangraba mucho, me arranqué una manga de la camisa y le hice con ella un torniquete a la altura del muslo.

Crucé el río con el cabo Villegas al hombro. Menos mal que no pesaba mucho y yo, con mis veinte años, era un muchacho fuerte, aunque el horror del fusilamiento me había aflojado las piernas. Conseguí llegar con el cabo Villegas sobre mis hombros hasta Hinojosa del Duque, ya en poder de los nacionales, fui hasta la parroquia y se lo entregué al cura. Pensé en huir hacia Portugal cruzando Sierra Trapera, pero sabía que, si alguien del ejército rojo era apresado en tierras portuguesas, sería entregado a las tropas de Franco.

Así que tomé la determinación de buscar dentro de aquel desbarajuste algún vestigio de gente con vida. Llegué a Villanueva del Duque, vi una hoguera en el interior de una casa y entré. El miedo se había quedado atrás, en el lugar del fusilamiento. Entré sin importarme quiénes eran los que estaban alrededor del fuego, si rojos o nacionales, el hambre y el dolor me habían dado el valor o me habían eliminado la cobardía, lo mismo da.

Mi entrada y mi aspecto asombró a los que estaban alrededor del fuego. Ninguno echó mano a su fusil, mi cara demacrada y mis pies que, aunque los había envuelto con trapos, me sangraban, los desconcertó. Les dije que pertenecía al ejército rojo y que formaba parte de una columna de prisioneros que venían hacia el pueblo. Ellos, los de la hoguera, eran legionarios y odiaban a los moros. Uno de los legionarios al oírme hablar me preguntó si yo era de Madrid, le dije que sí, él también, y estuvimos charlando unos instantes. Me dejaron que secara mi ropa y mis pies, me dieron agua, una lata de carne, otra de sardinas, pan, tabaco, algunos tomates, una manta y unas alpargatas, después me dijeron que me fuese, para que si llegaba alguno de sus mandos no se vieran comprometidos. Así lo hice. Me senté a las afueras del pueblo y esperé la llegada de la columna de prisioneros en la que iban algunos de mis compañeros de regimiento. Cuando llegaron donde estaba yo se llevaron una gran alegría al verme vivo.

Me uní a ellos camino del campo de prisioneros. Como si nada hubiera pasado.

Portada de uno de los muchos discos editados durante los años cincuenta y sesenta con
monólogos de Gila.

El monólogo de la charla con la esposa

ANTOLOGÍA TRAGICÓMICA DE OBRA Y VIDA

[LLAMA POR TELÉFONO]

¿Oiga? ¿Quién eres? ¿Carlitos? ¿Qué Carlitos? Bueno, da igual. ¿Está mamá? Que se ponga.

[SE OYEN DISPAROS Y ESTRUENDO DE BOMBAS. TAPA EL AURICULAR DEL TELÉFONO Y GRITA]

¿¡Ustedes podrían parar la guerra un momento!? ¡Que estoy hablando con mi esposa! Desde luego hay que ver cómo son.

(...)

¿Cariño? Te llamo para decirte que esta noche llegaré un poco tarde porque tenemos un combate y aunque nos demos mucha prisa en matar no vamos a terminar antes de las once y media.

Nada, no importa, tú me dejas la cena en la cocina y cuando llegue la meto en el microondas y listo. ¿Qué tal los niños?

Yo regular, con la bayoneta calada desde esta mañana. No, si en el cuerpo a cuerpo no vamos a entrar, es que ha caído un chaparrón y se me ha calado la bayoneta, y hasta las botas y el capote.

Otra cosa: ¿cuándo es la boda de tu sobrina?

Pues no puedo ir. No. Es que tengo que vigilar a unos prisioneros.

(...)

¿Y qué quieres que haga yo? La guerra tiene estas cosas, que tú es que te crees que ser militar es una tontería, pero tiene su misterio. Cuando no hay guerra es más fácil, pero si hay que combatir... ¡ay, amiga!

Por cierto, le dices a Luisito que le voy a llevar un souvenir. Una bala usada, una careta antigás, lo que encuentre.

Sí, sí, las caretas están sin usar, porque en la guerra están prohibidos los gases. Yo sólo la uso cuando voy en metro.

De todos modos, se me está dando bien esto. Me ha dicho el general que siga matando enemigos, porque cuando esta guerra termine igual me llaman los de los Estados Unidos para otra, que siempre tienen mínimo dos en marcha.

Pues yo qué sé, en Latinoamérica, o en África, o en el Golfo Pérsico, vete tú a saber. Pero tranquila, que si trabajo para Estados Unidos al menos no me quedo en paro.

Podría ser peor, mejor matar que ser pobre.

En fin, cariño, que te dejo, que han hecho pausa en el combate para que hablemos y en cualquier momento nos sorprende el enemigo.

Un beso, eh. Adiós.

Los prisioneros

Tras el fusilamiento fallido me internaron en un campo de concentración de prisioneros en Valsequillo, aún en Córdoba.

Durante la retirada del frente de Extremadura —cuando ya habían pasado los últimos camiones republicanos—, para evitar el paso de las tropas de Franco, alguien había volado con dinamita el puente de Berlanga, por el que se cruzaba el río Matachel.

Durante dos días, apenas había amanecido nos formaban y el comandante de la Guardia Civil hacía una pregunta:

—¿Quién puso la dinamita en el puente de Berlanga?

Nadie respondía. Los prisioneros éramos mudos. El comandante hacía la misma pregunta tres o cuatro veces; como no conseguía respuesta, comenzaba a pasear por delante de la fila y señalando a los prisioneros iba contando, uno, dos, tres, cuatro, cinco, seis, siete, ocho, nueve y diez. Y sacaba de la fila al que hacía el número diez, lo colocaba frente a nosotros, le obligaba a arrodillarse, sacaba la pistola y con la mayor sangre fría, le disparaba en la nuca. Y de nuevo la misma pregunta:

—¿Quién de vosotros puso la dinamita en el puente de Berlanga?

Y otra vez el silencio, y de nuevo a contar hombres, y de nuevo el que hacía el número diez de rodillas y de nuevo el tiro en la nuca.

A esto lo llamaban diezmar. Nos iban diezmando.

Y con esas estuvimos dos días hasta que alguien, que no era el que había puesto la dinamita en el puente de Berlanga, dijo:

—Fui yo.

Y se lo llevaron.

El poeta

Del campo de prisioneros pasé a la cárcel. Llegué a estar en tres cárceles distintas durante tres años.

Estando en el penal de Torrijos retomé mi afición al dibujo. De casa me traían papel y lápiz y cuando salíamos al patio yo me entretenía en dibujar los edificios de la calle de Juan Bravo —que ya me los sabía de memoria— y algunas veces dibujaba chistes con unos personajes de grandes narizotas que había creado yo mismo. Al poco enviaría algunos a Miguel Mihura y gracias a él empezaría a publicarlos en la revista *La Codorniz*.

Una mañana en que estaba dibujando, se acercó uno de los presos y me preguntó:

—¿Eres dibujante?

Le dije que no, que sólo era aficionado.

—A mí también me gusta. Éste es para mi Manolito.

Me mostró un dibujo. Era un niño con una cabra junto a un árbol.

Y se retiró. No hablamos más. Cuando pasaron unos minutos se acercó otro de los presos y me dijo:

—¿Sabes quién es ese que ha estado contigo?

—No.

—Es Miguel Hernández, el poeta.

Yo le había conocido en alguna ocasión en que, junto a Rafael Alberti, había ido al frente de Somosierra a recitarnos poemas. Pero el Miguel Hernández que había conocido no tenía ningún parecido con este otro Miguel Hernández. Estaba hecho polvo, enfermo y destruido por las humillaciones y el sufrimiento.

A decir verdad, pienso que de haberme encontrado cara a cara con el Miguel Gila de antes de la guerra, tampoco me habría reconocido en él.

Al llegar a la cárcel de Torrijos nos hicieron desnudar y nos dejaron toda la noche como habíamos llegado al mundo. A la mañana siguiente nos trajeron la ropa, que habían metido en unas calderas de agua hirviendo para desinfectarla, y la soltaron a bulto en medio de la sala. (...) Yo me abalancé sobre un abrigo gris, que debió de pertenecer a algún chófer de una familia rica. El abrigo tenía botones dorados y estaba abierto por la parte de atrás desde la cintura hasta abajo. Como no tenía calzoncillos, cada paseo mío por la galería provocaba que se abriera aquella ranura y se me viera el culo. Eso hacía que me piropearan y me aplaudieran. Ahora, en la distancia de tantos años, me asombra que en aquella situación tan dramática aún hubiera sentido del humor. Es posible que aquellas situaciones trágicas pero divertidas hayan influido en mí a la hora de elegir este oficio. **[de una serie de entrevistas realizadas por Marc Lobato y Juan Carlos Ortega entre los años 1999 y 2001]**

Si pudiera

Si pudiera contarles
les contaba
cómo es la libertad, cómo las calles,
cómo es el hijo que no tuve,
cómo los ojos de mi madre,
cómo un gorrión, cómo una nube.

Si pudiera contarles
les contaba
cómo es el mar, cómo la brisa,
cómo una flor en primavera,
cómo es la risa, y cómo el beso
apasionado de mi amante.

Si pudiera contarles les contaba
cómo es el agua del arroyo,
cómo los peces,
cómo una puerta sin cerrojos y sin llaves.

Pero, ¿cómo explicarlo
si hace años sólo contemplo
las oscuras paredes de mi cárcel?

Los negocios

En 1942 fui liberado de la cárcel gracias a un decreto ley.

Pensé que al fin podría retomar mi vida. Pero nada más lejos de la realidad. Al poco tiempo de mi liberación fui obligado a cumplir cuatro años de servicio militar.

No se me ocurre nada más propio de la vanguardia surrealista que combatir en una guerra durante años y años y acto seguido tener que hacer la mili. Pero es lo que me tocó. Cuatro años de servicio en Zamora me aguardaban.

En el cuartel tuve la oportunidad de entablar amistad con otros soldados que cumplían allí su servicio militar como voluntarios; casi todos ellos pertenecían a familias pudientes de Cataluña. Unos con fábricas de tejidos en Sabadell y Terrasa y otros hijos de dueños de negocios importantes. Yo no tenía posibilidad de ganar ningún dinero, pero mi veteranía como soldado me aguzaba el ingenio para conseguirlo.

Hice amistad con el cabo encargado de asignar los servicios de guardia, de cocina y demás desagradables obligaciones cuarteleras.

Me puse de acuerdo con el cabo y juntos organizamos un negocio rentable. Él se encargaba de que los días festivos estos servicios le fuesen asignados a alguno de los soldados con buena posición económica. El cabo me informaba de a quién le había asignado ese día el servicio de guardia o el de cocina, yo me acercaba a la víctima, y al tiempo que me cepillaba las botas con esmero y sacaba brillo a la hebilla del cinturón, dejándolo caer, le comentaba que ese día tenía un plan buenísimo.

Él, en cambio, se lamentaba de su mala suerte: le había tocado guardia. Y entonces era cuando yo le proponía suplirle si me pagaba una cierta suma de dinero. Él, llamémosle soldado rico, me preguntaba cuánto me tenía que pagar, fijábamos el precio y cerrábamos el negocio. De ahí le daba la mitad al cabo y de esta manera ganaba para mi cine, mi tabaco y hasta para enviar a mi casa unas pesetas que me sobraban.

Había días muy especiales en los que el precio de la sustitución subía por las nubes, como el día de Sant Jordi o el día de la Merced, y no digamos nada si se trataba de las navidades o del fin de año. Por supuesto que después el cabo me liberaba del compromiso pasándole el servicio a algún recluta novato.

Mi abuela, durante la guerra, había ahorrado algún dinero, para que cuando se terminara el conflicto yo tuviera al menos para comprarme ropa nueva. El dinero de la zona republicana fue invalidado por el Gobierno de la dictadura y los ahorros de mi abuela no sirvieron para nada. De ahí mi interés en ganar algo para ella, que para poder subsistir fregaba oficinas, con la dureza y el esfuerzo con el que las mujeres fregaban en aquella época, siempre de rodillas.

De ahí que yo no tuviera ningún remordimiento a la hora de engañar a los que sí que tenían dinero.

Gila con veintiocho años, en 1947, durante su etapa en Zamora, admirando unos muñecos construidos a partir de sus clásicos dibujos de narizotas.
De todo te puedes reír, todo tiene su lado gracioso, o cuanto menos insospechado. Cuando alguien está diciendo o haciendo algo muy solemne, eso ya es gracioso de por sí, porque la vida tiene siempre esa pizca de ridículo, puedes estar diciendo algo muy serio y a la vez estar haciendo un ridículo espantoso. Yo, cuando veo un desfile militar y hay en medio un señor de cincuenta años tocando el tambor, me da la risa. Si el tambor lo tocase mi sobrino de cinco años, sería otra cosa. [**de una entrevista en la COPE en 1988**]

Los bañadores

En verano, durante la posguerra, iba siempre que podía a la playa en Barcelona.

Los catalanes, con su tenaz rebeldía contra la dictadura, lograron mantener en las playas la libertad de que se bañaran hombres y mujeres en el mismo lugar. Esto que a los jóvenes de hoy les puede parecer insólito, no lo es tanto, ya que durante varios años las playas estuvieron divididas por una separación hecha con un tejido de alambre de dos metros de altura, que nacía en el principio de la playa y se internaba hasta bastantes metros dentro del mar. Los matrimonios tenían que bañarse por separado, las mujeres con las niñas se bañaban a un lado de la alambrada y los hombres con los hijos varones en el otro lado. Cuando llegaba la hora de comer se arrimaban a la alambrada y se hablaban como presidiarios.

Como en esas fotografías que veíamos en el *Blanco y Negro* de los años veinte, era obligado el bañador completo para los hombres y para las mujeres el de faldita.

Años más tarde, en un alarde de libertad, la dictadura permitió a los hombres usar el *Meyba*, ese bañador ancho con el que Fraga Iribarne se puso a remojo cuando el asunto aquel de la bomba de Palomares. Al contrario de lo que pensaban los moralistas de la dictadura, el *Meyba* era una prenda aún más escandalosa que el bañador normal, porque no se ajustaba bien, y cuando dabas un paseo por la playa siempre te encontrabas a algún señor tumbado en la arena, tomando baños de sol y enseñando las pelotas, que se le salían del bañador por completo. Una forma de erotismo que nadie quería presenciar.

Manuela Reyes

Mientras cumplía con el servicio militar traje a mi abuela Manuela Reyes a Zamora. La pobre estaba muy enferma, padecía demencia senil. Cada vez que miraba hacia el río Duero decía:

—Ya no quiero seguir viviendo, me voy a tirar al Sena.

No sé de dónde le venía la imagen del Sena, tal vez de habérselo oído comentar a mi tía Capilla cuando venía de París o de haberlo escuchado en alguna película. Tenía que estar pendiente de que no se acercara al río, que pasaba muy cerca de mi casa. Lo consulté con dos de los mejores neurólogos, que me aconsejaron que me la llevara de nuevo a su casa, que el estar fuera del lugar donde había pasado la mayor parte de su vida, donde había criado a sus hijos, agravaba la enfermedad. Así que la llevé de nuevo a la buhardilla donde nací y donde viví mi infancia y parte de mi juventud.

En la buhardilla vivía mi tío Ramón, el menor de sus hijos, que se había casado con una alcohólica. Lo que les voy a contar puede parecerles insólito, pero es una realidad. Mi tío Ramón y su mujer habían tenido un hijo cuando vivían en Málaga; un día, ella, la mujer salió de compras con el niño y se le perdió. Nunca más apareció. Pero lo que me producía más asombro es que cuando contaban que se les había perdido el niño, lo contaban como si lo que habían perdido fuese un pañuelo o un paraguas. No les afectaba lo más mínimo.

Antes de regresar a Zamora llevé a mi abuela a la consulta de López Ibor. El psiquiatra me dijo que la única solución para su demencia era provocarle un *electroshock*, pero que tenía el corazón muy débil y corríamos el riesgo de un paro cardíaco; me negué y lo único que hice fue rogar a mi tío que la cuidara y si se ponía peor que me avisara. Regresé a Zamora con la tristeza de haber dejado a mi abuela en aquella buhardilla donde ya no se respiraba la felicidad de cuando yo era niño y le leía los sucesos de los periódicos, donde ya no había jaulón con canarios, ni la orza con las aceitunas, ni el banco de carpintero de mi abuelo.

Yo le giraba dinero a mi tío Ramón, para mi abuela. Como en aquella película que vimos en el cine, *Honrarás a tu madre,* que tanto emocionó a la mujer. Quién nos lo iba a decir por aquel entonces. Pasaron dos meses y como no me llegaban noticias me fui hasta Madrid. Cerca del portal de la casa en que había transcurrido mi niñez estaba la tienda del señor Andrés. En la puerta estaba su mujer, la señora Edelmira. La saludé, me saludó. Noté algo especial en su saludo. Me preguntó qué tal estaba:

—Pues aquí estoy. De permiso, a ver a mi abuela.

La señora Edelmira tartamudeó para decirme:

—Tu abuela murió hace tres semanas.

Ni siquiera subí la buhardilla. ¿Para qué? Di media vuelta y me dirigí a la estación.

Manuela Reyes. Mi abuela se llamaba Manuela Reyes. Era ágil, menudita, despierta, de ojos azul claro. Bajaba a la calle docenas de veces cada día y siempre se le olvidaba algo y volvía a subir los cinco pisos y los volvía a bajar otra vez y su fatiga la escondía detrás de una sonrisa.

Manuela Reyes se había cansado de subir y bajar aquellas escaleras de vecinos pobres, sin ascensor, de lavar ropa, de pensar en sus hijos muertos y de regar los tiestos. Se había cansado de estar sola desde que murió mi abuelo y de ir todos los domingos a la casa de sus hijos, ya casados, a comprar con golosinas los besos de sus nietos. En el azul de sus ojos se hizo de noche. Desde entonces vive tranquila entre las aguas del Sena.

El monólogo del violín

Por una vez y sin que sirva de precedente voy a dejar de lado lo del humor y voy a hacer algo que tiene méritos artísticos reales. Voy a pasar a darles un concierto de violín que no lo van a olvidar mientras vivan.

A mí, desde un punto de vista personal, tocar el violín no me tira mucho, pero en mi familia han sido todos muy tocones. Un hermano de mi padre murió a causa del violín. Ya tuvo un conato de muerte en el 67, que estaba tocando la *Danza del Fuego*, se le prendieron las cejas y si no andamos listos con un sifón se nos quema, y otro día estábamos en una reunión y dijo su madre: "Toca algo, José Ramón". Lo que son las madres, eh. La cuestión es que mi tío tocó el *Vals de las Olas* y hacía una hora que había comido y se le cortó la digestión y se nos murió ahí mismo.

Yo interpreto música moderna. En primer lugar voy a tocar una balada VIP, que es el último grito en Estados Unidos, no está hecho ni el disco, está hecho el agujero, pero falta lo negro de alrededor. El título de la balada es: *Deja que el autobús de las ocho cuarenta y cinco pase por casa de James, a ver si están Johnny y Patsy con los niños en el jardín, para después hacer picnic en el jardín con los Williamson.* Ese es el título en español. En el original americano se titula *Jet Wolf*.

Con el idioma pasa como con la moneda, que al cambio te lo dejan en nada. Vas al banco con un discurso y te dan una frase hecha.

[ABRE EL ESTUCHE DEL VIOLÍN Y DESCUBRE QUE NO HAY NADA DENTRO]

¡Ay! Que me parece que me lo he dejado. Como me lo haya dejado en el restorán... Ufff. Es un sitio que todo lo que se queda encima de la mesa lo pican para hacer albóndigas. Voy a llamar a mi casa, a ver si hay suerte y me lo he dejado allí.

Esto de la memoria es una cosa de familia. Mi hermana, cuando ya había parido cuatro niños, decía: "¡Uy, pero si sigo soltera!".

[LLAMA POR TELÉFONO]

¿Mi amor? Oye, ¿no me habré dejado un violín encima de tu cama? Sí, mi vida. Sí, tesoro. Sí, reina, claro que sí, corazón mío. Sí, mi dulce flor.

[TAPA EL AURICULAR Y SE DIRIGE A LA AUDIENCIA]

Es la criada. Le tengo un asco que me muero.

[VUELVE A HABLAR AL TELÉFONO]

Sí, sí, sí. Pues un violín, una cosa larga, de madera. ¿Cómo que con pelos? Eso va a ser una brocha. Mira, déjalo. ¿No está mi abuela? ¿Está? Que se ponga.

[TAPA EL AURICULAR Y HABLA A LA AUDIENCIA]

Mi abuela está medio sorda. Cuando lo de la guerra cayó una bomba en casa y dijo: "No deis portazos", y el día que explotó el butano salió de la cocina con una copa: "¡Champán para todos!". Le hemos comprado un aparato de esos que van con pilas, para que oiga. Un día se le acabaron las pilas y lo enchufó a la corriente, se le prendieron los ojos. Un humazo... Venía gritando por el pasillo que parecía un coche nuevo.

[VUELVE A HABLAR AL TELÉFONO]

¡Abuela! ¿Tú has visto mi violín? Que si has visto mi violín. ¡Que si has visto mi violín! ¿Que si llaman de Berlín? No, mi violín. Que si has visto mi violín. ¿Abuela? ¡Abuela...!

[CUELGA Y SE DIRIGE A LA AUDIENCIA]

¿Pues no va y me dice que no es mi abuela y me cuelga? En fin, no importa. Si les digo la verdad, no se han perdido mucho. Toco de oído y no me dejo aconsejar.

Radio Zamora

Habiendo terminado la mili entré a trabajar como fijo en Radio Zamora. El estudio de Radio Zamora era tan pequeño que se hacía necesario salir a la calle cada media hora para tomar aire. Aparte de los programas cotidianos emitíamos obras leídas de Oscar Wilde y, en noviembre, *Don Juan Tenorio*. Yo hacía un poco de todo: anunciaba productos, narraba partidos de fútbol, presentaba programas de música e incluso barría por las mañanas. Fue un aprendizaje a toda prisa que me sirvió de mucho.

En aquella época empecé a escribir mis primeros monólogos, en un principio pensados para que los leyera algún actor que no fuese yo. Además, me casé con mi primera esposa, Ricarda. Siempre he dicho que me casé porque los inviernos zamoranos eran mortales. Y sigo pensándolo. Aquel matrimonio no funcionó nunca.

La emisora de Radio Zamora era de ambiente familiar, todos éramos amigos y había una fuerte sensación de comunidad. Por ejemplo, había en todo Zamora un único policía de tráfico, que estaba situado justo enfrente de la emisora, en el cruce de la avenida de Portugal con la calle de Santa Clara. La mujer del policía iba a llevarle el bocadillo por las mañanas y acto seguido, por el frío que hacía, entraba en la emisora para dar de mamar a su bebé en el saloncito habilitado para las visitas de Radio Zamora. Aquello era mitad emisora, mitad refugio.

Entre las viñetas de humor que publicaba en *La Codorniz* y mi trabajo en la radio lo que ganaba era muy poco, así que el propietario de la emisora me propuso un trabajo extra: vender aparatos de radio por los pueblos, porque pensaba, con razón, que si tenía una emisora y no tenía oyentes, era difícil que aquel negocio funcionara.

Por tanto, con una pequeña furgoneta me lancé por los pueblos del interior a vender aparatos de radio, aquellos aparatos de radio llamados de capilla por su forma exterior. Vendí bastantes, pero no era fácil, la gente de los pueblos durante la posguerra eran gentes muy desconfiadas con los desconocidos, y aunque yo les mostraba una credencial del bazar *Jota* (que no significaba nada pero lucía), la cosa no era fácil.

Me pasaron, por supuesto, cosas insólitas.

Una vez intenté venderle una radio a una señora y me preguntó:

—¿Esta radio toca jotas?

—Sí, señora, y pasodobles y zarzuelas. Toca de todo.

—Es que si no toca jotas no me interesa, porque mi marido es de Aragón y sólo le gustan las jotas.

Traté de sintonizar una emisora que estuviera tocando una jota. Ni Radio Zaragoza. Y no le pude vender la radio porque según ella aquel aparato no tocaba jotas, que era lo único que le gustaba a su marido.

En muchas ocasiones tenía que reparar alguno de los aparatos que había vendido, pero como yo no tenía ni idea de electrónica me costaba Dios y ayuda encontrar la avería. Me llegó una publicidad donde anunciaban un curso de radio por correspondencia. Era de la escuela *Maymó*, de Barcelona. Me matriculé, hice el curso y no sólo me fue útil en mi trabajo, sino que me animó a crear mi propia empresa. Lo aprendí todo acerca de las radios y me aficioné a la electrónica, afición que me ha durado toda la vida. Tenía un amigo llamado Manolo, de buena familia, al que con cariño llamábamos *Cachirulo*. Se hizo mi socio capitalista y en una de las habitaciones de mi casa de Zamora, el *Cachirulo* y yo montamos un taller de reparaciones electrónicas, combinamos el *Gil* de Gila y *Man* de Manolo y al negocio le pusimos de nombre Gilman. *Reparaciones Gilman.* A pesar del estupendo nombre, no nos fue nada bien

Dibujo pintado sobre azulejo representando a la familia de Laureano Muñoz Viñarás,
director del diario *Proa*, en el que Gila publicó algunas de sus primeras viñetas
humorísticas durante su estancia en Zamora.

Tanto en *Proa* como en el diario *Imperio*, ambas publicaciones adscritas al Movimiento,
Gila desarrolló varias secciones bajo su firma: en "Tiritos" parodiaba los consultorios
amorosos, en "Cartas a mamuchi" le contaba a su madre las novedades de la ciudad, en
"Teatro para enanitos" jugaba con el absurdo, y en "Así empezó la guerra de Palestina"
analizaba la actualidad política con humor.

El monólogo de la cirugía plástica

[LLAMA POR TELÉFONO]

¿Está el señor Martínez? Que se ponga.

(...)

¿Señor Martínez? Le llamo de la clínica de cirugía plástica. Quería usted que le diéramos un repaso a su esposa, ¿no? Que le quitásemos unos años.

¿Qué modelo es? ¿De qué año? ¿No sabe cuándo se hizo con ella? Pero dígame cuántos años le calcula, aunque sea tirando por lo bajo. ¿Tantos? Ese modelo ya no se lleva, hombre. Hay que ver. Se va a gastar usted una fortuna.

¿Cuántos años le quiere quitar? ¿Diez? ¿Cuánto dinero tiene? (...) Pues con eso le puedo quitar días, ni siquiera meses. ¿Estamos a jueves? Le puedo poner la cara del martes. Lo hacemos con glándulas de mono, es un proceso muy complejo. ¿Su señora tiene alguna hermana joven? Igual le sale más a cuenta cambiarla por la otra, que es gratis. Bueno, si dice que la quiere de verdad no insisto. Mándemela y se hará lo que se pueda.

El escenario

El 21 de enero de 1950, los que hacíamos Radio Zamora organizamos en una sala de cine un espectáculo pro campaña de invierno. Se trataba de recaudar fondos a través de la radio para conseguir mantas y ropa de abrigo para la gente necesitada.

Me encargaron la organización del espectáculo y la composición del programa.

Fue mi primera actuación en un escenario. Improvisé un monólogo absurdo, el público se divirtió muchísimo y a mí aquello me dio la señal de que tal vez ahí era donde estaba mi futuro. En lo de ser actor o artista, tanto me daba una cosa como la otra.

Ya durante la guerra, con el cuadro artístico de la compañía, habíamos hecho funciones de teatro en el frente. La vocación por el teatro estaba latente en mí desde muchos años atrás. Ya de niño, en la casa de mi madre, me disfrazaba y les hacía funciones de teatro que improvisaba con gran regocijo de todos. Me ponía una bata de mi madre, un delantal y un pañuelo en la cabeza y con una escoba en la mano barría el suelo y hacía los comentarios de una portera criticando a los vecinos.

En Zamora seguía haciendo programas de humor, transmitía partidos de fútbol desde La Coruña, Trubia, Palencia, Valladolid y desde León cuando el equipo de Zamora jugaba contra la Cultural Leonesa. Algunas veces, me era imposible hacerlo desde el campo de fútbol, porque me apedreaban los de la afición rival, así que opté por transmitir los partidos desde la ventana de alguna casa vecina al campo, usando unos prismáticos. Eran buenos tiempos.

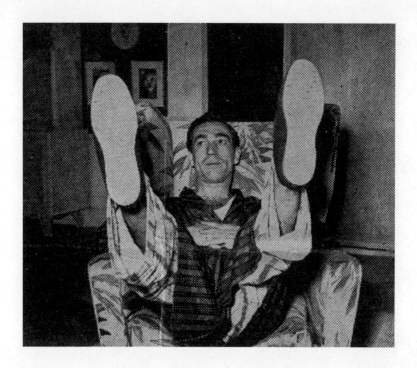

Gila en 1950, descansando a su manera en el salón de su casa de Zamora.
*Cuando "La Codorniz" tenía nueve o diez años estaba en su mejor momento. Allí estaban los
Tono, Mihura, Herreros... Era su mejor época. Un humor disparatado, con alusión constante
a lo cotidiano. "Si poniendo una lombriz pesco un pez, pondré un grano de maíz a ver si pesco
una gallina". Era un humor que no estaba delimitado por la política. Divirtiendo y distrayendo
de todas esas cosas que se supone que son importantes, se puede enseñar mucho a la gente.*
[de una entrevista en la revista Semana en 1969]

III

Me habéis matao al hijo, pero nos hemos reído.

De cuando Gila se hizo famoso, aprendió a usar el teléfono, ganó unas pocas pesetas, caminó detrás de los muertos y conquistó la carcajada de los vivos

El monólogo de las bromas de mi pueblo

Hoy para empezar les voy a contar unas cuantas bromas de mi pueblo, Aldeamugre de los Ajos, pero se las quiero contar tal y como las cuentan los muchachos del pueblo los domingos por la tarde cuando se ponen a filosofar en la plaza.

[SE CALZA UNA BOINA Y FIJA LOS OJOS EN EL INFINITO]

Un día le dije a uno: "Oye, que vas con la boca abierta", y me dijo: "Ya lo sé, si la he abierto yo".

Anda mi padre que las fiestas que celebramos todos los años en el pueblo, me cago en Dios, el año pasao empezamos con la cucaña, que es un juego en el que ponemos un jamón en to lo alto de un palo muy alto, untamos el palo con aceite y los muchachos tienen que trepar por el palo y el primero que agarra el jamón se lo queda. Abajo esperamos el resto con las navajas sacadas y si alguno se resbala, ¡ZAS!, se las clavamos. [RÍE ENSEÑANDO LOS DIENTES] Más de uno se pasa el jamón de largo.

Al día siguiente hicimos el campeonato de fuerza. Pusimos en mitad de la plaza una piedra así de gorda, y tomando una carrerilla de unos quince metros, nos fuimos lanzando uno a uno a destrozarla a cabezazos. La destrozó el Usebio de dos cabezazos, y cuando le íbamos a dar el premio, va el desgraciao y se muere [RÍE ENSEÑANDO LOS DIENTES]. Me cago en Dios, eso le pasa por fanfarrón, porque digo yo que a quién se le ocurre darle cabezazos a la piedra sin llevar puesta la boina. Ahí, a cabeza limpia, hay que estar chalao.

Me acuerdo yo hace años cuando pusieron los hilos de la luz, los de alta traición, que le dijimos al Indalecio que eran pa tender la ropa, subió parriba, se enganchó, mecagüen... Cuando cayó al suelo parecía la ceniza de un puro. Dice el alcalde: "Que no sople nadie hasta que no venga el juzgao", y el desgraciao del médico diciendo: "Dejadme que le pongo la indición del tuétano". Me cago en Dios qué buena tarde pasamos. Hasta su padre se descojonaba, que vino y soltó: "Me habéis matao al hijo, pero nos hemos reído". [RÍE ENSEÑANDO LOS DIENTES]

También es que el padre era un bromista de los buenos, me acuerdo de un año, por las matanzas, que metió en las morcillas los polvos que le habían dao en el sindicato pa matar el escarabajo de la patata, se fue a la cantina y dijo a todo el mundo: "Probad, probad". Y dijo el tío Gurriato: "No sé, parece que pican un poco". [RÍE ENSEÑANDO LOS DIENTES] Fueron sus últimas palabras.

Pero para risa buena la de aquella vez con el boticario, que en paz descanse. Tenía la botica de guardia y despachaba por un ventanuco, le pusimos la receta un poco lejos, sacó la cabeza pa leerla, y con un cepo de cazar osos, CLAC, decapitao. Y su mujer se enfadó, la tía asquerosa. Como le dijo mi madre: "Si no sabe aguantar una broma, márchese usté del pueblo".

La verdad es que aquí donde vivo siempre nos han gustao las bromas.

Donde mejor lo pasamos es en las bodas. Cuando se casó el Antolín le tiramos la novia al río, y al Antolín le metimos una mula en la cama. Y hasta que no se hizo de día no se dio cuenta. A la mañana siguiente estábamos todos muertos de risa. Me cago en Dios. Y va y dice: "Yo le notaba pelusa en el hocico". Y como le dijimos todos: "¿Y el rabo, qué?", pues va y dice: "Me pensé que era una trenza". [RÍE ENSEÑANDO LOS DIENTES] Pos anda que no se nota, menuda diferencia entre una mujer y una mula. Si ya sólo en el tamaño de los dientes mismo...

Y luego cuando se casó el Ulogio le tapamos todas las ventanas con barro, y se despertaba cada ocho horas y decía: "Todavía es de noche", y a la cama otra vez. Siete meses acostao. Al poco de levantarse le nació el muchacho.

Y tenemos una canción que es como el himno de mi pueblo, que dice:

Que si te veo de bajar
por la cuesta de la villa
que te meto un terronazo
que te rompo una costilla

La verdad es que pa ser un himno es un himno precioso.

Todo esto se lo cuentas a uno de Madrid y te mira con cara de pasmo, no se les puede explicar. Un día iba por la Gran Vía y había un señorito sentao en la terraza de un café y le quité el cigarro y se lo apagué en un ojo. Se puso hecho una furia. Que lo había dejao ciego, me gritaba. [RÍE ENSEÑANDO LOS DIENTES] Si lo llego a saber le meto un garrotazo de primeras que lo dejo tieso. En la capital no tienen sentido del humor. Nada que ver con lo bien que se está en el pueblo.

Madrid

En Zamora conocí a Edgar Neville y a la actriz Conchita Montes cuando fueron a estrenar una comedia titulada *El tren de París*. Entre los hermanos Ozores y yo les dimos una bienvenida inolvidable con coches tirados por borricos, más de mil moscas vivas guardadas en un arcón y que soltamos a su paso y una banda de músicos todos caminando a ambos lados de su coche mientras entraban triunfantes en la ciudad.

Las palabras de ánimo de Conchita tras escuchar un monólogo que improvisé aquel día en la radio, sumadas a los ánimos que me venían dando mis compañeros, provocaron que, en marzo de 1951, decidiera dejar Zamora y poner rumbo a Madrid con la idea de ganarme el pan como humorista o actor.

Mi llegada a Madrid no fue muy esperanzadora. Mi esposa no quiso correr aquella aventura a mi lado y se quedó en Zamora. Lo dicho: aquello no funcionó jamás.

Me alojé en una pensión cercana a la estación del Norte y al acostarme noté que algo extraño andaba por mi cabeza, encendí la luz y le di la vuelta a la almohada. Un enjambre de chinches corrían despavoridas al haber sido descubiertas. No grité ni di saltos, porque después de una larga guerra, un campo de concentración y tres prisiones, pocos bichos me podían sorprender, pero ante la imposibilidad de dormir en aquella cama, abandoné la pensión que ya había pagado y fui a sentarme en un banco de la estación de autobuses. Allí, acurrucado y apoyando la cabeza en mi maleta de madera, dormí hasta que se hizo de día, tal vez soñando con las chinches madrileñas.

Diálogo feliz dentro del matrimonio

El hombre abrió la puerta y, dirigiéndose a la mujer, que estaba en la cocina, dijo en voz alta:

—Hola, mi amor.

—Ahora mismo salgo. Estoy terminando de hacer la cena, porque me imagino que traerás hambre.

—Traigo.

El hombre, después de colgar la chaqueta en el perchero, se aflojó la corbata y se sentó a la mesa, que ya estaba dispuesta. Su mujer salió con una fuente humeante y la puso en el centro.

—A ver si te gusta, es una receta que me dio tu hermana Asun.

El hombre, después de probar, hizo un gesto de asentimiento.

—¿Te gusta?

—Está riquísimo.

Comenzaron a cenar. El hombre miró a su mujer y dijo:

—¿A que no sabes a quién he visto hoy?

—¿A quién?

—A ver, piensa, piensa.

La mujer estuvo pensando unos instantes.

—Pues no lo sé.

—A Fresedo.

—¿Fresedo? ¿Qué Fresedo?

—¿Cómo que a qué Fresedo? A José María.

La mujer quedó pensativa unos instantes. Él la miraba esperando alguna reacción. Como la mujer no decía nada, habló él.

—No me digas que no te acuerdas de Fresedo.

—Pues ahora mismo no caigo...

—Sí, mujer. ¿Cómo no te vas a acordar de José Mari Fresedo?

—Pues qué quieres que te diga. No me acuerdo.

—El que era novio de Anita.

—¿De qué Anita?

—De Anita Santoña, la hija de don Alfonso.

—¿Qué don Alfonso?

—¿Qué don Alfonso va a ser? De don Alfonso Santoña.

—Ahora mismo no tengo ni idea de quién me hablas.

El hombre quedó unos instantes pensativo.

—Vamos a ver. ¿Te acuerdas cuando fuimos al bautizo de la niña de Anselmo?

—¿De qué Anselmo?

—De Anselmo Fortuny, el que se casó con Elena.

—¿Con qué Elena?

—¿Cómo que con qué Elena? Elena Sotogrande.

—Nada, no tengo ni idea.

—Elena, la prima de Luiso.

—¿Luiso?

—El dueño de *Peleterías Torroja*.

—¿Eso qué es?

—*Peleterías Torroja*, la empresa de Luiso, el primo de Elena.

—¿Pero qué Elena?

—Elena Sotogrande, la del gimnasio.

—No me suena de nada.

—Pero cómo no te vas a acordar de Elena Sotogrande, una rubia, muy delgada, que antes de casarse con Anselmo fue novia de Sebastián.

—¡Ah, sí! ¡Ya sé! Te refieres a Sebas, el hermano de Yolanda.

Ahora fue el hombre el que trató de memorizar.

—¿De qué Yolanda me hablas?

—¿Cómo que de qué Yolanda? Yolanda Burriana, que estaba casada con Quique Miranda, y se separaron y que ahora vive en pareja con Raúl.

El hombre quedó en silencio.

—Pues no caigo...

—Por favor. ¿Cómo no te vas a acordar de Yolanda Burriana?

—¿Qué quieres que te diga? No me acuerdo de Yolanda Burriana.

—Hijo, pareces tonto. Yolanda Burriana se casó con Quique Miranda, se separaron y ahora vive con el tal Raúl, que colecciona lagartijas.

—No me suena esa Yolanda.

—Pero, querido, hemos coincidido con ella y con Raúl un montón de veces. En el cumpleaños de Laura, en la boda de Titina, en...

—Pues fíjate lo que es la vida. En la boda de Titina estaba Fresedo.

—¿Qué Fresedo?

—José Mari, el que te decía que he visto hoy.

—¡Ah, sí, ya caigo! Que trabajaba de diseñador de muebles, ¿uno moreno? Sí, ya sé, lo que no recordaba era que se llamaba Fresedo. ¿Y qué te ha dicho?

—Nada. Le he visto desde el coche.

Y así transcurrió la cena. Luego vieron un poco de televisión y cuando les entró el sueño se fueron a dormir.

ANTOLOGÍA TRAGICÓMICA DE OBRA Y VIDA

La Codorniz

A los pocos días de estar en Madrid, fui a la redacción de *La Codorniz* y me presenté a Fernando Perdiguero, que era el encargado de confeccionar y armar cada ejemplar que salía a la calle. Perdiguero, al igual que yo, publicaba sus artículos con seudónimos: Hache, Cero, Tiner y otros que después de tantos años me es imposible recordar. Sus seudónimos se debían a que Perdiguero al término de la guerra había sido encarcelado y condenado a pena de muerte, que luego le conmutaron por la de treinta años de prisión y de la que nunca supe cómo pudo salir. Nunca me lo contó, pero tal vez durante la guerra tuvo algún cargo político o militar en el ejército rojo. Siempre, y esto lo aprendí de mi abuelo, he sido enemigo de investigar en la vida de la gente.

En aquella época, el equipo de HUMORISTAS, tanto literarios como gráficos, fue sin duda alguna el mejor que se haya podido reunir en ninguna época. Escribo HUMORISTAS con mayúsculas porque desde el invento de la televisión, los que cuentan chistes o hacen imitaciones también se hacen llamar humoristas; tal vez la denominación de imitadores, caricatos, narradores de chistes o cómicos les suena a algo peyorativo, cosa que no comparto. Hay narradores de chistes y hay imitadores que lo hacen a las mil maravillas, pero rechazan cualquiera de estas calificaciones y sienten, o creen, que son más importantes si son denominados humoristas. Cada uno es cada uno, pero cuando hablo de humoristas hablo de Edgar Neville, de Jarciel Poncela, de Ramón Gómez de la Serna, de Evaristo Acevedo, de Wenceslao Fernández Flórez, de Álvaro de Laiglesia, de Julio Camba o de Fernando Perdiguero, con su incalculable variedad de seudónimos. Esto es el terreno literario. Y en el género que podríamos definir como mixto, Mihura y Tono, que escribían y dibujaban humor, y en el humor gráfico, Enrique Herreros, Chumy Chúmez, Jaén, Nacher, Munoa, Tilu, Mingote con su «Pareja siniestra». Después se fueron integrando otros de gran valía, como José Luis Coll, un maestro en el manejo de la ironía y el humor capaz también de conmover, y algunos magos absolutos que todo lo hacían bien, como mi gran amigo Forges, que escribía y dibujaba como el mejor.

Todos los trabajos que hacíamos para el semanario tenían que pasar por el Ministerio de Información y Turismo para ser censurados como Dios manda y sellados al dorso. Herreros, que era el encargado, casi en la totalidad, de dibujar las portadas, se divertía trampeando a la censura. Cuando *La Codorniz* ya estaba en los quioscos, Herreros, como un niño travieso, nos preguntaba:

—¿Veis algo inmoral en la portada?

Repasábamos con atención la portada. Era una playa llena de gente donde una señora le decía al marido: "Que sea la última vez que te olvidas en casa el cubito y la palita". Nada raro. Entonces, Herreros nos daba una lupa, nos señalaba un lugar de la portada y en una roca de la orilla se veía a un señor haciéndose una paja, pero tan diminuto era el dibujo que sóolo con la lupa era posible distinguirlo. Herreros, Edgar Neville y Tono eran niños grandes.

Tono era muy aficionado a los inventos, se pasaba horas delante de una mesa desarmando relojes o haciendo unos extraños ventiladores, tenía una gran habilidad para manejar las tijeras y el papel recortando animalitos que luego pintaba de colores. En una ocasión me llamó por teléfono y me invitó a su casa. Acababa de llegar de París, donde había pasado unos días con Neville. Lo primero que me dijo, después de saludarnos, fue que apagase la luz, la apagué y con una luz diminuta alumbré uno de aquellos relojes que acostumbraba a desarmar.

—Mira —me dijo—, es un destornillador que tiene luz, funciona con una pila y si te quedas a oscuras, con este destornillador no tienes ningún problema para seguir trabajando.

¿Qué te parece?

—Una maravilla.

Y con la mayor naturalidad del mundo, me dijo:

—Y Edgar, como ha vendido el palacio de la calle de Almagro, se ha comprado el juego completo, que son cinco destornilladores.

Así de tierno era Tono.

Edgar Neville era conde de Berlanga de Duero. Animado por el genial Ramón Gómez de la Serna colaboró en *Buen Humor*, ingresó en la carrera diplomática y fue destinado a Washington; de donde marchó a Hollywood. La curiosidad por el cine había prendido en él. Se hizo amigo de los grandes actores del momento, como Charles Chaplin, Douglas Fairbanks, los Barrymore... Tono me contaba que todo lo que él había hecho en Hollywood era guisar y hacer tortillas de patatas.

Entre todos los humoristas de entonces había una gran amistad, pero la de Tono y Edgar era especial, era la amistad del niño rico con el niño pobre, que juegan y comparten sus juguetes.

En una ocasión en que iban de viaje hacia Málaga, conduciendo Edgar, este atropelló a una gallina, a los pocos kilómetros atropelló a un conejo. Tono, con su gran sentido del humor, le dijo: "Ahora tocaría que atropellaras un poco de arroz para hacernos el guiso".

El humor de Edgar era más ácido. Cuando se hablaba de los pobres, Edgar decía: "Algo habrán hecho para ser pobres". Cada año se internaba en una clínica de adelgazamiento, pero se escapaba, se metía en un restaurante de lujo y se hartaba de comer y cuando regresaba a la clínica les contaba a los que estaban internados todo lo que había comido para darles envidia.

Así eran mis amigos los genios.

Miguel Gila con José Luis Ozores, alias Peliche, compañero de fechorías en Zamora y
pareja artística durante una buena temporada.
*En Madrid nos juntábamos en casa de Peliche y hacíamos seriales de radio (sin radio, a viva
voz) de eventos históricos. Una vez hicimos uno del descubrimiento de América y los vecinos
salían a los balcones para escucharnos, y es más: nos aplaudían.*

Fotografía aparecida en *La Codorniz* con motivo de la despedida de Gila como
colaborador, en 1953, dos años después de su salto al estrellato.

El texto que la acompañaba era el siguiente: *Gila, el dibujante de los mendigos, los curas
y los soldados, nació en "La Codorniz". Pero se nos ha hecho mayor, ha irrumpido en los
tablaos de los escenarios y apenas tiene tiempo para mandarnos dibujitos. Nos quedan unos
cuantos suyos que irán apareciendo en sucesivas semanas, pero cuando se nos acaben se nos
habrá acabado Gila, que salta desde nuestras páginas para inundar todos los sectores de la
vida. Nos alegramos del éxito de nuestro compañero y lo nombramos Embajador de la Risa,
nación pequeñita en la que todos los habitantes están más contentos que unas castañuelas.*

Todo o nada

Después de un tiempo escribiendo y dibujando en *La Codorniz* yo tenía una idea muy clara del humor. Releí mis monólogos una y otra vez y llegué a la conclusión de que aquellos textos absurdos suponían para cualquier actor salirse de lo clásico y por tanto un riesgo que pocos se hubieran atrevido a correr.

Yo, por mi parte, no tenía nada que perder y sí mucho que ganar. Tomé una determinación. Jugarme a todo o nada el éxito o el fracaso. Cara o cruz. Lo que no podía hacer era quedarme en la mediocridad.

La noche del 24 de agosto de 1951 fui al teatro Fontalba con una bolsa en la que llevaba un uniforme de soldado de Infantería de los años veinte y un fusil de madera que había alquilado en Cornejo.

Al acabar la función oficial, mientras Fernando Sancho iba presentando a los participantes en aquel fin de fiesta, yo, con disimulo, fui descendiendo hasta el foso, me vestí con la ropa de militar y llegué hasta la concha del apuntador. Aprovechando una pequeña pausa mientras Fernando Sancho aplaudía a uno de los participantes, saqué medio cuerpo fuera, tomando contacto con aquel clima cálido. Eché una mirada hacia arriba y sentí un extraño y al mismo tiempo morboso placer por haberme atrevido a esta aventura que era un desafío conmigo mismo, para saber si mi vocación se podía hacer realidad o era poco más que un sueño.

Fernando Sancho me miraba entre divertido y sorprendido, como si no diera crédito a lo que estaba viendo. Y ahí, en ese momento, en voz alta, para que se me escuchase bien, le pregunté a Fernando Sancho:

—Por favor, ¿la calle de Serrano?

Fernando quedó descolocado por unos instantes, sujetando la carcajada. Por fin reaccionó y me dijo:

—Perdón, ¿cómo dice?

—¿Esto no es la salida del metro de Goya?

Como si lo tuviéramos estudiado, Fernando me siguió la broma.

—No. Esto es el teatro Fontalba.

Y dirigiéndome al público di arranque con voz tímida al relato de mi monólogo.

—Les voy a contar por qué estoy aquí. Yo trabajaba de ascensorista en unos almacenes y un día en lugar de apretar el botón del segundo piso apreté el ombligo de una señora y me despidieron. Me fui a mi casa y me senté en la silla que teníamos para cuando nos despedían del trabajo. Entonces llegó mi tío Cecilio con un periódico que traía un anuncio que decía: "Se necesita soldado que mate deprisa. Razón: la guerra". Y dijo mi abuela: "Apúntate tú, que eres muy espabilao"...

El teatro se convirtió en una carcajada detrás de otra, yo sentía que iba creciendo a medida que recibía la respuesta del público ante el absurdo de mi monólogo, que seguí interpretando sin pausa. Aquellas carcajadas significaban para mí la posibilidad de salir victorioso de aquella mutilación juvenil que habían supuesto para mí la Guerra Civil y sus consecuencias.

Al acabar el monólogo, diez minutos más tarde, intenté salir del escenario, pero todo el público se puso en pie, mezclando carcajadas con aplausos. No recuerdo las veces que tuve que salir a saludar. Fernando Sancho me empujaba una y otra vez a boca de escenario. Yo no daba crédito, pero aquello estaba pasando de verdad, y me estaba pasando a mí.

Las primeras actuaciones que yo hice fueron en fiestas benéficas, una en un asilo de ancianos, otra en un colegio de huerfanitos... hasta 1951, que me hice profesional y empecé a cobrar un dineral. Despegué de la nada. [**de una charla con Pedro Ruiz en el programa especial de homenaje a Gila titulado** *Una noche alegre,* **emitido por TVE en 1999**]

**GILA,
EN FLORIDA**

Después de una temporada de brillantísimas actuaciones en Tánger se ha presentado en Florida el más genial de los humoristas actuales. Gila vuelve, y como siempre, superado y superándose hace gala de una inspiración jocosa inimitable, creando nuevos personajes que, como los anteriores, dejan siempre por su original chispa, un recuerdo imperecedero.

Nota aparecida en el diario *ABC* reseñando una actuación de Gila en Florida Park, sala de fiestas situada en el parque del Retiro, en Madrid.

186

El monólogo de las gafas americanas

Gafas de sol americanas. La última novedad en gafas de sol, directas de Los Ángeles. Son de calidad, son americanas. Gafas polarizadoras que polarizan el rayo solar siempre que su inclinación visual no sea superior a veinticinco grados. Los rayos no tocarán su retina, muy al contrario: de una forma cóncava expulsarán el reflejo al exterior y lo anularán por completo. Gafas de sol americanas. ¿Se ve bien a través de ellas? Díganoslo usted. Gafas que polan, gafas que reluzan. Lentes polarizosas. ¿Tiene usted el ojo bóvido? ¿Es usted especial? ¿Quiere alcanzar el éxito profesional? ¿Quiere que gusten de usted? Compre gafas de sol americanas. Las gafas que utilizan los famosos. La luz sola se reconcavara en los espejos refractarios construidos a partir de vidrio polícero, como si fuera una pared de cemento, pero en su cara. Gafas americanas. Impenetrables. Y el sol, que se aguante.

El contrato

Debido al éxito que supuso mi primera actuación, empezaron a lloverme las ofertas. Era otoño de 1951.

Paco Bermúdez y don Ricardo, el dueño de Pavillón, se sentaron a la mesa con nosotros. Ya habían hablado. Paco Bermúdez me dijo: "Te quiero presentar al dueño del local". Nos saludamos.

—Don Ricardo quiere hacerte una proposición. Si quieres trabajar en esta sala, te hace un contrato y está dispuesto a pagarte setecientas cincuentas pesetas.

Hice mis cálculos y me resultaba más cómodo ganar mis cuatrocientas veinte en *La Codorniz*, sin horarios ni presiones, que setecientas cincuenta en Pavillón, con la obligación de hacer la función a diario.

Mi respuesta fue clara:

—Dile que no me interesa.

Don Ricardo se quedó descolocado y le dijo a Bermúdez:

—No lo entiendo, le estoy ofreciendo setecientas cincuenta pesetas diarias y me dice que no le interesa.

En mi estómago se produjo la misma sensación que se produce en uno de esos ascensores de bajada rápida. ¡Diarias! ¡Setecientas cincuenta pesetas diarias! ¿Cómo hubiera podido imaginar que hablaban de setecientas cincuenta pesetas diarias? Suponía que hablaban de un sueldo mensual.

Simulé meditar unos instantes, para no delatar mi ignorancia y acepté el contrato.

El amigo de la infancia

Tras el éxito en mi trabajo y como venganza a los años sufridos durante la guerra conduciendo camiones rusos por carreteras de barro y nieve, me compré un Mercedes blanco descapotable. Un día, a la salida de la sala de fiestas en la que trabajaba, al ir a subir al coche se me acercó un amigo de la infancia que llevaba sobre el hombro un bidé blanco. Tan blanco como mi Mercedes. Me dijo:

—Joder, Miguelito, lo que es la vida. Tú con un Mercedes y yo con un bidé.

Pero lo dijo de mala manera, no como un chiste. Le dije:

—Ven, que te invito a una caña.

Entramos en un bar, dejó el bidé en el suelo, nos sirvieron la caña y empecé con el interrogatorio:

—¿Sabes jugar al mus?

—Hombre, claro.

—¿Y al billar?

—También.

—Pues yo no sé jugar a nada, porque mientras tú aprendías a jugar a todas esas cosas, yo dedicaba mi vida a leer, y por eso yo tengo un Mercedes y tú un bidé.

Él se sintió mal, pero no pude evitarlo. Luego nos dimos un abrazo y le llevé en el Mercedes hasta Bravo Murillo, donde tenía que instalar el bidé.

No estuve bien en aquel encuentro. Se me había subido la fama a la cabeza y había desconectado de la realidad. Mi amigo era como un espejo en el que veía a mi yo del pasado, y quería renegar de él. Una actitud que he ido corrigiendo por completo con los años. Me porté muy mal con aquel viejo amigo y aún hoy, al pensarlo, me entristece.

EL LIBRO DE GILA

El monólogo del mendigo

Soy un mendigo. Vivo en los bancos de los paseos. En invierno me tengo que tapar con los periódicos para no pasar frío, y si alguna vez como algo es porque hay gente buena que me da algún sobrante de la comida, o un pedazo de pan.

Yo sé que soy pobre, que no debería hacer lo que hago, pero no lo puedo remediar: todos los años, por Navidad, le regalo a mi madre un abrigo de visón, un collar de perlas auténticas... y ella siempre me dice: "Pero hijo, siendo tan pobre como eres, ¿por qué me haces estos regalos tan valiosos?", y yo le respondo: "Porque eres mi madre, y las madres se lo merecen todo".

Y la mía más. Hay que ver lo que sufrió cuando se quedó viuda. Yo era un renacuajo y ella se dejaba las rodillas fregando pisos. ¿Cómo no la voy a tener como a una reina? Le compré un chalé... Qué chalé... Con un jardín... Lo mandé amueblar con los mejores muebles que encontré en el mercado.

Todo lo que se haga por una madre es poco. Y si alguna vez no pudiera comprarle abrigos de visón y collares de perlas y eso, sería capaz de pedir limosna, que me da una vergüenza... Sólo si hace mucho tiempo que no sé nada de ella me atrevo a pedir unas monedas para llamarla por teléfono. Y ella me dice: "Pero hijo, ¿por qué siendo tan pobre, te gastas el dinero en llamarme por teléfono y no te compras algo para comer?". Y yo le contesto: "¡Porque eres mi madre y hace mucho que no sé nada de ti!". Y me dice entonces ella: "¿Has comido, hijo?", y le respondo que sí, aunque sea mentira, porque, ¿qué ganaría con decirle que no? ¿Hacerla sufrir? Bastante sufre sabiendo que soy pobre, que duermo en los bancos de los paseos y que en invierno me tapo con la sección de deportes de los periódicos.

A las madres no se les puede hacer sufrir. Yo a la mía la tengo como una reina. Tiene su chalé, su Rolls Royce, su ama de llaves, su cocinera... Aunque un día que la llamé por teléfono me dijo que estaba muy disgustada porque se le había ido la cocinera. ¡Eso sí que me hace sufrir a mí, que se le vaya la cocinera a mi madre! Como un día que una criada le rompió una sopera de una vajilla inglesa que le acababa de regalar yo el Día de la Madre... ¡Lo que sufrimos! Al día siguiente le compré otra vajilla, y una cubertería de plata, para animarla.

Las madres son las madres. Luego hay cosas que no están bien. Los caprichos, que digo yo. Porque una cosa es mi madre y otra cosa son los caprichos míos. No se lo van a creer, pero tengo debilidad por las corbatas de seda natural italianas. No hay día que no me compre cuatro o cinco corbatas de seda natural. ¿Y para qué? ¿Habrá algo más ridículo que un pobre con una corbata de seda natural con el pantalón roto y estos zapatos y este abrigo, que me lo regaló una señora a la que se le había muerto el marido, que también era pobre? ¿Cómo me voy a poner las corbatas? No puedo, y por eso las regalo.

Un día me compré una moto, la más grande que había, una japonesa, con faros por todos los sitios. Pero claro, iba por la calle y la gente me decía: "¡Mira ese desgraciao, qué moto lleva!". A la gente le gusta hablar. La gente lo que le pasa es que tiene mucha envidia... Hay gente muy mala. Porque no tenían envidia de mí, tenían envidia de la moto. Así que la dejé en una calle, para que se la llevara el primero que la encontrara.

Los relojes son otros de mis caprichos. Tengo manía con los relojes, pero siempre que me compro uno tiene que ser de oro y de marca. Pero claro: vas a pedir limosna con un Rolex de oro. La gente no es tonta. Te lo ven y piensan: "¡Un pobre con un Rolex! ¡Anda ya!", y claro, por culpa del reloj te quedas sin comer. Y total, ¿para qué quiere un pobre un reloj? ¿Para contar las horas que hace que no come? Ya ni reloj tengo. Me da igual todo.

La pintura es otra debilidad mía. Voy a las subastas y compro cuadros de Modigliani, Miró, Dalí... He llegado a tener dos Sorollas auténticos, dos Van Goghs, tres del pintor ese húngaro, pero, a ver, ¿dónde los cuelgo, si no tengo ni paredes, ni techo, ni suelo, ni nada? Pues los regalo... Y le vas a dar a la gente un Miró o un Dalí y te lo rechazan porque se piensan que son falsos. Hay mucho desconfiado.

Igual que el yate. ¿Cómo se me ocurrió comprar el yate más grande que había? Lo bauticé *Albatross*. Pero, ¿para qué quiero un yate, si ni siquiera he visto el mar en toda mi vida? ¿Qué hago, voy por la calle y pregunto dónde cae el mar? Pues nada, se lo regalé a un matrimonio de la Costa Brava y ni las gracias me dieron. La gente...

Creo que voy a tener que empezar a quitarme los caprichos y a preocuparme más de mi madre, que es lo importante.

Gila
GILA
GILA
Gila
GILA
Gila
GILA
GILA
Gila
Gila
GILA
GILA
GILA

EL LIBRO DE GILA

El cortejo fúnebre

Muchas veces me han dicho que tengo un humor muy negro, pero yo creo que no es cosa mía sino de España en general.

En España, en los entierros siempre hay alguien que en estas dramáticas circunstancias, ajeno al dolor de la familia, tiene algún chiste que contar o algún comentario que rompe la solemnidad que debe existir en ese momento. Yo mismo no he podido evitar partirme de risa en más de uno y de dos entierros, y no por haber hecho un chiste —respeto mucho a los muertos y sus familiares— sino por haber escuchado alguno tan bueno que cualquier esfuerzo para contener la risa ha sido inútil.

Creo que el humor es un intento por distanciarse de la muerte y del dolor.

Como ejemplo citaré algo que ocurrió en el entierro de don Jacinto Benavente en 1954. El entierro tenía lugar en el cementerio de Galapagar, aquel pueblo de la sierra donde don Jacinto había vivido los últimos años de su vida. La larga y terrible enfermedad que había padecido le había ido consumiendo al extremo de quedarse en no más de treinta kilos de peso. Como contraste, la Sociedad General de Autores Españoles, agradecida por los muchos ingresos que sus obras habían aportado a la entidad, le puso un enorme y muy trabajado ataúd en madera noble.

El cortejo fúnebre, en el mes de julio, con un calor asfixiante, iba precedido por los representantes de la Iglesia; creo recordar que alguien de alta jerarquía, no sé si un obispo o un cardenal, iba a la cabeza de aquella representación; junto a él, varios curas y monaguillos portando cruces, velas y algunas campanillas que hacían sonar de vez en cuando. Detrás, íbamos los acompañantes.

Contemplando aquel ataúd, y habiendo visto a don Jacinto la noche anterior en la capilla ardiente de la SGAE, se hacía inevitable comparar las dimensiones de la enorme caja de madera noble con su diminuto inquilino.

Como la distancia de la casa de don Jacinto hasta el cementerio era muy corta, los curas no tenían tiempo de finalizar sus rezos y así, como si se tratara de una novela por entregas, cuando llegábamos a la puerta del cementerio, los curas giraban, y de nuevo subíamos por aquellas empinadas y mal pavimentadas calles, bajo aquel sol de justicia, dábamos otra vuelta y de nuevo en la puerta del cementerio sin que los curas hubieran terminado sus rezos. Esto se repitió varias veces.

Junto a mí iban don Antonio Paso y Víctor Ruiz Iriarte, un autor de estatura corta y talento grande (creo que de su cabeza al suelo no habría más distancia que un metro treinta centímetros, aunque él nunca quiso admitir que era enano). Ruiz Iriarte se limpiaba el sudor con un pañuelo. De pronto, cuando acabábamos de subir una cuesta muy empinada, se detuvo y dijo:

—No puedo más. Estoy muerto.

Don Antonio Paso lo miró, y con la más completa seriedad dijo:

—Pues dile a don Jacinto que te haga sitio en el cajón, que cabéis los dos de sobra.

A mediados de 1956, a la entrada de una fiesta del gremio de actores, en Madrid. *En España se habla mucho y se escucha poco. No hay costumbre de dialogar. En cuanto intentas contar algo a alguien enseguida te corta con aquello de "… pues no sabes lo que me pasó a mí", y te suelta su rollo entero, sin más. Los españoles usamos mucho el "eso ya lo sé yo" y el "lo que yo te diga". El español no quiere escuchar ninguna voz que no sea la suya propia.* **[de una entrevista realizada por José María Íñigo en la revista *Diez Minutos* en 1985]**

ÉLITE DE GILA

MAÑANA, TARDE

Folies

presenta

¡al humorista del siglo!

GILA

y la sensacional belleza de

Miss DINAMARCA

¡UN PROGRAMA ÚNICO!
RESERVE SU MESA
(Teléfono 21-37-21)

TELEGRAMA

NILS NOVGARA -
COPENHAGUE

ANOCHE GRAN SORPRESA A
PESAR LLUVIA Y NIEVE NO
HALLE MESA EN

Folies

DONDE SE HABÍA DADO CITA
LO MÁS BRILLANTE DE LA
SOCIEDAD Y DE LA VIDA AR-
TÍSTICA STOP DESCUBRÍ AL
HUMORISTA

GILA

QUE ENTUSIASMO CON SU
GRACIA INTELIGENTE OFRE-
CIENDO HASTA DIEZ "BIS"
ENTRE RISAS Y APLAUSOS
STOP NUESTRA GENIAL
COMPATRIOTA

Miss Dinamarca

HECHIZO CON SU BELLEZA
STOP ME QUEDO QUINCE
DÍAS MÁS SALUDOS - TOM

Llame al
21-37-21
para reservar su mesa en

Folies

Éxito apoteótico

GILA

el humorista del siglo

Miss Dinamarca

la mujer más bella de Europa

¡LOS NAVAJOS!
¡LOS COMANCHES!
¡EL "SHERIFF"!
¡LOS CUATREROS!

son los protagonistas de una de
las nuevas creaciones del genial
humorista

GILA

QUE MAÑANA, JUEVES
presenta en

Folies

(Nueva Dirección)

LO MÁS NUEVO
DEL HUMOR NUEVO

EN EL MISMO ESPECTÁCULO,
LA SENSACIÓN EUROPEA DEL
MOMENTO

MISS

DINAMARCA

bellísima y magistral cantante
con su pianista

KEN FLANDRAKE

HOY, NOCHE,
FOLIES CIRCUS
ÚLTIMA REPRESENTACIÓN

GILA comenzó a actuar simultánea-
mente el pasado día 4 como protagonista de una película de Iquino, a las
órdenes de Romero Marchent, y por las
noches, en Folies, donde constituye la
máxima atracción de la Ciudad Condal.

Tres últimos días
de

FOLIES CIRCUS

NUEVA VERSIÓN

¡ALEGRE, DINÁMICA
VARIA Y ESPECTACULAR!

JUEVES, NOCHE

Folies

(Teléfono 21-37-21)

Presenta

LAS NUEVAS CREACIONES
del humor más nuevo
de

GILA

otras GRANDES SORPRESAS

¡¡Buenas noticias!!

ESTA NOCHE
LA NUEVA DIRECCIÓN DE

Folies

(Teléfono 21-37-21)

presenta

¡UN ESPECTÁCULO
EXTRAORDINARIO!

GILA

EL HUMORISTA DEL SIGLO EN
SUS NUEVAS CREACIONES

«Interview» con el niño abandonado

La tragedia de la espía Mari-Pili
Tiros en el «Far-West»

EN EL MISMO «SHOW»:

LA SENSACIÓN EUROPEA
DEL MOMENTO:

Miss Dinamarca

BELLÍSIMA Y MAGISTRAL
CANTANTE CON SU PIANISTA
KEN FLANDRAKE

HOY SE PRESENTA ASIMISMO
EN BARCELONA

Margarita Cruz

LA VENUS DEL BAILE
FLAMENCO

Folies
les ofrece
FAR WEST

—¿Es usted "ROSTRO PALIDO"?
—No, señor, es que no me siento bien.

GILA
el humorista del siglo
¡CADA DIA, NUEVAS Y DISTINTAS CREACIONES!
MISS DINAMARCA
la mujer más bella de Europa
(Reserve su mesa. Teléf. 21-37-21)

TELEGRAMA
NILS NOVGARA -
COPENHAGUE
ANOCHE GRAN SORPRESA A
PESAR LLUVIA Y NIEVE NO
HALLE MESA EN

Folies
DONDE SE HABIA DADO CITA
LO MAS BRILLANTE DE LA
SOCIEDAD Y DE LA VIDA AR-
TISTICA STOP DESCUBRI AL
HUMORISTA

GILA
QUE ENTUSIASMO CON SU
GRACIA INTELIGENTE OFRE-
CIENDO HASTA DIEZ «BIS»
ENTRE RISAS Y APLAUSOS
STOP NUESTRA GENIAL
COMPATRIOTA

Miss Dinamarca
HECHIZO CON SU BELLEZA
STOP ME QUEDO QUINCE
DIAS MAS SALUDOS - TOM

¡¡Buenas noticias!!
ESTA NOCHE
LA NUEVA DIRECCION DE

Folies
(Teléfono 21-37-21)
presenta
¡ UN ESPECTACULO
EXTRAORDINARIO !

GILA
EL HUMORISTA DEL SIGLO EN
SUS NUEVAS CREACIONES
"Interwiew" con el niño
abandonado
La tragedia de la espía
Mari-Pili
Tiros en el "Far-West"
EN EL MISMO "SHOW":
LA SENSACION EUROPEA
DEL MOMENTO:

Miss Dinamarca
BELLISIMA Y MAGISTRAL
CANTANTE CON SU PIANISTA
KEN FLANDRAKE
HOY SE PRESENTA ASIMISMO
EN BARCELONA

Margarita Cruz
LA VENUS DEL BAILE
FLAMENCO

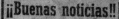

ANTOLOGÍA TRAGICÓMICA DE OBRA Y VIDA

¡SI LOS MEDICOS HABLARAN
COMO LAS MUJERES!...
¡Una delicia de ingenio y de gracia!
CUANDO NOS TELEFONEAN Y
NO ESTAMOS SOLOS
¡Un prodigio de observación
y de humor!
Y OTRAS CREACIONES
DEL GENIAL

GILA
PROVOCAN PERMANENTES
CARCAJADAS EN

Folies
Teléfono 21-37-21
DONDE ES POSIBLE ADMIRAR A
Miss Dinamarca
La mujer más bella de Europa
(Para mayor seguridad, reserve
su mesa)

FEB. 1954
RIASE
CON LAS NUEVAS CREACIONES
DE UN COMICO GENIAL

GILA
EL HUMORISTA DEL SIGLO
Hoy, tarde y noche

Folies
(Teléfono 21-37-21)
Y AL PROPIO TIEMPO
ADMIRE
LA FASCINANTE BELLEZA DE
Miss DINAMARCA

Folies
EL AMBIENTE AGRADABLE
QUE LE CONQUISTARA
PARA SIEMPRE

GILA
La ALEGRIA que UD. DESEABA

Miss DINAMARCA
LA BELLEZA QUE SUS OJOS
y siempre
ANSIABAN VER
EL PROGRAMA PARA USTED
Y PARA TODOS
Reserve su mesa al teléfono
21 - 37 - 21

GILA. Treinta y dos noches segui-
das. Treinta y dos mil carcajadas. Y
sigue.

Mi primo Crescencio

Durante toda mi carrera he interpretado a menudo a catetos, y sobre todo a un cateto en especial con una misma voz. Aquella voz era la voz de mi primo Crescencio.

Crescencio era del pueblo donde nació mi madre, en la provincia de Ávila. Un pueblo que tenía un nombre hermoso, como de romancero, se llamaba (y se llama) Villa del Caballero de Mombeltrán. Allí nació también mi primo, que se llamaba igual que el hermano de mi madre, Crescencio, pero que le llamaban Cresce. Era un gran admirador mío. Cada vez que venía a Madrid me hacía una visita, y yo le tiraba de la lengua para oírle hablar, porque cada vez que abría la boca y me contaba algo era un espectáculo. Yo tomaba notas en una libreta.

Una mañana llegó a mi casa, serían las nueve y media. Yo me había acostado muy tarde y estaba muerto de sueño. Me levanté, le abrí la puerta y entró, con su boina, que no se la quitaba ni para dormir. Tenía en la cabeza una pequeña calva y eso le creaba un gran complejo. Yo me metí en la cama, él se sentó junto a mí y me dijo:

—He trabajao en una cinta.

—¿Qué?

—Que he trabajao en una cinta, en una penícula.

—¡No me digas!

—Es que el alcalde nos dijo si nos queríamos ganar cuarenta duros, total por correr dos leguas. ¡Me cago en Dios! Nos las hicieron correr cuarenta veces. El tío de las gafas decía: "Esa no vale. A empezar otra vez".

El tío de las gafas era Stanley Kramer y la película *El gran cañón*, con Sofía Loren, Frank Sinatra y Cary Grant. Yo empecé a tirarle de la lengua:

—¿Y qué tal la Sofía Loren?

—No vale ná, primo, las tetas mu gordas, toa la cara pintá, pero eso sí, tiene mu buenos sentimientos. Allí a uno, total porque se ahogó, le dio quince mil pesetas a la familia, y ni trabajaba en la cinta ni ná, sólo se había muerto siendo un pastor que andaba por allí con las ovejas, pero ya te digo, las tetas mu gordas y mu pintada la cara.

El Cresce era un personaje increíble, de él aprendí todas las artimañas y todo el manejo de las palabras y los tonos de los mozos del pueblo que después me sirvieron para mis funciones. En otra ocasión, yo estaba trabajando en La Parrilla del Rex y vino mi primo el Cresce a Madrid. Le invité a que viera mi actuación. Llegamos a La Parrilla y ya a la entrada hubo la primera bronca. El portero le dijo a mi primo que se quitara la boina. Mi primo no entendía nada.

—¿Que me quite qué?

—La boina, no puede entrar con la boina.

Mi primo se quedó pensativo unos instantes.

—¿Y por qué no puedo entrar con la boina?

—Porque no está permitido.

—¿Y usté por qué coño lleva puesta una gorra?

Yo no decía nada, observaba a los dos, portero y primo, a ver cómo acababa la cosa.

—Es que yo soy el portero y la gorra es parte de mi uniforme.

—Pues yo trabajo en el campo y la boina es parte de mi uniforme, y vengo con mi primo y como no me deje entrar le meto una hostia que lo reviento y lo mato.

Como digo en mi monólogo: así nos divertimos en mi pueblo.

EL LIBRO DE GILA

El cuento de la muete de Fancisco Odíguez

—Un cuento para leérselo a la familia en voz alta—

Fancisco Odíguez tabajaba en una ganja, odeñaba las vacas y daba de comé a os animales. Su pade y su made hubiean queido que Fancisco subiese sido ingenieo o famacéutico, peo como ean mu pobes, no hubo manea de pagale la caea.

Fancisco, sempe que teminaba su tabajo, se echaba boca aiba a pensá en el povení. Él estaba muy enamoao de una señoita pelioja que venía a veaneá tos los veanos, peo como ella ea una señoita muy ica y él ea mu pobe, no se atevía a decile nada. Ella le miaba mucho y él saludaba sempe, peo cuando teminaba el veaneo, ella se machaba con sus pades, que tenían un comecio donde vendían gabanzos, canguejos y de todo. Y Fancisco lloaba.

—¡Qué mala suete tengo, mae mía! —decía Fancisco cuando la señoita se iba en el ten expeso.

Fancisco pensó que lo mejó ea hacese millonaio y se fue al Basil a pobá fotuna. Mientas viajaba y el baco tocaba la siena, Fancisco pensaba en Magaita y en su povení.

Cuando el baco llegó al pueto del Basil, Fancisco peguntó a un basileño dónde podía tabajá, y el basileño, muy caiñoso, le acompañó duante teinta meses. Fancisco cuzó la selva de un lao a oto, luchó con los tigues y con los leopados y cuzó ios llenos de piañas. Pasó hambe y se destozó la opa entea, peo po fin volvió con un cagamento de mafil y se lo vendió a un señó que hacía bolas de billá. Y con mucho dineo volvió a su patia. Cuando llegó en el ten, esulta que Magaita se había casao con un señó moeno que tenía una fábica de sadinas en lata.

Fancisco compó una pistola y se dispaó un tio en la sien, y teminó de sufí, el pobe ombe.

La Zubiela

En el mundo del teatro español de finales de los años cincuenta había personajes de lo más variopintos. Uno de mis preferidos era la Zubiela. La Zubiela era un marica de una cierta edad. Y escribo *marica*, porque en la época del franquismo no existía la palabra *gay* y se usaba *marica*. Prefiero ser fiel al lenguaje de la época para no olvidar cómo era aquello. La Zubiela frecuentaba los teatros y era muy conocida por todos. Era su costumbre pedir alguna ayuda a la gente famosa, que siempre trataban de eludirla con alguna disculpa. En una ocasión fue a ver a Juanito Valderrama. La mujer que cuidaba el camerino del artista salió al encuentro de la Zubiela y se disculpó diciendo que Juanito no la podía atender. La Zubiela dijo:

—Es que me voy de viaje a la China y quería preguntarle si quería que le trajese algún regalo para la familia.

La Zubiela tenía un novio negro. Un día regañaron y el novio se marchó de la casa escaleras abajo, cabreadísimo. Cuando había bajado el primer tramo de escaleras la Zubiela gritó su nombre. El novio se detuvo y dijo:

—¿Qué quieres?

Y la Zubiela le lanzó una sartén a la cara gritándole:

—¡Que te dejabas tu retrato, negro maricón!

En otra ocasión la Zubiela fue a ver a Concha Piquer que, según parece, tenía fama de tacaña. Cuando llegó la Zubiela al teatro, salió a la puerta la hermana de Concha Piquer y al ver a la Zubiela dijo:

—Pero Zubiela, ¿otra vez? ¿Qué has hecho con los cinco duros que te dimos hace un mes?

Y la Zubiela, sin inmutarse, respondió:

—Pues verás, cariño, con los cinco duros que me disteis me he comprado un piso y el resto lo he metido en el banco por lo que pueda pasar. ¿Te parece que he hecho bien?

Me fascinaba escucharla.

En los camerinos del Teatro Calderón de Madrid tras una representación del espectáculo *Este y Yo, Sociedad Limitada*, año 1961. De izquierda a derecha: Tony Leblanc, Katia Loritz, Lina Morgan y Miguel Gila.
Desde los años cuarenta hasta principios de los sesenta era habitual que algunos artistas tuvieran una foto de Franco junto al espejo, casi siempre fotos dedicadas, "para mi gran amigo Fulanito, de su amigo Francisco Franco", así que me compré una estampita de San Antonio y me la dediqué, "para Miguel Gila, de su gran amigo San Antonio". La gente se quedaba mirándola como preguntándose si yo era amigo de un santo muerto hace setecientos años. [**de su libro de memorias Y entonces nací yo**]

207

Diferencias entre molestar, irritar y cabrear

¡Qué aparato útil es el teléfono!

Fíjense ustedes si es útil que hace unos días estaba yo en mi casa leyendo un diccionario de sinónimos y había tres palabras que según el diccionario querían decir lo mismo, que eran molestar, irritar y cabrear, y dije yo: pues no tienen razón.

Es que no son lo mismo. Paso a demostrarlo.

Molestar sería si yo marco un número cualquiera así a bulto, el primero que se me ocurra, y me pienso también a bulto un nombre cualquiera, y cuando la otra persona descuelga voy y digo:

—¿Está Basilio? ¿Que ahí no vive ningún Basilio? Pues perdone usted, eh, perdone.

Esto sería molestar.

Pero si a las once de la noche marco el mismo número y la persona descuelga y yo digo:

—¿Está Basilio? Ah, perdone, perdone.

Esto sería irritar.

Pero claro, si a las cuatro y media de la mañana marco el mismo número y cuando la persona descuelga voy y digo:

—Hooola, que soy Basilio. ¿Ha llamado alguien preguntando por mí?

Esto ya sería cabrear.

Por si tenían ustedes alguna duda.

El cuento del niño más holgazán del mundo

Pepito era un niño muy guapo por parte de padre, pero muy holgazán. Todos los días, cuando la mamá de Pepito le llamaba para ir a la escuela, Pepito se hacía el enfermo y no se levantaba. Todos los amigos de Pepito iban a la escuela y cantaban alegres canciones por el camino mientras Pepito se quedaba en la cama hasta altas horas de la mañana. Todos los amigos de Pepito sabían multiplicar y daban de memoria los nombres de los ríos, de las montañas y de los volcanes.

Sin embargo, Pepito, con esa terca manía de quedarse en la cama nunca aprendía nada. Cuando pasaron los años, todos los amigos de Pepito eran honrados ingenieros navales y sabían álgebra y trigonometría, pero Pepito, por holgazán, sólo sabía estar en la cama y tomar aperitivos, y aunque ganaba —no se sabe cómo— muchísimos millones de pesetas, siguió sin aprender cuáles eran los afluentes del Volga, ni la altura del Himalaya, ni los decimales, ni los quebrados, ni nada. Por eso, cuando Pepito pasaba por delante de sus amigos de la infancia subido en su Cadillac plateado, todos los niños, que ya eran ingenieros navales, señalaban a Pepito con el dedo mientras decían: "Ahí va Pepito, que no sabe logaritmos". Y Pepito se moría de vergüenza y ordenaba a su chófer que fuera más aprisa para que la rubia guapísima que iba en el Cadillac con Pepito no escuchara lo que decían sus antiguos amigos. ¡Menudo bochorno!

Nuestros problemas con el amor

Mediado el año 1961, mientras montaba un show junto a Mary Santpere titulado *La nena y yo*, conocí a María Dolores Cabo. María Dolores era la primera bailarina y vedette de nuestro espectáculo. Algo en su cara dejaba entrever una tristeza profunda, me enamoré al instante.

Nuestro amor era complicado, primero por la diferencia de edad —ella era veinte años menor que yo— y segundo porque estaba casada. Pero, a pesar de lo inconveniente de la situación, no lograba sacarla de mi cabeza.

El interés por los perros fue nuestro primer punto de contacto. Ella tenía dos perritas pinscher, una llamada Mini y otra llamada Chufa, y yo un perro sin raza que se llamaba Cinco porque lo había encontrado abandonado en el kilómetro cinco de la carretera de Andalucía.

Por aquel entonces yo estaba escribiendo un libro y algunos poemas. Como hacíamos dos funciones diarias, entre una y otra función me acercaba hasta su camerino y le leía algo de lo que había escrito. Lo hacía porque estaba convencido de que ella era la única persona que podría decirme si aquello era bueno. Aparte de su belleza, poseía una inteligencia muy honda. Sentí que ella también había advertido mi soledad y mi tristeza, que se manifestaba no sólo en lo que hablábamos sino en lo que yo escribía. Como ella tenía la costumbre de bañarse dos veces al día la bauticé con el nombre de Pato, apodo cariñoso que se mantuvo siempre. El 31 de diciembre de 1961, tras la función de fin de año, nos hicimos amantes en secreto.

Se daba la coincidencia de que los dos nos habíamos criado con nuestras abuelas. Y también, igual que yo, ella se había casado sin amor y no era feliz en su matrimonio. Había tenido la posibilidad de triunfar en el cine con una productora del Opus Dei, pero se le hacía imposible soportar los constantes acosos de los jefes de producción, de los cámaras y hasta del maquillador, por eso había cambiado el cine por el teatro.

Ella sabía que yo estaba separado de mi mujer hacía años y me era imposible rehacer mi vida en un régimen donde no existía el divorcio. A pesar de todo, abandonó a su marido y se mudó a vivir conmigo. Nos amancebamos, como se decía entonces. Ahí empezó nuestro calvario. Mi esposa Ricarda nos denunció por adulterio. La policía me llevó al calabozo. Llegamos a ir a juicio.

El juez me preguntó:

—¿Se acuesta usted con María Dolores Cabo?

—No, señoría —mentí yo.

—Pero le gusta.

—Sí, su señoría. Pero también me gusta Claudia Cardinale y no me acuesto con ella.

Aquel chiste no debió de hacerle ninguna gracia a otro de los jueces, o lo que fuera, porque dijo:

—Ya le has oído, le gusta.

—Que conste en el sumario.

Una situación del todo kafkiana.

Nuestro abogado dio con una solución momentánea. Le hice a María Dolores un contrato como secretaria particular con un apartado que decía: "Debido a mi profesión, la contratada no tendrá horario fijo de trabajo, teniendo que adaptarse a los horarios necesarios por parte del contratante". Este contrato, que parecía el de los hermanos Marx en *Una noche en la ópera*, dio resultado. Cuando los policías volvieron les dije: "Estamos escribiendo un libreto y mi hora de inspiración empieza a las tres de la mañana", y se fueron.

Confieso que cuando se tiene incorporado desde niño el valor de la verdad y el derecho a manifestarla, vivir en la mentira resulta muy desagradable, pero así eran las cosas en la dictadura y así había que manejarse para sobrevivir.

Risa

Me da risa vuestra solemnidad,
vuestra oratoria
antigua y rebuscada.
¡Pobres diablos que habláis lenguajes
que hace siglos
otros hombres escribieron!
Empollones taciturnos
de unos libros polvorientos
con olor a estercolero.
Arregladores de pleitos,
mezcladores de delitos,
condenando sentimientos.
Me da risa vuestro luto,
el saber que no sois ciertos,
sentenciando muchas veces
delitos que no fueron.
Me da risa saber que sois mortales,
obligada vuestra lengua
a sentenciar con leyes
que hace siglos se pudrieron.
Me da risa pensar
en vuestra esquela
llena de títulos y cargos
que a la hora de la muerte
no os sirvieron.

Miguel Gila y María Dolores Cabo durante una pausa de un ensayo de un programa de televisión en Buenos Aires, cuando ya llevaban juntos más de quince años. *Alguna gente pensaba que no íbamos a durar, pero vaya que si duramos...*

La gente piensa que dibujar es una habilidad manual, pero no: es algo que está en la mirada. Si no sabes mirar, no sabes dibujar. Y cuanto mejor miras, mejor retratas la esencia de la realidad. [**de su libro de memorias** *Buenos Aires, mon amour*]

El desahucio

A mediados de los años sesenta había un anuncio en la televisión que decía: "España exporta calidad". Yo me veía a mí mismo como un producto que podía tener calidad suficiente para ser exportado, así que decidí exportarme.

Me marché de España en 1968 por un sinfín de razones. Debía dinero, no soportaba más el ambiente de la dictadura, las multas de la censura, el veto que me impuso Televisión Española por hacer publicidad, los problemas para vivir tranquilo con mi mujer... Aunque hubo una cuestión que pienso que fue la que colmó el vaso: me echaron del piso en donde vivía.

Todo fue porque hice una obra minúscula, unas mejoras de nada. Se lo pregunté al dueño, le dije: "Me gustaría arreglar esto un poco", y él me dijo: "Cómo no, lo que usted necesite". Todo de palabra, que para mí siempre ha sido mucho más que estampar una firma en un papelajo.

Me fui de gira y el día en que volví al piso me encontré con una notificación que decía que tenía que abandonarlo en veinticuatro horas. Sin más. Menuda jugada me hizo.

No pido un monumento en una plaza, no me interesa lo más mínimo, pero sí quiero pensar que el propietario de la casa donde vivía yo había hecho bastante menos por este país. Yo al menos hacía reír a la gente. Aquel hombre era un desalmado y un listo (en el peor sentido de la palabra).

No me seduce tampoco que le pongan mi nombre a una calle. Lo que sí podrían hacer, que no estaría mal y a mí me gustaría, es poner una placa en la entrada de la casa aquella donde viví, en Madrid, que dijera en letras bien grandes: "De aquí fue desahuciado el humorista Miguel Gila".

Recortes de Prensa

GILA

GILA, DE MODA

Tenemos la satisfacción de haber acertado. Recordará el lector que un buen día, sin tener la menor noticia de quién era, aplaudimos aquí en Bilbao y elogiamos fogosamente a un "desconocido" actor humorista. Y no faltó quien nos dijera que era un entusiasmo excesivo, que estaba bien, pero menos. Como se trataba de una oponente femenina, callamos. Pero he aquí que Gila va a todas partes y triunfa, y en Barcelona le hacen salir varias veces como un número de "Bailando nació una estrella" y la Prensa le dice las mayores amabilidades, etc., etc. Un amigo que supo del hallazgo y sigue la pista al gran Gila, nos escribe para decirnos que este popular caricaturista y calicato está escribiendo una revista que va a ser "la oca", según pondera el comunicante.

1

2

1 - Nota publicada en *El Correo Español* el 31 de enero de 1952.
2 - Foto junto a la actriz María Martín publicada en el semanario *Radiocinema* el 3 de julio de 1954. En el texto que acompaña a la foto, Gila describe a su compañera de teatro de la siguiente manera: *Es idéntica a Boris Karloff, pero en mujer de gran belleza, menor altura, más conversación y menos tornillos en la cabeza.*

ESE HOMBRE SERIO DE LA RISA * * * *

EN la sala de fiestas Casablanca, Gila ha constituido el debut sensacional de esta semana en Madrid. El caso Gila es en el espectáculo la gran sorpresa de nuestro tiempo. El público de hoy, tal vez como contrapunto a una vida demasiado cargada de problemas, busca la risa, y el humor viene a ser un codiciado artículo de primera necesidad. Mas, como en todo lo que escasea, surge siempre la imitación, el sucedáneo, y así este humorista se parece a aquél, y aquél se parece al otro, y... ¡vamos andando! Por eso, cuando tropezamos con un producto auténtico, nuevo, inospechado, porque tiene propio sabor y no se parece a nadie, no hay más remedio que echar las campanas al vuelo: ¡Este señor nos ha hecho reír, con una fórmula desconocida, nos ha encontrado en el alma unas cosquillas que ignorábamos tener, nos ha regalado una felicidad inédita!

¿CÓMO ES GILA?

Bueno, pues en escena no varía mucho de cómo es en la calle, sólo que en la calle no hace reír. Gila ofrece un aspecto de hombre despistado, de señor que anda siempre dado en cosas de otro mundo y pasa por éste sin enterarse ni del día en que vive. En lo físico es un muchacho delgado, serio, con un bigotillo moderno y un traje claro. Lo aparatosamente sensacional es cómo logra producir la risa; nadie se lo explica.

LA RISA DE GILA

Llega al escenario, junta los pies y ya no vuelve a moverse hasta que no hace el mutis. ¿No es esto también lo que hacía "Manolete"? El toro del espectáculo, tan peligroso como el otro, porque al artista que empitona lo hunde, pasa una y mil veces rozándole el sombrero y Gila no le hace ni caso, hasta que el toro termina por creerse perro y quedarse a su lado moviendo el rabo en espera de la golosina de la risa que el hombre serio va tirándole a pedacitos.

GILA NO CUENTA CHISTES

No; este genio de la gracia no recurre al chiste para encender la bengala de la carcajada, como no recurrieron a él "Charlot" ni Jardiel Poncela. Gila habla lento, pausado, ingenuo y monocorde, cuenta cosas en tono de párvulo vergonzoso, se azora y sigue por donde puede, y lo que realiza al contar es siempre una extraña caricatura de la vida vulgar, sin darle la menor importancia, como hacía Jardiel, como hizo "Charlot", pero de otra forma, de una forma suya, creacional, inimitable y de tan arrolladora fuerza cómica que, a pesar de su quietud y de su lentitud expresiva, rebosa generosamente como en una espuma de gracia que va produciendo a lo largo de su monólogo continuas explosiones de carcajadas hasta producir dolor de estómago.

NO ES UN PRODUCTO DE 'LA CODORNIZ'

Parece como si "La Codorniz", ese periódico tan serio, que debería venderse en las farmacias por lo que tiene de medicinal contra toda dolencia, pájaro de papel de colores, hubiera ido incubando sus huevos, y que de este engorje fueran saliendo, de uno, un Álvaro de Laiglesia; de otro, un Herrero; de otro, un Gila; de otro, un Mingote, un Mihura... Ya se comprende que la cosa no puede ser así, sino todo lo contrario. Así la gente, el "vulgo necio", que dijo no sé quién, y muy bien dicho, al hablar de Gila dice que esto es un producto de "La Codorniz". ¡Buena insensatez! El pajarito en cuestión no ha incubado nada, han sido ellos, los Tono, los Gila, los Álvaro, etc., los que han dado alma y vida con sus plumas al ornitológico y vistoso animalito. "La Codor." —como la llamamos sus amigos— es un producto de la resultante de todos ellos, y entre todos ellos Gila tiene, o debe tener, un alto puesto de honor.

GILA DIBUJA HOMBRES GORDOS

Es una gracia bondadosa, por eso cuando dibuja, cuando la expresa gráficamente, se refleja en unos seres gordiflones, grasientos y felices como niños cebados que lo hacen todo con esa naturalidad infantil desconocedora del pudor por estar saturada de pureza, niños un poco golfos sin saberlo, con prematuro pelo de barba y cabezas amelonadas, ¡dulce melón de Villaconejos, cuyas ideas, dulces también, se resuelven en pipas! Los seres gordos y rechonchos que pinta Gila rezuman bondad y un algo también de candorosa golfería. Ellos han forjado un mundo de risas maravilloso, en el que Gila, el hombre serio de bigotito, vive a sus anchas, creando gracia y viéndose hacia dentro.

LEOCADIO MEJÍAS

Artículo sobre Gila publicado en el diario *Imperio* en mayo de 1949.

220

PLANO DE ACTUALIDAD

«Gila» inaugura mañana en Educación y Descanso una exposición con 35 cuadros de humor

Le han costado muchas horas de sueño y de trabajo y si los vende todos se comprará una cama turca para dormir y descansar ¡qué buena falta le hace!

Lo que nos dice Miguel Gila 24 horas antes del acontecimiento

A S I · P I N T A · G I L A

— MI COMANDANTE, SE ME HA ROTO EL CABALLO.

1

Pavillon

(Jardines del Buen Retiro)

Presenta hoy al humorista más grande de Europa

G I L A

Dos últimos días de actuación de la primera cantante de color

EARTHA KITT

2

Si tiene usted la Gripe...
Súdela pronto, porque...

El Martes se celebra el Gran Festival organizado por «RADIO ZAMORA» a beneficio de

la **CAMPAÑA DE INVIERNO**

en el Cine Barrueco.

Dos pianistas extraordinarias:

CONCHITA LEBRERO - ESTHER MENENDEZ

El Trío de la Emisora en sus Geniales Creaciones
La Rondalla «LIRA» de Educación y Descanso
Miguel Gila pintando en escena con Luis Quico
Y MUCHAS COSAS MAS...

Aplace su viaje al extranjero hasta ver este espectáculo que «Radio Zamora»
pondrá en escena el próximo martes, a las 8 de la noche, en el Cine Barrueco

Butacas 8 y 10 pesetas   Se está despachando en «RADIO ZAMORA»

GILA

3

1 - Reproducción de la primera viñeta que publicó Gila en *La Codorniz* (1944). *Yo le mandé un dibujo mío a Miguel Mihura y puse una nota al lado en la que escribí: "Si le gusta, publíquemelo, y si no le gusta, fírmeme un autógrafo suyo al dorso y me lo manda". Me contestó diciendo que no sólo le gustaba, sino que quería que trabajase con él.*
2 - Anuncio en el diario *ABC* señalando la actuación de Gila como telonero de Eartha Kitt (1 de septiembre de 1951).
3 - Invitación a un evento de Radio Zamora con Gila como figura central (1946).

Fotos promocionales del espectáculo *La nena y yo*, con Mary Santpere (1961). En las funciones entraban los dos en escena preguntándose dónde podían hacerlo. "¿Dónde podemos hacerlo? Aquí no, que nos ve la gente, necesitamos un lugar en donde hacerlo ya mismo", para acto seguido reaparecer vestidos con kimonos y practicar judo, que era lo que en verdad querían hacer. *Mary siempre tuvo mucha fuerza, me agarraba, me levantaba por los aires y me hacía girar como si fuera un muñeco. El público llegaba a preocuparse por mi integridad física.*

AL MICROFONO, LA OVACION

Este Gila se ha puesto de moda con la velocidad del vértigo. Hasta el punto de que el riesgo que le vemos es ése: el del exceso de velocidad.

Acerca de la personalidad de Gila, indiscutiblemente interesante dentro de un sentido del humor muy del momento, escribiremos algún día, en cuanto se nos quite la pereza del verano.

De momento, con su revista, en la que interviene también como actor, Gila está llenando el teatro, por mucho calor que haga. Y la gente se divide, que es lo bueno, al apreciar sus "cosas", según si "La Codorniz" le hace gracia o se le antoja idiota, con perdón. Constatemos, sin embargo, que si como libretista Gila encuentra disconformes, como monologuista al micrófono se mete al la gente en el bolsillo de todas, todas, quiera o no quiera.

Esa retransmisión de una operación de riñón imitando a Matías Prats en un partido de futbol, número fuera de programa, a telón corrido y al micrófono, provoca en el Alvarez Quintero una tempestad de risas y la ovación más grande del espectáculo.

(Por cierto, hombre... ¿Por qué si José Luis Ozores está ausente por cosas del cine y le reemplaza su hermano Antonio no se anuncia la sustitución en el cartel? Antes, por lo menos, así se hacía. A menos que de Ozores a Ozores crea la Empresa que todo cae en casa...)

(Foto Basabe.)

BOMBONES Y CARAMELOS

AL día siguiente de un estreno que por poco echa a perder un actor con su pésima interpretación, alguien le preguntó a don Jacinto Benavente, que era el autor de la obra:

—¿Cómo se llama ese actor, don Jacinto?

—No lo sé.

—¿Pero es posible que no le recuerde?

—No, no me acuerdo. Yo no soy rencoroso.

—o—

A Gila —cuenta «El Alcázar»— le han llamado la atención en el Sindicato de Actores.

—Hombre, habiendo tantos actores parados, trabaja usted también en la obra de que es autor («Tengo momia formal»).

Gila puso su habitual cara compungida.

—Y además actúa usted en una sala de fiestas. ¿No le parece demasiado el «doblete»?

Gila se disculpó:

—Eso no es nada comparado con el maestro Alguero. También hay músicos parados y él tiene tres revistas en cartel. ¡Vaya un artillero!, ¿verdad?

Dos artículos de prensa de 1952 tras el estreno de la obra *Tengo momia formal*, escrita y protagonizada por Gila, José Luis Ozores y Tony Leblanc, con Lina Canalejas de vedette y música de Augusto Algueró (padre). Según una entrevista a Gila por aquella época, la acción de la comedia se desarrollaba *en el fondo del mar, en un salón del oeste, en una tumba egipcia y en el castillo de Frankenstein.*

HAGA SU PROPIO
TRASPLANTE CASERO

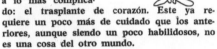

Hay mucha gente que le gustaría hacer trasplantes de órganos, pero que no se atreven. O porque les da vergüenza, o porque son pobres y no tienen medios. Yo voy a explicar de manera muy sencilla, ya que estas instrucciones van dirigidas a profanos, cómo se hacen estos trasplantes. De todas maneras, como hay mucha gente que no entiende de cirugía, yo les aconsejaría que para empezar no se metieran de lleno en un trasplante de corazón; conviene empezar con algo más sencillo, por ejemplo, un trasplante de dedo, que dentro de la cirugía es de lo más simple. Para empezar, recomiendo el trasplante de dedo gordo, porque es más manejable, si es posible, el dedo gordo de pie. El dedo gordo del pie o de los pies, según sean uno o dos, es, como ustedes saben, el dedo que se encuentra ubicado en la parte interior del pie, según miramos de arriba abajo y de adentro afuera. El dedo gordo del pie no es complicado de trasplantar. Basta con quitarlo del pie y pegarlo en otro pie con cualquiera de los pegamentos comunes que se encuentran en los establecimientos del ramo.

Lo único importante que conviene tener en cuenta en el trasplante de dedo es que la uña quede hacia la parte de arriba, para que al caminar no le rompa los calcetines al paciente. Una vez que el aficionado a cirujano ha realizado su primer trasplante de dedo, ya está en condiciones de hacer un trasplante de riñón. En este tipo de trasplante, ya un poco más complicado, yo recomendaría la anestesia, sobre todo si el paciente es una persona delicada. Se pueden usar varios tipos de riñón, de perro, de vaca o de conejo. El riñón de perro funciona bastante bien, pero es muy probable que al paciente le quede el vicio de olfatear farolas y levantar la pata; el de vaca no lo recomiendo, porque es muy pesado, y el de conejo tampoco, porque no filtra arriba de una gaseosa como mucho; yo creo que el más adecuado es el de mono adulto. Para realizar este trasplante, basta con poner el riñón del mono al paciente.

Y ahora pasamos a lo más complicado: el trasplante de corazón. Este ya requiere un poco más de cuidado que los anteriores, aunque siendo un poco habilidosos, no es una cosa del otro mundo.

Como herramienta yo recomendaría la herramienta casera, cuchillo de postre, una aguja de coser cortinas, hilo de sisar, una docena de pinzas de la ropa y un secante. Una vez con todo esto al alcance de la mano, se tumba al paciente en la mesa de la cocina, procurando que ésta se encuentre limpia, para que el enfermo no huela después a ajos y yerba buena. Una vez tumbado el paciente encima de la mesa, se le hace una ranurita en la parte izquierda, cuidando de retirar o subir la camiseta. Una vez hecha la ranurita, se procede a hacer el trasplante (insisto en que todo debe estar limpito, pues una buena limpieza suele ser el noventa por ciento del éxito). Cuando ya se ha hecho el trasplante, se cose con el hilo de sisar, procurando que cada cosa vaya con cada cosa, es decir, que no se una el ventrículo con la válvula mitral, ni el «ápicis cordis» con la arteria coronaria, etcétera. Finalizado todo, se hace la prueba del ruido, que consiste en arrimar la oreja al paciente y ver si hace «toc, toc, toc»; si se esucha ese «toc, toc, toc», es que todo salió bien; si, por el contrario, no se oye nada, o se oye a Matías Prats, es que en lugar de conectar la válvula mitral hemos conectado Radio Nacional, en cuyo caso se puede llamar a un técnico en radio, o mandárselo al doctor Barnard a su domicilio en Sudáfrica, «Ricardo Bernardo. Apartado 03487. Ciudad del Cabo. Sudáfrica. Africa del Sur. Africa».

GILA

Pieza breve escrita por Gila y publicada en el número 9 de la revista *Hermano Lobo*, el 8 de julio de 1972.

224

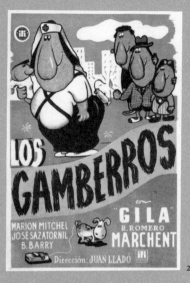

1 - Póster de la película *El Ceniciento* (1955).
2 - Póster de la película *Los gamberros* (1954).
3 - Póster de la película *¿Dónde pongo este muerto?* (1962). *Siempre intenté conseguir papeles "serios" como actor, pero nunca lo conseguí. Estuve a punto de ser el protagonista de la película "Mi tío Jacinto" y acabé trabajando allí pero con un rol secundario. Luis García Berlanga quería que protagonizase su película "Plácido", en el papel que finalmente hizo Cassen, pero fue imposible porque yo tenía firmado un contrato con otra gente...*

Póster de la película *El hombre que viajaba despacito* (1957).
De todas las películas que hice, tan sólo una, "El hombre que viajaba despacito", dirigida por
Joaquín Romero Marchent, resultó ser una película interesante, a pesar de estar realizada
con muy bajo presupuesto. Iba en la línea del cine neorrealista italiano de Vittorio De Sica
y su "Ladrón de bicicletas". Creo que es la única película importante de todo mi quehacer
cinematográfico.

1 - En un fotograma de la película *El hombre que viajaba despacito*, junto a la joven actriz Pilarín Sanclemente.

2 - En un fotograma de la película *¿Dónde pongo este muerto?*, junto a Fernando Fernán Gómez. En el documental *La silla de Fernando* (dirigido por David Trueba y Luis Alegre y estrenado en 2006), Fernán Gómez afirmó lo que sigue: *Yo recuerdo haber oído en televisión a Gila, mi admiradísimo Gila, que él no era patriota, y que él sabía que el patriotismo es un invento de las clases poderosas para que las clases inferiores defiendan los intereses de los poderosos. Yo cuando le oí decir eso vestido con un traje negro y una camisa roja me quedé espantado, y mi admiración por él creció muchísimo.*

3 - En un fotograma de la película *Los gamberros*, junto a José Sazatornil, "Saza".

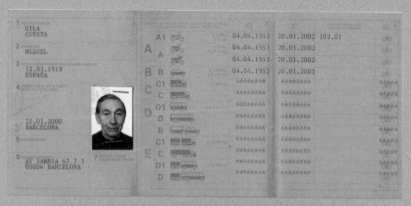

MIGUEL
GILA CUESTA

PSC

España

NOMBRE
MIGUEL
PRIMER APELLIDO
GILA
SEGUNDO APELLIDO
CUESTA

EXPED. 20-10-1994 VAL. PERMANENTE

Ministerio del Interior

Anuncio de un evento con Gila como estrella, año 1955.

1 - Supuesta reseña de una actuación de Gila durante su gira por Tánger.
2 - Nota aparecida en el diario *ABC* en noviembre de 1956.
3 - Pieza breve escrita por Gila y publicada en el número 81 de la revista *Hermano Lobo*, el 24 de noviembre de 1973.

1 - En un fotograma de la película *El presidio*.
2 - En otro fotograma de la película *El presidio*.
3 - En un fotograma de la película *Los gamberros*.
4 - En un fotograma de la película *El Ceniciento*, junto a Marujita Díaz.

Entrevista con Gila

Por MARINO GOMEZ-SANTOS

En los jardines de la Granja Florida, Hernández Petit me presenta a Miguel Gila, el popular humorista. Gila acaba de actuar y está indignado porque dice que los chicos del Retiro le distraen y que ése es el inconveniente de trabajar por la tarde. Hasta los jardines de la Granja Florida, pacíficos y silenciosos, entran, en efecto, las bayonetas de los gritos infantiles. Gila golpea nerviosamente el cristal de la mesa con los puños.

—¡No puede ser, no puede ser, así no hay quien trabaje!

Después, cuando ya se ha calmado, me dice que nació en el barrio de Chamberí y que a los catorce años ingresó como mecánico en Aviación.

—A los veinticinco empecé a trabajar en el diario "Imperio" y en Radio Zamora, pero sin cobrar.

Entonces yo le digo que no comprendo eso de que no cobrase en un diario donde pintaba sus monos y publicaban sus historietas.

—Hasta que entré de redactor tuve que cumplir tres años de meritoriaje, sin cobrar un céntimo en todo ese tiempo.

Tres años de meritoriaje en una profesión como la literatura me parece un viaje a la India del que no hay necesidad. Es suficiente un mes para saber si una persona va a valer para algo más de que para llevar el botijo de la Redacción.

—¿Cómo comienza tu popularidad, Gila?

—Yo dibujaba en "La Codorniz" desde 1942. En agosto de 1951 se le hizo un homenaje a Casal en el teatro y yo salí a contar unas cosas. De allí salieron contratos. Fui a trabajar tres meses con Virginia de Matos y luego empecé solo en las salas de fiestas y en la radio.

Hablamos de lo humorístico y de lo cómico. Gila dice que el humorismo busca la comicidad en la sátira y que lo cómico busca la gracia sin ironía.

—¿Cómo es el humorista en su vida personal?

—Depende de las circunstancias. Uno quisiera tener siempre buen humor; pero no es posible. Procuro despreocuparme siempre de mi oficio en la vida particular, para hacer otras cosas que me gustan más.

—¿Qué cosas te gustan más?

—Construir aparatos de radio y amplificadores de alta fidelidad.

Siempre con la preocupación del oficio literario, le pregunto cómo prepara sus argumentos para llevarlos a la radio.

—Pues... Pues... Yo ideo un argumento. Un preso. Pienso a quién puede llamar el preso. A su madre, por ejemplo. Le cuenta lo que pasa en la cárcel. Con esa idea improviso ante el público. Siempre lo hice así. Con los días voy quitando lo que no tenga efectos y añadiendo cosas que puedan tenerlo. Claro que así como hay muchas de mis cosas que son de imaginación puramente, las hay, como las bromas de los pueblos, que son producto de observación.

—¿Cómo definirías tu humorismo?

—Yo digo que mi humorismo es la maldad de los hombres llevada a la ingenuidad de los niños.

Hablamos de Luis Esteso. Aquel humorismo prefabricado, pelmazo, lento y retórico que en la cresta tenía la guinda de la gracia, no me convenció nunca. Es verdad que Esteso era un humorista de y para su tiempo.

—Yo no he visto trabajar más que a Sepepe y a Rámper. A éste, después de ser yo profesional. Cuando trabajaba era intensamente, de sol a sol.

Entonces, cuando trabajaba, Miguel Gila se encerraba en su casa para leer. Sus escritores favoritos eran Chejov, Wenceslao Fernández-Flórez y Miguel Mihura.

—Leía a los clásicos sufriendo, porque no los comprendía. Entonces había que volver a las páginas de atrás y releer varias veces un párrafo. Nadie sabe lo que yo solo he luchado con aquellos inconvenientes.

—¿Qué ventajas y qué inconvenientes tiene tu profesión?

—El ejercicio del humorismo frente al público tiene el inconveniente de que nunca sé si el público está satisfecho o no. Las ventajas, la económica y la de la relativa popularidad que me da ocasión de acercarme a personas a las que antes no me era posible.

Esas personas fueron don Jacinto Benavente, Ernesto Vilches, Enrique Jardiel Poncela...

—Con Jardiel Poncela me veía yo mucho en La Elipa, adonde íbamos los dos a escribir.

Gila pide un taxi. Salimos a la calle de Alcalá. Quedamos en que al día siguiente vamos a vernos en el periódico para que Urech nos haga una fotografía.

Al día siguiente andaba yo en el infierno de los treinta y nueve grados de temperatura.

Cosas imprevistas.

Entrevista a Gila del año 1957.

¿Es la frutería del señor Andrés? ¿Me podría hacer un favor? Escuche, hace una hora que intento y tratando de comunicarme con el frente de batalla y se ve que tienen mal el teléfono porque llama, llama y no lo atiende nadie ¿Usted no podría acercarse a la guerra y decirle al General Morcillo que se ponga? Gracias. (CANTURREA) Un soldadito en la guerra, se dispone a disparar, y un enemigo le grita, a ver si me vas a dar, y el soldadito le dice, pues pa que estamos aquí, si yo no te doy un tiro, tú me lo darás a mi. Las bombas destrozan las ciudades. Los hombres pasan calamidades. y el mundo siempre igual..... ¡Mi general! Se presenta el soldado Miguelito del 2º pelotón de la 4ª compañía del sexto regimiento de infantería de a pie. Pues verá usted yo trabajaba de soldado raso ahí en su ejército, pero hace unos días regañé con el sargento Visagra y me fui a trabajar a la guerra del Líbano por cuenta del Pentágono.; pero me cansé y me gustaría volver de nuevo al ejército de usted. Pues ganaba bien, pero el problema es que como todos hablan extranjero nunca sabía si me decían que tenía que atacar a la bayoneta o atracarme de mayonesa y además, al sargento le acababan de poner un marcapasos y nos tenía todo el día un, dos, un, dos, un, dos. y aparte es gente muy interesada. Vamos, te cuento como ejemplo: ayer iban a fusilar a un desertor, se acercó

Uno de los primeros monólogos manuscritos de Miguel Gila.

a el el comandante que mandaba el piquete de ejecución y le dijo: ¿Le vendo los ojos? Y dijo el desertor: ¿A cómo los pagan? ¿Se da cuenta? Muy interesados, no va conmigo. Bueno, mi general, si me perdona, mañana estoy ahí, sí, mi general. ¡A la orden mi general! ¡Ah! y le traigo un regalo, bueno, varios! Una medalla al valor que me la dieron por cruzar una avenida a las siete de la tarde, una bata nueva, a estrenar y un arma secreta que es ideal para usted, es una pistola que en la parte del canuto, o sea por donde sale la bala, lleva un martillo por si usted quiere dar un golpe. Bueno, mi general, vayan matando enemigos que ya voy yo, sí, mi general. ¡A la orden, mi general. (Y CUELGO) ¡Qué contento está de tenerme de vuelta! Y es que no es por presumir pero cómo mato yo. Ojalá que el sargento no esté cabreao, porque con el carácter que tiene... y eso que tiene buenos sentimientos. Un día le llamó el coronel y le dijo: Mire, sargento acabo de recibir un telegrama diciendo que ha fallecido el papá del cabo Rodríguez, yo no tengo valor para darle la noticia, así que por favor dígaselo usted, pero hágalo con diplomacia, no vaya usted a decirle: Se ha muerto tu padre, así de sopetón. No señor, déjeme a mí, que yo le daré la noticia con disimulo y con diplomacia. Entonces el sargento llamó a la compañía y dijo: ¡A →

formar todo el mundo: ¡Firmes!
Los que tengan padre, que den
un paso al frente; ¡quieto tú Rodríguez!

UN CUENTO EJEMPLAR

HACE algunos años, vivía en una cabaña de los montes de Extremadura, una familia de gente pobre. La familia se componía del abuelo, la abuela, el padre, la madre y Fernandito.

El abuelo, yacía en el lecho desde muy joven, víctima de una parálisis producida por un rayo, y la abuela estaba cieguita, porque una noche que trataba de encender un quinqué de petróleo, le explotó la cara. El padre de Fernandito había perdido los dos brazos en un día que se distrajo en la serrería mecánica en la que prestaba sus servicios, mientras que la mamá de Fernandito sufría de asma, lo que no le impedía hacer las faenas de la casa, aunque como es de suponer con grandes dificultades.

El único que luchaba y trabajaba para sacar adelante a la familia era Fernandito. A pesar de tener solamente once años, cortaba la leña, ordeñaba las vacas, sembraba los campos, recolectaba la aceituna, cuidaba las cabras, trabajaba en una mina de carbón y regaba la huerta.

Todos los días salía de su casa al amanecer y no regresaba hasta muy entrada la noche, y a pesar de volver cansado de la faena, aún le quedaban fuerzas para dar un beso al abuelito, leerle el periódico a la abuela ciega, charlar un rato con su padre y ayudar a su madre a quitar la mesa.

Fernandito nunca se quejaba de su destino, por el contrario era muy feliz cortando leña, ordeñando las vacas, sembrando los campos, recolectando la aceituna, cuidando las cabras, trabajando en la mina de carbón y regando la huerta.

Su madre cada noche le decía:
—Esto no es vida para ti, hijo mío.

También el padre de Fernandito le decía:
—Hijo mío. ¡Cuánto trabajo para ti, tan joven!

Pero Fernandito siempre respondía con una sonrisa.

Cuando Fernandito cumplió los catorce años, aprovechando sus ratos libres y luego de haber hecho su trabajo diario, empezó a estudiar electrónica por correspondencia, y puso tanto empeño en los estudios, que dos años más tarde recibía su diploma de la academia RADICO. No obstante la alegría que esto suponía para la humilde familia, Fernandito siguió dedicando su tiempo libre a los estudios por correspondencia, y a los veinticinco años era Perito Mercantil, Especialista en motores Diesel, Practicante, Relojero y Aparejador.

Pudo haberse ido a Suiza, a Alemania, a Francia o incluso a los Estados Unidos como hicieron otros jóvenes de la comarca, sin embargo, Fernandito prefirió seguir cortando leña, ordeñando las vacas, sembrando los campos, recolectando la aceituna, cuidando las cabras, trabajando en la mina de carbón y regando la huerta. Pero en el comedor de aquella cabaña de gente pobre, estaban colgados los diplomas que acreditaban a Fernandito como Radiotécnico, Perito Mercantil, Especialista en motores Diesel, Practicante, Relojero y Aparejador.

Y sigue levantándose antes del amanecer y regresando a casa muy entrada la noche, y le sigue leyendo el periódico a la abuela ciega, dando un beso al abuelo paralítico, charlando un rato con su padre y ayudando a su madre a quitar la mesa.

Lamentablemente, quedan pocos hijos como Fernandito en nuestro país. ■ GILA.

EL HUMORISTA GILA

—¿No es más cosas?

—Podía ser la Ingrid Bergman, pero de eso no he tenido yo la culpa. En cambio soy un amigo leal del pan.

—¿Es uno de sus bocados preferidos?

—Trabajo en unas oficinas de las Harineras Zamoranas...

Luego el bueno de Gila extrajo su lapicero y dibujó para los lectores de LA NOCHE dos "monos" que nos complacemos en insertar. Y al despedirse de nosotros para regresar a Zamora nos ha prometido un cordial recibimiento si algún día visitamos aquella ciudad.

—Avíseme con tiempo y también para usted habrá suelta de las "moscas mensajeras". Que coincida con el verano, siempre hay más.

1 - Invitación a un show de Gila en el Teatro Cervantes, año 1952.

2 - Portada del libro *Un poco de nada* (Editorial Planeta, Barcelona, 1976), obra de ficción acerca de los años de posguerra. Contaba Gila que fue un libro poco difundido. *El editor, José Manuel Lara, esperaba que fuese un libro de humor, como los que su editorial publicaba a José Luis Coll o a El Perich. Tanto fue así que cuando se hizo la presentación del libro ante los medios de comunicación, Lara se acercó al micrófono y dijo: "Esta noche tenemos el placer de presentar un libro divertidísimo del humorista Gila". A lo que Vázquez Montalbán, que lo presentaba conmigo, apuntó: "No es un libro de humor, es un libro testimonial. Y es durísimo". Se hizo un silencio absoluto en la estancia.*

3 - Pieza breve escrita por Gila y publicada en el número 148 de la revista *Hermano Lobo*, el 14 de marzo de 1975.

4 - Parte de una entrevista realizada a Gila por José Rey-Alvite Feás para *El Pueblo Gallego* en febrero del año 1950.

NUESTRAS POTENTES INTERVIUS

Gilda, Gila... dos nombres populares para nosotros, uno por ser su dueña una de las mejores *perchas* para ropa de señora, y otro por sus dibujos, esos tipos narigudos y deformes, pero al mismo tiempo exuberantes de gracia, de esa gracia seca como corresponde a su creador, Miguel Gila, de estirpe castellana, y que se han hecho populares a través de «La Codorniz», para que tomemos a sus expensas nuestra ración semanal de buen humor. Con tal motivo al tener noticias de la llegada a esta ciudad de éste, para actuar de humorista en una de las revistas que recientemente ocupó la escena de uno de nuestros teatros, no hemos podido por menos de ir a saludarle y al mismo tiempo conocer personalmente a uno de nuestros más destacados proveedores de nuestra despensa de optimismo. A nuestras primeras palabras nos informa que también él ha pertenecido a nuestra Agrupación en el reemplazo del 40, con lo cual nuestra labor se deslizó en franca camaradería y nos prometió girarnos una pronta visita a nuestra redacción para contarnos algunas indiscreciones y travesuras suyas.

Así que cumpliendo lo prometido se nos presentó acompañado de otro ex-intendente, Juan Puig Juanola, dispuesto a dejarse confesar y nosotros pretendiendo arrancarle algunas de sus múltiples facetas.

—¿Nombre?

—Miguel por parte de padre y Jesusa por parte de madre

—¿Edad?

—Treinta y dos años hace que nací. Así que son... Treinta y dos me llevo tres.

—¿Estado?

—Pues estado en Albacete, Madrid, Cuenca... y...

—No. Queremos decir si eres casado o soltero.

—Vosotros lo que queréis es que no me admiren las chicas jóvenes... soy casado y feliz.

—¡Enhorabuena!

—Gracias.

—¿Actividades anteriores?

—Muchas. Desde fabricante de chocolates hasta chófer, pero la que más he cultivado es la de soldado, y últimamente la de locutor de Radio Zamora.

—¿Cómo fué dedicarte a este género?

—Yo soy humorista como los enanos son enanos... Ellos han nacido bajitos y yo he nacido humorista...

Mi llegada al teatro, de casualidad. Un homenaje. Una visita mía, un empujón de Antonio Casal, la actuación y luego los contratos.

—Según leímos en una interviú tuya, esperas comprarte un coche nuevo, ¿no será un bombín?

—Quiero un coche, y tengo mis razones para ello. Cuando leyeron el testamento de un tío mío de América me dejaba una bocina nueva, y en el párrafo dedicado a mí, decía: «Nombro heredero de la bocina de mi coche a mi sobrino Miguel, para que con un poco de buena voluntad ahorre y se compre el resto del automóvil».

—¿Guardas buenos recuerdos del servicio en nuestra Agrupación?

—Muchos. Puedo asegurar que de los años que viví el servicio militar, los mejores fueron los que pasé en Intendencia.

—Tenemos entendido que pertenecistes al equipo de natación, ¿no?

—Otro empujón. Yo nadaba algo, pero me llevaron como un fenómeno de los saltos de trampolín, y mi compañero era Ricart. Cuando me subieron a la última palanca de la piscina de Montjuich y me dijeron que había que saltar desde allí, miré hacia abajo y la piscina me parecía del tamaño de un lavabo. Me acerqué a uno de los que tenían que saltar conmigo y le pregunté si no sería un error. Porque lanzarse desde allí era más lógico de los soldados paracaidistas.

—¿Te tirastes?

—Veinte veces.

—¿Cómo quedastes?

—De color morado. Al intentar tirarme de nuevo me lo prohibieron porque la piscina se iba vaciando.

—¿Qué opinas del dibujo?

—Yo sólo pinto mis monos, y me divierten mucho.

—¿Deporte preferido?

—La pesca con caña.

—¿Qué te parece nuestra Revista?

—Que es una lástima que no estuviera fundada cuando yo estuve aquí, me hubiera gustado colaborar en ella. Opino que es imprescindible en todos los cuarteles y ojalá que sirva de ejemplo.

3

Entrevista a Gila del año 1953.

IV

Sé una cosa que no puedo contar, porque si la cuento...

De cuando Gila cayó enamorado, marchó de España, se adentró en la selva, vio a unas personas probarse unas dentaduras postizas y recorrió el globo como si fuera suyo (lo era)

El monólogo del agente secreto

¿Está el jefe? Que se ponga. Soy el agente secreto XJK44.

(...)

¿Jefe? Soy yo, el agente secreto. ¿Cómo? Que digo que soy el agente secreto. Que soy XJK44. El agente secreto. Es que si grito más alto se va a enterar todo el mundo.

Le llamo porque me he encontrado un muerto y no sé de quién es. Verá. Iba yo haciendo la ronda y he oído unos disparos. Como tengo pistola lo primero que he pensado es que igual había sido yo, pero he contado las balas y las tenía todas. Entonces he visto a un hombre que salía corriendo de una casa. Se lo cuento para que vea que hago mi trabajo y estoy en mi puesto. El hombre llevaba una pistola en la mano y todavía echaba un poco de humo. No, el humo lo echaba la pistola por la parte de delante, por el canuto le digo. Entonces yo me dije que seguro que había sido ese, así que me acerqué con disimulo y le pregunté la hora. Y el tío debía de estar nervioso porque me dijo que eran las treinta de la madrugada. Le dije que su reloj iba algo adelantado y me dijo que le gustaba llevarlo así.

Por si acaso era el asesino le dije que me dejara el sombrero en fianza, así que me lo dejó. Si al final es el asesino y no lo agarramos al menos nos quedamos con su sombrero. Astuto, ¿eh? Es sombrero bueno. Y si damos con su paradero podemos hacer que se rinda usando indirectas, pasamos por delante de él y decimos: "Aquí huele a asesino...", o: "Sé una cosa que no puedo contar, porque si la cuento...", con eso caen siempre.

Bueno, entonces he entrado en la casa y he visto que había un tipo tirado en el suelo, así como dormido, con la cabeza retorcida. Le he dado varias patadas en los riñones con todas mis fuerzas pero no ha reaccionado, así que una de dos: o está muerto, o tiene mucho aguante.

Voy a llamar al forense para que me diga ya de seguro si el muerto está muerto, o recostado sin más.

A lo que iba: el presunto muerto tiene dos tiros, uno más leve que el otro. El leve lo tiene en la oreja y el grave en el mismísimo ombligo, que si le doy un vaso de agua le sale el chorro por ahí. Es gracioso, pero sólo lo he probado una vez. He interrogado a la criada pero dice que ella no ha sido porque estaba en la cocina pelando unas cebollas.

Bueno, jefe, que me tengo que ir porque es el cumpleaños de mi esposa y hemos quedado en ir al cine. ¿Que cuántos cumple? Pues treinta, como siempre, ¿cuántos va a cumplir?

Se lo digo porque me voy ya, le dejo el muerto en la cómoda del dormitorio, en el primer cajón. Es que, como es pequeño, si lo doblo entra. No sea que se lo lleve el gato.

O mejor se lo dejo en la nevera si va usted a tardar mucho. Muy bien, jefe. En la nevera donde los apios. Muy bien.

Un abrazo y que vaya bien la tarde.

Gila en una foto promocional de 1963 junto a su perro Cinco.
Con mi tipo de humor la gente se ríe siempre de lo cotidiano, se descubren en personajes
violentos que yo interpreto intentando alumbrar esa parte del ser humano que casi todo el
mundo trata de ocultar pero que siempre está ahí, debajo de la sonrisa amable.
[de una entrevista en Radio Nacional de España en 1972]

Fotogramas de distintos spots protagonizados por Gila para las campañas de publicidad de la marca de hojas de afeitar *Filomatic*.

La publicidad

Luis Bassat, encargado de la publicidad de *Filomatic*, me propuso hacer una campaña para aquellas hojas de afeitar.

El riesgo era que teníamos que luchar contra *Gillette*, a sabiendas de que *Gillette* era la marca más conocida del mercado español, hasta el extremo de que cuando le pedíamos a alguien una hoja de afeitar para sacar punta a un lápiz, decíamos: "¿Me prestas una *Gillette*?".

De siempre me han gustado los desafíos y aquí se me presentaba la oportunidad de afrontar uno que consideraba importante. Nos pusimos en marcha para crear la campaña. Una de las sugerencias que le hice a Luis fue que en lugar de hacer un spot, que podía llegar a aburrir a la gente, hiciésemos doce, uno para cada mes del año, y de esta manera ir cambiándolos cada mes, con lo que la publicidad cobraría frescura.

Otro de mis objetivos era encontrar una palabra al final del spot que quedara en la cabeza de la gente. Y lo conseguí. Al final de cada spot decía: "¡Es de suave...! ¡Da un gustirrinín...!". Y la frase se quedó en las conversaciones de la calle y en las conversaciones de las familias.

Hicimos varios anuncios. Por ejemplo éste empleando mi clásico personaje del cateto:

Los traigo locos a tos los mozos de mi pueblo. Quince días afeitándome con la misma hoja. Y todos preguntando qué marca es, y yo: Filomatic. Y no se lo aprenden, con lo fácil que es. Filomatic, Filomatic. ¡Filomatic! ¡Es tan suave...! ¡Y da un gustirrinín...!

Los fabricantes de *Gillette* estaban desesperados porque los habíamos borrado del mercado. A pesar de algunos cambios que hicieron en sus campañas, nos llevamos el gato al agua. Vista la imposibilidad de competir con *Filomatic*, no les quedó otra solución que comprar la fábrica entera. Esa fue la única manera de competir con nosotros.

La publicidad supuso algo importante para mí. Aprendí lo que significaba la síntesis. Tener que resumir una idea en doce segundos no es nada fácil.

Por desgracia, en aquella época, si se hacía publicidad no se podía trabajar en televisión. Se me vetó en TVE durante un año, lo cual fue un motivo más para animarme a abandonar España junto a María Dolores rumbo a Argentina.

Con lo que me pagaban por cada spot, mi mujer y yo nos podíamos permitir el lujo de vivir en Buenos Aires como reyes. Después de haber sido perseguidos y de haber vivido como delincuentes en Madrid.

Comience por depilar decididamente sus cejas, imprimiéndoles forma de arco. A continuación deslice una crema base en el color de su piel y culmine con una leve capa de polvo traslúcido. Utilice sombra verde pálido debajo de la arcada y sombra marrón directamente sobre el párpado, agregando un trazo muy fino de delineador marrón y cosmético para pestañas, también marrón. Si su cutis es claro puede elegir para los labios un rojo amarronado, de lo contrario adopte un tono geranio que armoniza con todo tipo de piel. Por último anime frente y pómulos con un tonalizador en rosa brillante, que cambiará por las noches por un nacarado iridiscente.

NUNCA UN HUMORISTA ESCRIBIO TAN EN SERIO

dima ediciones, s·a
BARCELONA

Contraportada del libro Un *borrico en la guerra* (Ediciones DIMA, Barcelona, 1966)
*Durante la dictadura franquista me pusieron unas cincuenta multas por no pasar el corte de
la censura. Una vez me cayó una de cien mil pesetas por reírme en la radio de una noticia del
NODO que decía que en España no había presos políticos. En aquella época cien mil pesetas
era muchísimo, y tuve que pagarlas a tocateja. Además, te retiraban el pasaporte durante
seis meses, ese pasaporte precioso que teníamos todos los españoles y que decía: "Válido para
visitar todos los países excepto Rusia, China, Japón, Mongolia, países satélites...". Vamos, que
te servía para subir un rato a Andorra y volver a bajar.* [**de una entrevista realizada por
Nieves Herrero en el programa** *De tú a tú*, **emitido por Antena 3 en 1994**]

248

El monólogo de lo caros que están hoy los pisos

El problema más grave para el matrimonio es el de la vivienda. No es que no haya pisos..., pero están carísimos. La gente se muda a la periferia y hasta más lejos. El sábado me invitó un amigo a comer en su casa y dijo:

"Es muy sencillo. Sales por la carretera de Toledo, cruzas Cuatro Vientos, verás una plazoleta que tiene en medio una farola, la pasas, y a unos doscientos metros giras a la izquierda, y te metes por la segunda calle a la derecha, que se llama Obispo Nicolás. Cuando llegues al tercer semáforo, después de pasar el puente doblas a la izquierda, y a unos seis o siete kilómetros, verás una plaza, la pasas de largo, te metes por la de la derecha y a ocho kilómetros hay una desviación que dice: *A la colonia Aire Fresco*, la pasas y cuando hayas recorrido dos kilómetros verás un restaurante que se llama La Sopa Caliente, y apenas pasar el restaurante una desviación a la derecha, te metes por el túnel y nada más pasar el túnel, verás dos caminos, uno que dice *Al Hospital de la Salud* y otro que dice *Al moñigal*. Tiras por el del moñigal, y verás unas casitas con jardín, la tercera a mano derecha es la nuestra. Vas a ver qué lugar tan tranquilo. En las capitales ya no se puede vivir, el ruido, la contaminación. Por eso yo vivo en las afueras".

¿En las afueras? ¡Vive en Logroño!

Qué distinto a cuando yo era pequeño. Había todos los pisos que quisieras. ¡Y qué pisos! Nosotros teníamos un piso que yo creo que lo hicieron con lo que le sobró a Felipe II del monasterio de El Escorial. Seis habitaciones, cuatro cuartos de baño, dos comedores, uno para diario y otro para los días festivos, dos cocinas, seis balcones, todos mirando al mar... y vivíamos en Madrid. Pagábamos al mes..., el mes que pagábamos, porque en aquella época, ibas a pagar el piso y te decía

el casero: "Déjelo, no se moleste, cómprele algo a los chicos".
¡Qué pisazo! Nos sentábamos todos en el comedor, se iba mi
madre a la cocina y decía mi padre: "¡Tráete la sopa!", y se escuchaba en el pasillo: "... opa, ... opa, ... opa". Y cuando venía
mi madre por el pasillo, la esperábamos en la puerta del comedor: "¡Madre, aquí!", como si viniera de Canadá, y llegaba
mi madre con la sopa congelada, claro, y decía: "Tú estás más
delgado, tú has crecido, y éste quién es...".

   ¡Qué diferencia con los pisos de ahora! Mi sobrina Laura se casó hace dos años. Paga setenta y cinco mil pesetas de
alquiler y tiene una cocina... bueno, cocina, una cosa cuadrada, así, que cuando quieren cenar huevos fritos los tienen que
freír de uno en uno porque si pone en la sartén los dos huevos,
uno le asoma por la ventana. ¡Y qué paredes! Finitas, que ya no
es que escuches a los vecinos, es que los ves. Un dormitorio
con una cama plegable, que para vestirse por la mañana tienen que recoger la cama para poder abrir el armario. Y como
no les cabe la cuna del niño, le acuestan en un capacho que
tienen colgado en la puerta de la cocina.

   Lo mejor es comprarse un piso aprovechando que ahora los bancos dan créditos. Los banqueros tienen un corazón
que no les cabe en el pecho. "¿Necesita piso? Venga a vernos".
Y total, por unos intereses del veinte o el treinta por ciento
mensual te hacen una hipoteca y ya tienes tu pisito a pagar en
veinticinco o cincuenta años.

   Me encontré con un amigo que tiene setenta y siete años,
y me dijo: "Me he comprado un piso a pagar en treinta años". Y
le dije yo: "No se dice piso, se dice *panteón*".

   Y tengo otro amigo que lleva con la novia diecinueve
años. Y le digo: "¿Por qué no te casas?", y dice: "Es que no tengo piso", y le digo: "Vete a vivir con tus padres". Y dice: "Es
que ellos también viven con sus padres, no se han podido casar por lo mismo".

La vecina

Cuando nos mudamos por primera vez a Buenos Aires nos instalamos en un piso de la calle de Arenales. En el piso de Arenales teníamos una vecina que era cantante de ópera. Vivía debajo de nosotros y se pasaba las horas ensayando a gritos. Empezaba todos los días a las seis de la mañana y no paraba hasta bien entrada la noche. Un día, desesperados, bajó mi mujer a decirle que por favor nos dejara descansar en algún momento. Que podía ensayar un rato, pero no todo el día. La cantante de ópera ni era famosa ni medio conocida, pero dolida en su amor propio comenzó a largarle a mi mujer su historial:

—Yo he cantado en Japón y en Italia y en...

Mi mujer la cortó en seco:

—Señora, no he venido a hacerle una entrevista, sólo quiero dormir un poco.

Pero la cantante de ópera no se dio por vencida. Se ve que era tenaz, y cada mañana a las seis en punto comenzaba con sus alaridos. Me inventé un truco. Bajé con sigilo la escalera mientras ella cantaba, coloqué un micrófono en la parte de abajo de su puerta y grabé uno de sus ensayos. Dos o tres noches más tarde, ayudándome de un cable, a las dos de la madrugada, cuando ella y su marido estaban en pleno descanso, deslicé desde nuestro balcón un gran altavoz, lo coloqué con habilidad frente al balcón de su dormitorio, puse el grabador en marcha y a gran volumen le largué su ensayo, calculando el tiempo que tardarían en despertar y darse cuenta de lo que les estaba pasando. Con el mismo cable que lo había bajado, subí el altavoz y cerré mi balcón.

Esto se lo repetí varias noches. Hasta que lo entendió.

Sábados Circulares

En la televisión argentina, en 1970, comencé actuando todos los sábados en un programa tipo ómnibus de ocho horas de duración. Una locura llamada "Sábados Circulares", cuyo presentador era el genial Pipo Mancera.

Durante esas ocho horas actuábamos cantantes y artistas venidos de cualquier lugar del mundo, como Charles Aznavour, Olga Guillot, Lola Flores, Raphael, Lucho Gatica, Marisol y decenas más, todos en directo.

Alternando con las actuaciones, había entrevistas a gente del cine o del teatro —traídos de todos los países—, y reportajes interesantísimos llevados a cabo por el propio Pipo, que hablaba varios idiomas a la perfección.

Gran dominador de la magia, Pipo Mancera abría cada sábado el programa con algo insólito, como, por ejemplo, imitar al Gran Houdini: se metía en un saco, luego de haber sido encadenado de pies y manos, era introducido en un baúl cerrado con cadenas y candados, tras lo cual era arrojado al Río de la Plata dentro del baúl. Tras algo de suspense, salía a flote, nadaba hasta una barca, sacaba de un bolsillo de su frac una jarra llena de cerveza y bebía ante el asombro de todos.

Otra vez se lanzó desde un helicóptero a una altura de doscientos metros, cayó sobre un colchón de gomaespuma, y explicó desde la fábrica cómo se hacían los colchones. En otra ocasión retransmitió parte de una corrida de toros —una fiesta que yo siempre he aborrecido, a pesar de tener amigos toreros— alternándola con un vídeo de cómo mataban a las reses en el matadero de Buenos Aires. Aquello fue muy polémico, porque denunciaba una situación que casi nadie se planteaba en aquellos tiempos. Pipo era un artista y un visionario.

Junto al presentador Pipo Mancera en el plató del programa Sábados Circulares, donde Gila tenía una sección titulada "Que se ponga", cuya popularidad provocó que él mismo fuera conocido en buena parte de Sudamérica y Centroamérica como "el Queseponga". *Yo pensaba que si sólo corría bien en el circuito del Jarama igual no era un Fórmula 1, así que me fui a hacer las Américas para ver si daba la talla. Recorrí Sudamérica, fui incluso a Estados Unidos, pasando por Arizona y Miami, lugares con comunidades de habla hispana. Me vino bien contemplar ese mundo tan abierto, respirar ese aire.* **[de una entrevista de radio en Onda Madrid, año 1997]**

Primera boda de Miguel Gila y María Dolores Cabo (Paraguay, 18 de julio de 1968).
La segunda boda sería en Las Vegas, y la tercera —y única de carácter oficial— en el
consulado español de Buenos Aires.

254

El monólogo de la boda

[LLAMA POR TELÉFONO]

¿Hola? ¿Es la parroquia? ¿Está el párroco? Que se ponga.

(...)

¿Señor párroco? ¿Cómo está usted, padre? Me alegro mucho, yo también. Escuche, hay un sobrino mío que se quiere casar pero le da vergüenza preguntar el precio. ¿Cuánto cuesta una boda? Quería preguntarle el precio total. Si me pudiera usted contar...

¿Cuánto? ¿De verdad? Pero eso será una boda cantada, ¿no? Lo que yo digo sería una boda normal, sin coro, ni órgano, ni alfombras. En lugar de alfombra hasta el altar que pongan unos periódicos viejos y así los vamos leyendo mientras. Siempre hay noticias que se te pasan.

¿La novia la pone usted o la pone mi sobrino? No, él ya tiene una, pero me dice que si a usted le sobra alguna... No, no digo una novia suya, pero quizás alguna de alguien que se haya arrepentido. Esas cosas pasan. Bueno, vale.

Y en lugar de órgano digo yo que podría ser una boda con silbidos. Una boda silbada, puedo silbar yo, o que silben los monaguillos, que tienen más energía. ¿Usted abre los domingos? Muy bien.

¿Sermón tiene? ¿A cuánto sale? Vale, pues nada, fuera el sermón. Mejor un refrán, que es más directo.

Nostros ponemos el novio y la novia y el público, ¿ustedes qué ponen? ¿Los monaguillos y las velas? Pues menudo negocio. No importa, si no hay más remedio... Ya, ya. ¿En el precio van incluidos el IVA y las propinas? ¿Cuánto se le tiene que dar de propina a Dios? ¿No sabría...? ¿Con seis mil pesetas va bien? Pues le dejo seis mil. De acuerdo, padre. Nos vemos pronto. Que usted lo case bien.

La selva

Gané cierta popularidad en Argentina después de colaborar en algunos programas y presentar otros cuantos, siempre representando monólogos y creando sketches cómicos. Me ofrecieron un papel secundario pero importante para una película que iba a hacer Palito Ortega —un cantautor muy conocido por entonces— de protagonista. Se titulaba *Muchacho que vas cantando*.

La película se iba a filmar en las cataratas del Iguazú y en las selvas de Paraguay y Brasil, así que acepté el papel sin dudarlo. Aquello me daba la posibilidad de conocer de cerca los lugares por los que habían pasado los conquistadores. Siempre he tenido un gran interés por la historia, tal vez por haber sido un niño criado en una buhardilla enana. Sin duda influido por Julio Verne, los clásicos rusos, y sobre todo Emilio Salgari, uno de mis escritores favoritos de cuando era chico, he sentido una gran curiosidad por conocer todo aquello de lo que tanto me habían hablado en el colegio y había leído en las novelas de aventuras.

Para mí fue una experiencia inolvidable. Habitábamos en un hotel de Misiones muy cerca de las cataratas. Al fondo de las cataratas, en su caída, se podía ver el arcoíris. A las siete de la mañana embarcábamos hacia el lugar donde rodábamos la película. Los técnicos viajaban en una balsa gigante llevando con ellos las cámaras, las pantallas y los focos, y en una lancha con motor íbamos los actores con el director y el jefe de producción.

En el lugar de filmación, en plena selva, organizábamos nuestro campamento. En aquel lugar, en una cabaña hecha con gruesas cañas de bambú, vivía un viejo polaco que había huido de su país durante la Segunda Guerra Mundial. Vivía rodeado de perros, gallinas y pavos. Todos los animales hacían por atacarnos hasta que el viejo polaco les ordenaba parar con un grito.

Había muchísimas serpientes. Palito Ortega, que tenía una gran puntería, siempre que veía alguna acechando los nidos de los pájaros con las crías dentro derribaba a los reptiles de un certero disparo con una escopeta de aire comprimido, sin llegar a matarlos.

Todos los que hacían la película, excepto Palito Ortega y yo, no sé el porqué de esta excepción, tenían los brazos y la cara hecha una miseria. Los mosquitos y las avispas se cebaban con ellos. A nosotros no nos tocaban, y eso que no íbamos ni vacunados, algo impensable hoy en día. Ya me había pasado durante la Guerra Civil: cuando dormíamos en un pajar, a todos mis compañeros les devoraban las pulgas y a mí ni se me acercaban. Algo tendré. O algo me faltará.

En medio de aquella selva, un día que iba hacia las cataratas, me tropecé con una tabla en la que estaba grabado de forma muy rudimentaria: "Por aquí pasó Álvar Núñez Cabeza de Vaca en el año de gracia de 1531", y pensé lo que habría sido para aquellos hombres caminar entre tanta maleza con las corazas y los yelmos, con ese calor húmedo de la selva y los mosquitos y las serpientes que se les pudieran colar por alguna rendija de sus armaduras. Y ahora igual suena tonto, pero sentí felicidad por vivir en la edad moderna.

El monólogo de la mueca como una de las bellas artes

Se estrenó ayer la comedia en tres actos original de Charles Mingó, *Enrique el Cruel*, traducida por Alvarina Múzquiz. La obra, basada en la vida de este famoso personaje amigo de los Borgia, obtuvo un éxito rotundo. Escrita para un solo personaje, sin diálogos, sólo a base de muecas, presume de una fuerza tremenda.

Enrique el Cruel indica con gestos que su papá está en prisión por orden de los Borgia, y haciendo una mueca de dolor da a entender al público lo que su corazón siente. Furioso, Enrique pone rumbo a Exeter. Al llegar a la ciudad se encuentra que ésta ha sido destruida por el ejército de Casimiro el Mañoso. Hace muecas del coraje que le invade y con otra serie de muecas jura vengarse.

En el segundo acto logra, con unas muecas llenas de intención y ternura, hacer llegar al público su amor por Ángela, la hija menor de los Borgia. Hace un gesto que denota sus intenciones y sale en su búsqueda.

Comienza el tercer acto. Sentado en la puerta de la casa de Ángela, una mueca de ironía se dibuja en la boca del actor. Cuando va a subir por la escalera al aposento donde se encuentra su amada, recibe una flecha en el pecho, lanzada por algún arquero oculto en la sombra de la noche. Con una mueca de sufrimiento en los labios, cae al suelo ensangrentado. Baja el telón mientras su mueca se torna en inconformidad

Muy buena la interpretación de Luciano Ponte en el papel de Enrique el Cruel. Obra necesaria que marca una nueva etapa en el teatro de vanguardia, demostrando que las palabras no son necesarias cuando hay profundidad, una luz para cada mueca y cada mueca en su justa luz.

Noticias de USA

En vista de los numerosos problemas que plantea el alza y baja de la moneda, el B.I.M. (Banco Internacional de la Moneda), con sede en Washington, aprobó un decreto ley creando una moneda única para todo el mundo. La moneda, que comenzará a regir desde el día primero del próximo mes en el mundo entero, ha sido denominada con el nombre de Firulo. Para mayor comodidad, el Firulo será una moneda única, indivisible. Es decir, las cosas costarán un mínimo de un Firulo, y de ahí en adelante los precios serán de dos Firulos, tres Firulos, etcétera, evitando de esta forma el problema que suponían las monedas fraccionarias. Al mismo tiempo, el Banco Internacional de la Moneda señala que, para evitar suspicacias, el Firulo llevará en su parte delantera la efigie de Abraham Lincoln y en la parte de atrás la de todos los gobernantes de los demás países del mundo sin ningún tipo de discriminación, yendo al mismo tamaño los gobernantes de los países desarrollados como los de los países subdesarrollados.

La avioneta

Durante el rodaje de la película *Muchacho que vas cantando*, aparte de lidiar con las serpientes, el clima y la maleza, viví alguna que otra experiencia límite.

Una me sucedió en un viaje de Buenos Aires a Misiones, en plena selva, que hice en una avioneta pilotada por un ruso. Al salir hacía un sol tremendo.

Las distancias en Argentina son enormes, desde la capital federal hasta Misiones, no lo sé con exactitud, pero fácil puede haber mil doscientos kilómetros. Recorrer esa distancia en una avioneta supone varias horas de vuelo y una gran cantidad de escalas para repostar. Hicimos la primera escala en Concordia, repostamos, y con aquel sol espléndido seguimos el viaje en dirección a Posadas, donde teníamos que recoger a una actriz que debía incorporarse a la película. De pronto, el cielo comenzó a ponerse negro, se desató una gran tormenta, el agua caía sobre el parabrisas de la avioneta como si nos hubiesen enchufado una manguera gigante, no había posibilidad de ver nada. De golpe se pararon los limpiaparabrisas, se hacía nula la visibilidad, estábamos metidos en un pozo negro, diluviaba; para colmo de males se averiaron la brújula y la radio, imposible orientarnos ni comunicarnos con nadie. El ruso colocó la avioneta de costado para, por las ventanillas, tener la posibilidad de saber por dónde íbamos. Una técnica poco ortodoxa. De vez en cuando me preguntaba si yo veía el río, alguna vía de tren o alguna carretera. Aunque volábamos muy bajo, yo no veía nada, tan sólo algunas vacas que, despavoridas por el paso de la avioneta, corrían sin parar. El ruso me comentó que era imposible tomar tierra con aquella avioneta, porque las pequeñas ruedas de aterrizaje se clavarían y nos iríamos "al carajo", sí, al carajo, fue donde dijo el ruso que iríamos si tratábamos de aterrizar en aquellos campos inundados.

Ante la imposibilidad de tomar tierra, dábamos vueltas sin rumbo. Hasta que, de repente, el ruso divisó una carretera, como todas las de Misiones, sin asfaltar, una carretera de tierra roja, de color ladrillo.

Habíamos dado con la solución. Aterrizaríamos en aquella carretera, pero se nos presentaba otro problema: si venía algún camión de frente nos mandaría al carajo de verdad. Al final aterrizamos y tuvimos la suerte de que no pasase ningún camión.

Al día siguiente, ya sin lluvia, despegamos usando la misma carretera como pista y llegamos a Posadas, donde dormimos hasta el día siguiente para que el piloto tuviese tiempo de reparar la brújula, la radio y los limpiaparabrisas. Recogimos a la actriz y reanudamos el viaje.

Cuando volábamos sobre las cataratas, la actriz, que no había vivido la angustia de la tormenta, le pidió al piloto que volara un poco más bajo para verlas bien. El ruso la miró con cara seria y se limitó a negar con la cabeza.

1

2

1 - En la selva de Misiones, junto a Palito Ortega en una escena de *Muchacho que vas cantando*.
2 - Frente a las cataratas del Iguazú durante el rodaje de la misma película.

Yo quería vivir en Tucson, Arizona, cerca del cementerio en el que están enterrados los
grandes pistoleros del duelo en O.K. Corral. Hay una lápida que dice: "Muerto de cuatro
balazos, ni uno más ni uno menos", otra que dice: "Ahorcado por error". Me atraía porque
me hacía sentir cerca de todas esas cosas que leí de chico en las novelas del oeste. Un amigo
mexicano me dijo que tuviera cuidado y no fuera sin un arma porque al parecer había unas
bandas de indios que tiraban aceite en la carretera para que tu coche patinase y luego te
abrían la puerta y te cortaban la cabeza. Me quise comprar una pistolita, una 45 como
la de Harry el Sucio, pero al final me eché atrás porque me pareció un exceso. Por suerte
no me cortaron la cabeza, resultó que sólo había indios buenos.
[de su libro de memorias *Y entonces nací yo*]

El monólogo de los platillos volantes

Me acaba de llegar esta carta del alcalde mi pueblo. Se la voy a leer porque creo que puede ser interesante:

De orden del señor alcalde, SE HACE SABER: que habiendo llegao a conocimiento del Excelentísimo Ayuntamiento la presencia de objetos voladores procedentes de otros planetas, por este comunicao se hace saber a los vecinos de Aldeamugre de los Ajos:

1.º Que en caso de aterrizar en este pueblo uno de esos objetos voladores, y en caso de bajarse de él marcianos, jupiterianos, o lunarejos, ningún vecino deberá tirarles cantos ni atacarles a escopetazos, ya que habiéndose comprobao que su visita a nuestro planeta es en plan amistoso, todos los habitantes del pueblo deben hablarlos como si fuesen de la familia, invitándoles a comer chorizo, jamón o sopas de ajo caso de que sea jueves.

2.º Que todos los vecinos que vean un plato volador deberán comunicarlo al señor secretario del Excelentísimo Ayuntamiento, bien por teléfono, y si no tuvieran teléfono, lo harán por escrito en carta dirigida a Robustiano Visagra, alcalde de Aldeamugre de los Ajos, calle de las Cabras, 71, planta baja, subsótano.

3.º Que ningún joven podrá subir a los platos voladores sin permiso escrito de los padres suyos.

4.º Que todos los vecinos que desobedeciendo este comunicao persigan a los platos voladores y les corran a palos o pedradas serán condenados a quince días de arresto en los calabozos de esta villa.

Así firmo en Aldeamugre de los Ajos, a veinticinco de agosto del año mil nuevecientos setenta y dos.

Firmao: EL ALCALDE

La pesca

Durante mis tiempos en Zamora me hice muy amigo de los hermanos Ozores: José Luis, Mariano y Antonio. Sobre todo de José Luis, al que apodaban Peliche.

Cada vez que la compañía de Mariano Ozores y Luisa Puchol hacía teatro en Zamora, Peliche, Antonio y yo íbamos de pesca. Pescar en el Duero nos divertía mucho, porque llevábamos queso, pan y lombrices y aunque el pan y el queso era para nosotros, a veces lo poníamos en el anzuelo, porque los peces no le entraban a las lombrices, y después, cuando teníamos hambre, nos preguntábamos qué sabor tendrían las lombrices, que aunque nunca las comíamos, como tocábamos las lombrices y el queso con las manos, ya el queso sabía a lombrices y supongo que a su vez a los peces las lombrices les sabrían a queso.

Años después, Franco se enteró de que existía un pez de río que llamaban lucio, del que decían que era muy bravo y difícil de pescar, y dio la orden para que en el río Tajo, a su paso por Aranjuez, se echaran millares de alevines de lucio; pero la impaciencia del Caudillo por pescar aquel pez de río motivó que ordenara que se utilizaran lucios traídos de no sé dónde, ya de un tamaño considerable. Alguien, con el deseo de hacer feliz al Caudillo, mandó acotar el río con unas redes metálicas en unos dos kilómetros, de manera que los lucios no podían salir de aquella prisión. Y así, cuando el Caudillo iba a la pesca del lucio le aconsejaban que lo hiciera en aquel lugar. Sacaba cantidades fabulosas.

Peliche y yo nos hicimos muy amigos de Mariano, el guarda encargado de vigilar el coto. Mariano nos avisaba el día que el Caudillo no iba de pesca y nos daba permiso para que pescáramos nosotros, pero era tal la cantidad y la facilidad con que sacábamos los lucios que llegamos a aburrirnos.

Aquel pescar juntos, como nuestra amistad, duró muchos años.

En agosto de 1966, viviendo ya en Argentina, leí una noticia publicada en España, en la que se decía que el Caudillo había pescado una ballena de veinticinco toneladas, y treinta y seis ballenas dos semanas más tarde. Me acordé de los lucios y pensé: "Eso es que en el Cantábrico le han hecho un coto para pescar ballenas".

Varias fotos de un día de 1971 dedicado a la pesca y a la fotografía submarina. Dos de las grandes aficiones de Gila, que llegó a dedicarse a ello de forma profesional como miembro del Centro de Investigaciones Subacuáticas de Valencia.

El monólogo de mi padre el buzo

Mi padre quiso ser buzo desde pequeño. Cuando tenía diez años metía la cabeza en la bañera llena de agua, y estaba horas hasta que mi abuelo le sacaba para acostarle. Le hacían la respiración artificial, revivía y como nuevo.

En cuanto cumplió treinta años aprobó unas oposiciones y le destinaron a Segovia por no meterle en el mar de golpe. Como no había barcos, se hizo amigo del boticario y se colocó para despachar recetas, pero como no sabía, mató a un paciente. Por suerte el muerto era muy canijo y no se enteró casi nadie, pero a papá le destinaron a La Coruña.

Estaba un día arreglando un barco en el fondo del mar y pasó una sirena y mi padre dijo: "Buenas tardes, guapa", y se casó con ella, porque si piropeas a una mujer se casa contigo. Tuvieron un chicharro y un niño. El niño era yo, y el chicharro mi hermano Joaquín. Mi hermano dormía en el lavabo, pero un día se nos olvidó poner el tapón y se fue por el sumidero. Fue una alegría para todos, porque le cogías en brazos y era una peste...

Mi papá siguió trabajando de buzo, y un día por no andar, subiendo a comer, le echamos los fideos por el tubo del oxígeno, y cogió una fideitis, que no era malo de morirse, pero le sonaba un fideo dentro, así que tuvo que dejar lo de buzo y nos vinimos a vivir a una capital de secano, y se colocó de músico. Estaba un día dando un concierto para el Colegio de Huérfanos de Peatón Despanzurrao por Taxista, y pasó una moto, le atropelló por la mitad y tuvimos que tirar lo de abajo, porque se le quedó blandorro. La mitad de arriba la pusimos encima del piano como si fuera un busto de Wagner y desde entonces no hace mucho, sólo estarse quieto y chistar cuando algo no le gusta. Echa de menos el mar, pero lo sobrelleva.

ANTOLOGÍA TRAGICÓMICA DE OBRA Y VIDA

Hermano Lobo

En 1972 se fundó una nueva revista de humor en España: *Hermano Lobo*. Aunque figuraba como director Ángel García Pintado, el encargado de armar y confeccionar la revista fue Chumy Chúmez. Empecé a colaborar en ella a partir del número 2, y desde entonces formé parte del equipo de humoristas gráficos junto a Manolo Summers, Forges, Chumy Chúmez, Ops, Ramón y El Perich. Desde Argentina colaboré en cada número aportando textos de humor y mis viñetas con los personajes de las narizotas.

Hermano Lobo no era *La Codorniz*. *Hermano Lobo* tenía un estilo y un carácter más acorde con la época.

A pesar de que el gobierno español intentaba aparentar que había libertad en la prensa, ésta seguía siendo una utopía. Pero los miedos habían disminuido y eso nos permitió hacer, aunque de forma disimulada, la crítica política y social de nuestro país.

En *Hermano Lobo* también escribían gente brillantísima de la pluma como Manuel Vicent, Luis Carandell, Paco Umbral y muchos más que se disfrazaban bajo divertidos seudónimos —Genovevo de la O, Sir Thomas, Perseo, Justiniano, Don Nadie, Memorino—, además de esos dos portentos del absurdo que son Tip y Coll.

Hermano Lobo fue para mí una resurrección. Una oportunidad de dedicarme a lo que más me gustaba: el humor gráfico. No importaba el país donde estuviera trabajando, mis dibujos llegaban siempre a la redacción. Por desgracia la revista terminó su ciclo en 1976 con un número especial de verano. Una pérdida lamentable, y más en este país nuestro en el que impera la mala leche y a menudo faltan las risas.

EL LIBRO DE GILA

EL LIBRO DE GILA

La camisa roja

Las dos actitudes mías que voy a comentar a continuación pueden parecer, ahora y en la distancia, algo ingenuas y tal vez incluso pueriles, pero a mí me resultan coherentes y adecuadas, aunque inútiles. Lo aclaro de entrada.

La primera actitud es la que demostraba cuando escribía cartas a España desde Argentina. En el remite podía haber puesto "Argentina" y basta, pero yo disfrutaba escribiendo la palabra "República". De ahí que siempre coronara el remite con ese REPÚBLICA ARGENTINA tan bonito, como homenaje a una república perdida y al mismo tiempo como guiño a aquella España en manos de una dictadura.

La segunda actitud la adquirí a mediados de los años cincuenta.

Una vez el cantante Miguel de Molina me contó que en su primer viaje de regreso a España los falangistas le afeitaron la cabeza y le dieron a beber aceite de ricino en grandes cantidades.

Y recordé que en una ocasión yo estuve a punto de pasar por ese trance. Era el aniversario de la muerte de José Antonio Primo de Rivera. Tres chicas de la compañía de teatro y yo íbamos en el coche hacia Villa Rosa, el tablao flamenco, cantando, al tiempo que nos reíamos con estrépito. Nos pararon unos falangistas y nos hicieron bajar. Nos separaron —yo llevaba puesta una camisa roja—, y uno de los falangistas con una mano en cada lado del cuello de mi camisa dio un tirón y me la desgarró, me hizo que me la quitara y la tiró al suelo para pisotearla con furia. En ese momento llegó el que parecía ser el jefe, y se acercó hasta mí. Yo temía que la cosa siguiera por derroteros más graves. El individuo me dijo:

—No te vuelvas a poner nunca más una camisa roja, porque te puede traer problemas. Y haced el favor de guardar un respeto, que hoy es el aniversario de la muerte de José Antonio, y no es día para reírse.

Me disculpé, le dije que no habíamos tenido intención de burlarnos de José Antonio, que lo único que hacíamos era divertirnos un rato después de la función y le di mi palabra de no ponerme una camisa roja ni una vez más, ya que no era mi intención ir provocando.

Desde aquel día, siempre que actúo lo hago vestido con una camisa roja. Tal vez trato de vengarme —ni siquiera yo lo sé a ciencia cierta— de aquella humillación, que por suerte pertenece a un pasado lejano.

Sé, y lo repito, que son formas de comportarse que tienen un origen casi infantil, aunque formen parte de esa coherencia ideológica que a veces tanto cuesta mantener. Tampoco sé si es malo que sean actitudes infantiles. ¿No es bueno, acaso, jugar a ser niños de vez en cuando?

Luciendo el uniforme habitual durante una actuación en una gala de Antena 3, en 1991.
Siempre procuré saltarme la censura ya fuera a través de gestos sutiles o técnicas que íbamos desarrollando entre los artistas. Por ejemplo, tenía un truco infalible para que mis monólogos colasen: cada vez que escribía algo para el teatro intercalaba palabras como "culo", "teta" o "pedo", y entonces el censor se iba a por esas palabras como un loco y las tachaba, dejando tranquilo el resto del texto. Estaban obsesionados con eso, casi nunca fallaba. **[de una entrevista en el programa de TV3** *Molt personal* **realizada en 1993]**

EL LIBRO DE GILA

El monólogo del tour por Europa, primera parte

Quería hablarles ahora de lo importante que es la cultura. Yo antes cuando me levantaba me sentaba a desayunar y leía el periódico, pero ahora me he dado cuenta de que para adquirir cultura no basta con leer a los clásicos, también hace falta experimentar, vivir. ¿Y qué mejor manera de vivir que viajar? Viajar es de lo mejor que hay.

El verano pasado hice un tour por toda Europa. Recorrimos diecinueve países en once días. Pero deprisa, ¿eh? El guía empezó: "Vamos, vamos, vamos", y todos corriendo detrás, que siempre salía la típica señora que protestaba: "Oiga, que me hago pis", y el guía contestaba: "En Holanda, señora, en Holanda entra usted al váter". Así que la señora se bajó las bragas en Bélgica y llegó justito, que íbamos todos en el autocar asustados, diciendo: "Al final nos mea encima". Pero qué va. El guía era de lo más eficiente y llevaba calculando la elasticidad de la goma de las bragas, la longitud de las piernas y todo.

El tour fue precioso. Nos llevaron, así como para hacer boca, a la torre inclinada de Londres, y de ahí ya fuimos a París. Una delicia, oye, la Torre Infiel, el Museo de la Ubre... Aunque yo la ubre ni la vi, porque a esa velocidad no puedes ver nada. Venía con nosotros un señor muy culto que quería ver los Inválidos y no hubo manera. Le decían: "Mire a ese manco y dese prisa". Después nos llevaron al monumento al Soldado Descolorido, y luego a una plaza en la que nos contaron que los franceses se habían tomado la pastilla. De ahí fuimos a un sitio donde estaba la tumba de Napoleón, que el guía nos dijo: "Miren, ahí están las cenizas de Napoleón". Hay que ver lo que fumaba el tío. Y que guarden esas cosas...

Londres

En 1975 hice un viaje por placer a Londres. Viajé en ferry de Dunkerque a Dover, y de Dover a Londres con el coche. Por aquel entonces yo tenía un coche MG (Morris Garages) y algunas personas al ver aquellas iniciales las interpretaban como "Miguel Gila" y preguntaban si me lo habían hecho sólo para mí.

En Dover llovía con gran intensidad. Para los que tenemos costumbre de conducir por la derecha, viajar por Inglaterra se hace complicadísimo. Los coches y los camiones que me pedían paso me adelantaban por la derecha, y aquello de irme hacia la izquierda para que me adelantaran me desconcertaba. Para colmo se me rompió el limpiaparabrisas y los camiones y coches que me adelantaban llenaban de agua y barro el parabrisas. Tuve que sacar la mano con un trapo y, al tiempo que conducía con una mano, con la otra iba limpiando el cristal. Con la ventanilla bajada, el agua entraba hasta los asientos traseros. Ni en la guerra pasé tanto miedo.

Al llegar a la capital busqué un parking donde dejar el coche durante los días que estuviese allí. Encontré un extraño parking que tendría unos seis pisos. Fui a aparcar y de pronto y sin previo aviso, el coche comenzó a elevarse. Me habían metido debajo una plataforma y por medio de una grúa nos subieron a mí y al coche y nos depositaron en una especie de nicho. Qué susto.

Tener que pedir la comida era un drama. Apuntaba con el dedo en la carta y me servían lo que había señalado, pero muchas veces resultaba ser algo difícil de comer.

Entré en un restaurante en el que resultó que la camarera era española, así que en vez de señalarle la carta le dije que quería lo que estaban comiendo los de la mesa de al lado, que pintaba bien. Pero negó con la cabeza y dijo:

—Te voy a traer otra cosa. Eso sólo se lo doy a los ingleses para ver si se mueren.

Y me trajo un plato que estaba bien.

No estuve muchos días en Londres. Fui a ver al hermano de una amiga, que estaba viviendo por allí. Pensando en lo complicado que sería preguntarle a un policía de tráfico el camino para ir de Londres a Dover, le pregunté a aquel chico que cómo tenía que decirlo en inglés. Me lo repitió hasta que lo aprendí de memoria, nos despedimos, saqué el coche del parking y al primer policía que encontré le pregunté en un inglés tal vez correcto (y digo tal vez porque algo entendió) que por dónde tenía que salir de Londres para ir a Dover.

Y el policía me lo explicó en un perfecto inglés. Un perfecto inglés que por supuesto no entendí, porque yo me había estudiado la pregunta pero no la respuesta.

Gila en su despacho de Buenos Aires, año 1975.
En Argentina tengo un programa en la radio en el que varios artistas conversamos
con personas que nos parece que tienen algo que contar. A veces llevamos a presidiarios
para que nos cuenten cómo ven la vida. Y luego, por desgracia, los devolvemos a la cárcel.
Si no, todos querrían venir al programa.
[de una entrevista en Radio Nacional de España realizada en 1980]

El monólogo del tour por Europa, segunda parte

De París nos fuimos a Roma, a ver el Vaticano. ¡Vaya negocio han montao! Y pensar que empezaron con un pesebre. Precioso. El Papa estaba en el sillón papal, al fondo de un pasillo muy ancho, que tenía el suelo de mármol, muy brillante. Resulta que en el tour venía un andaluz que había estrenado zapatos para la ocasión y decía: "Yo me voy a acercar al Papa, a ver si me da su bendición". Y cuando dio el primer paso, entre el brillo del mármol del suelo y los zapatos nuevos, se pegó un resbalón tremendo que salió disparado, con el culo por el mármol, las dos piernas en lo alto, los zapatos por delante. El Papa, que le vio venir, levantó el codo y el andaluz se dio un golpazo contra la tarima donde estaba el sillón papal, que sonó..., ufff, cómo sonó. El Papa, como corresponde a un señor de su categoría, se aguantó la risa y dijo, muy amable: "Buona sera", a lo que el andaluz, sangrando, respondió: "Buena será para usted".

Y ya de ahí nos fuimos a Grecia. A mí Grecia, ¿qué quieren que les diga? Pues es un país que... bueno, sí, ahí está... No va a ser uno tan ignorante de decir: "¡Uy, si no está Grecia!". No, estar está, yo no digo que no, pero hay que ver cómo está: todo roto, todo tirado por el suelo, todo viejo, viejísimo..., del año del pedal. Todas las estatuas están rotas, a una le falta la cabeza, a otra un brazo, a otra un pierna. Y digo yo, ¿por qué no hacen una sola estatua con todos esos cachos? Que tengan al menos una entera.

Ver los sitios me da un poco igual porque al ir tan rápido te enteras de poco, pero me quedo con el viaje en general como experiencia. Al fin y al cabo es cultura, y la cultura es lo más importante.

La dentadura

A finales de los años setenta, estando en Ciudad de México por una actuación, decidí ir a Tepito, a un mercado conocido como el Mercado de los Ladrones. Se llama así porque, según me dijeron, todo lo que se roba en la capital federal termina en aquellos puestos.

En el mercado vi un corro de gente alrededor de un hombre. La curiosidad hizo que me acercase a ver qué pasaba. El hombre, situado en el centro, tenía delante de él un barreño enorme de cerámica rústica lleno de agua turbia. En el barreño, como si se tratara de una pecera, flotaban dentaduras postizas. Los posibles compradores señalaban con la mano apuntando al barreño y el hombre sacaba del agua la dentadura escogida. La persona se probaba la dentadura y decidía si la quería o si no. Si no la quería volvía a lanzarla al barreño de agua grisácea.

Se probaban las dentaduras sin ningún reparo, llegué a presenciar una supuesta venta:

—Fíjese que ésta me está pues como muy chica. ¿No tiene otra más grande? Porque fíjese que maprieta.

El hombre del barreño sacó otra dentadura, la movió en el agua a modo de enjuague y se la dio al presunto comprador, que la ajustó a su boca desdentada.

—Y ésta, ¿cómo le está?

—Pues como que mejor.

Hizo el simulacro de una masticación.

—¡Órale, se siente requetechula!

Y se la mostró a su mujer:

—¿Cómo la ve, vieja?

La mujer sonrió y dijo:

—Pues te queda padre.

El caballero pagó la dentadura y se la llevó puesta.

Durante la Guerra Civil, en el pueblo alcarreño de Gajanejos, Gila perdió a su amigo,
compañero del ejército republicano que murió en sus brazos tras ser acribillado por
soldados alemanes que servían de apoyo al Ejército Nacional. Días más tarde, el joven
soldado bajó a Madrid a dar la noticia a los padres de su amigo.

El monólogo de los viajes en tren

Me encanta viajar en tren. Pero los trenes de ahora, ¿eh? Que los de antes tenían los asientos de madera a lo largo, una tabla sí y otra no, y llegabas al hotel y cuando se ofrecían para plancharte algo, no sabías si darles la ropa o el culo.

Y qué gente viajaba en los trenes, oye. Estaban los que conocían todas las estaciones, que cada vez que paraba el tren te daban un codazo en el hígado y te decían: "¡Gajanejos! ¡Estamos en Gajanejos! Hacen unas rosquillas en Gajanejos...".

Y al rato, otra parada. Y otro codazo: "¡Cascajuelos! ¡Aquí en Cascajuelos hacen un conejo al horno que te chupas los dedos!". Y al rato otra vez: "¡Zarzamorilla! Aquí tienen unas judías a la manchega, que ya quisieran en León!".

Otro personaje típico de aquellos trenes era el que no encontraba el billete cuando llegaba el revisor. Empezaba: "Si lo tenía aquí y... Espere, si hace un rato... Ay, madre, ¡no lo habré perdido!". Y el revisor, irónico, decía: "No se preocupe, si es normal. Los billetes se pierden mucho". Y los que iban en los asientos de al lado miraban al del billete perdido con una sonrisa de completa felicidad, como diciendo: "Pues te va a costar el doble", y les daba una rabia que esa persona terminara encontrando el billete...

El monólogo de los viajes en avión

Me encanta viajar en avión. Es cómodo, rápido, limpio y los pilotos son precavidos. En cuanto te subes a la máquina te atan un cinturón. No sé muy bien para qué sirve, pero un día me lo explicó una anciana que viajaba al lado: "Es para que no se desparramen los cadáveres", me dijo, y yo le respondí: "Señora, no se angustie que a todos nos llegará nuestro día", a lo que la buena mujer contestó: "Pues esperemos que hoy no sea el día del piloto".

Y luego dicen por los altavoces: "Vamos a volar a una altura de catorce mil pies". Yo nunca he sabido lo que son catorce mil pies, pero vamos, calculando un cuarenta y dos para arriba, debe de ser muy alto. Y te dicen también la velocidad: "Novecientos kilómetros por hora". Eso me parece perfecto que lo digan, para que no te bajes en marcha.

Lo que más me gusta es la higiene. Hay muchísima higiene en los aviones. Todo te lo dan en sobrecitos cerrados: el descafeinado, la leche en polvo, el azúcar, la sal, la pimienta, la servilleta, el palillo... Hasta una toallita con colonia, que yo a veces me equivoco y echo la toallita en el café. Aquello sabe a rayos. Me lo tomo, no vayan a creer, por aquello del qué dirán, pero sabe muy muy mal. Luego me limpio las manos con el azúcar y no se entera nadie.

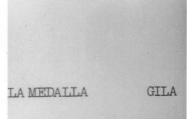

Fotogramas de la película de animación *Historias de Amor y Masacre* (1979).
La película se compone de ocho cortos de animación guionizados y dibujados
por varios de los humoristas más populares del momento (Óscar, Gila, Valles, Fer,
Ja, Chumy Chúmez, Ivà, y El Perich).

El corto de Gila, titulado *La medalla*, es un alegato antibelicista en el que un matrimonio alista en la guerra a su hijo (de unos ocho años) entregándoselo a un coronel que le explica cómo funciona aquello.

El coronel manda al niño a combatir y al poco rato le traen unos huesos que son todo lo que queda de él. Entrega los restos a sus padres y se marcha al supermercado a comprar leche condensada, como si nada hubiera pasado.

Chile

En 1976 me salió un nuevo contrato en Chile. Trabajar allí era como trabajar en Logroño, aquello ni parecía el extranjero ni nada.

Me vino a la memoria aquel capítulo de la historia que nos había explicado el hermano Nicolás en el colegio, cuando Pedro de Valdivia batalló con los indios araucanos y fundó Concepción, Villarrica, Imperial y La Frontera. Nos contó que Valdivia fue capturado por los feroces araucanos y atado a un árbol. Al parecer el martirio fue tan espantoso que Valdivia suplicó por su vida. Uno de los jefes indígenas lo mató de un golpe de maza y el capitán español fue descuartizado, asado y comido y su cráneo sirvió de copa durante cien años.

Pero en Chile ni había indios araucanos ni nada, en Chile había gente normal y se entendía casi todo. Lo único que no entendí a la primera fue cuando leí unos carteles gigantes colgados por todas partes en plena calle que decían cosas como: "Meta su polla en el banco" o "Aquí está su polla". Pregunté qué quería decir aquello y me explicaron que "la polla" es lo que en España conocemos como "la quiniela". No era polla queriendo decir pene, como decimos en España. Cuando es de fútbol, en Chile se llama "la polla gol" y cuando es de hípica la llaman "la polla de los caballos".

Pero a pesar de habérmelo explicado se me hacía medio raro cuando alguien me decía:

—Ya tengo preparada la polla para el domingo.

Una vez tuve la oportunidad de leer en un periódico, escrito con letras muy grandes: "Hoy se corre la polla del presidente". Me comentaron que era la polla más importante. Sólo se corría una vez al año.

El monólogo de mis viajes por América

Llevo unos años viajando por toda América haciendo mi función en los lugares más recónditos y pintorescos y me gustaría narrarles algunas de las cosas que he visto en este tiempo.

En mis viajes he conocido países de todo tipo. He conocido países pobres, pero pobres de verdad, en los que los soldados no tenían ni machete, lo llevaban dibujado con purpurina en un lado del pantalón. He conocido países con dictaduras militares durísimas, lugares en los que los perros no ladran, van directos a agarrarte de las solapas de la chaqueta.

He conocido países enanos en los que si tienes más de una talla cuarenta de pie, te sales de la frontera y tienes que pagar impuestos en la aduana.

He conocido países gigantes, como Brasil, que tienen la selva del Amazonas que es como la Casa de Campo pero a lo bestia, como si llegaras a La Coruña y te dijeran: "Siga, siga, que hay más". Países llenos de bichos peligrosos como el gusano tornillo, que se te mete por el dedo gordo del pie y te sale por la coronilla, un mosquito que se llama el jején, que te pica y te pone los huevos que... O sea, te pone los huevos suyos, las larvas, te las deja metidas y luego te crecen mosquitos por dentro. Pero lo peor de todo son las pirañas, que son como boquerones pero agresivos, con mala leche, que vas por el río y dices: "Pues parece que me pica un poco", y sacas la pierna y te falta el pie.

No me olvido de las tribus que tienen: los mandrucos, los motilones o como se llamen, los jíbaros, que son esos que te reducen la cabeza, hay varios países de poca broma. Con esos aeropuertos que parece que los ha diseñado un profesor de aerobic, que han soltado una lagartija y han dicho: "Por donde vaya la lagartija, por ahí vamos construyendo el aeropuerto".

Y ahí al lado tienes los Estados Unidos, que son bien bonitos. Qué país, qué ciudad es Nueva York, los edificios parecen la calle Fuencarral puesta de canto. Y qué tráfico tienen, es para verlo. Leí una vez una noticia que decía que en Nueva York, cada cinco minutos, un hombre es atropellado por un coche. Imagínate: ¡cada cinco minutos!, es tremendo. Lo mal que lo tiene que estar pasando ese hombre ahora mismo, a ver si alguien lo sube a la acera de una vez, aunque sea por caridad.

Muchas gracias y que ustedes lo viajen bien.

Gila en su apartamento de Buenos Aires, 1977.
A los cincuenta y tantos años me matriculé en la Facultad de Filosofía y Letras de la Universidad de Buenos Aires, quería aprender. Me gustaba sobre todo la literatura. Siendo joven era muy pobre y no conocía forma alguna de estudiar siendo tan pobre.
[de una entrevista en la revista *Ondas*, año 1982)

La muerte del Caudillo

El 20 de noviembre de 1975 murió Franco y no sentí ni alegría ni tristeza. Ninguna emoción.

Reconozco que estaba yo en una edad en la que le daba mucha más importancia a mi felicidad personal que a los acontecimientos políticos.

Mi identidad como militante se quedó en El Viso de los Pedroches, hace de esto muchos años, en 1938, cuando, al caer prisionero de los moros de la Decimotercera División del General Yagüe, tuve que romper mi carnet de las Juventudes Socialistas. Aunque mi ideología, esa ideología que mamé en mi casa desde niño, siguió latente.

Juan Goytisolo, a quien tanto admiro, plasmó mis pensamientos mejor que yo mismo en una columna que escribió a los pocos días de la muerte del caudillo:

Hay cosas que se han esperado tanto tiempo que, cuando por fin llegan, pierden toda realidad. Durante años y años he esperado lo mismo que millones de españoles, ese día, El Día por excelencia, que debía dividir en dos mi vida, nuestra vida: Antes y Después, Limbo y Cielo, Caída y Regeneración. (...) Para producir todo su impacto esta noticia habría podido llegar hace veinte años, cuando yo conservaba intacta mi pasión por mi país y cuando yo hubiera podido intervenir en su vida pública con más fe y más entusiasmo que hoy. En este año de 1975 soy, como ha dicho el poeta Cernuda, "un español sin deseo", porque no puedo ser otra cosa. El mal ha sido irreparable y yo me acomodo a él a mi manera, sin rencor y sin nostalgia.

De 1938 a 1975 luché por sobrevivir y lo conseguí. Pero mi militancia política había sido aniquilada.

— V —

¿Es el enemigo?
Que se ponga.

*De cuando Gila volvió a España y se mudó
al salón de tu casa*

El monólogo de los valores familiares

Yo no tengo nada en contra del matrimonio. Qué va. Si a mí hasta me gusta. Aunque lo de vivir en pareja no lo termino de asumir, me recuerda a la Guardia Civil.

No soy como mi hermano, que cuando le preguntan qué tal está su mujer, contesta: "Hombre, pues según con quién la compares". Pienso que el matrimonio es muy bonito y hay que cuidarlo. Lo primero es organizar una buena luna de miel para que luego ya vengan los hijos, que son la alegría de la casa. Aunque al principio, cuando son pequeños, lloran y es tremendo. El marido dice: "¡Que está llorando el niño!", y la mujer responde: "¿Y qué quieres que haga?", y el marido: "Pues dale la teta", y la mujer: "Pero ¿cómo le voy a dar la teta, si no me la sueltas?". Porque claro, aunque pasen los años, el hombre siempre guarda un cariño hacia la teta, sea de quien sea.

El verdadero problema con los hijos llega cuando son mayores. Yo tengo amigos con hijos mayores y se están volviendo locos. Me dicen: "No sé qué hacer, porque vienen a casa a las siete de la mañana, y algunos días no aparecen y no llaman por teléfono. Me tienen en un sinvivir". A mí me parece que la culpa de esto es de la falta de diálogo, porque los padres ya no hablan con los hijos como antes. Yo, de joven, hablaba mucho con mi padre. Mi papá me decía: "Hijo, siéntate, que tengo que hablar contigo", y el buen hombre me decía, con todo el cariño del mundo: "El día que vengas a casa después de las once de la noche, te doy una patada en la cabeza que te la saco del cuello". Y claro, esa comunicación sí que la entendía, ¿cómo no la voy a entender? Aquello sí que era diálogo y no lo que hay en esta sociedad moderna. Y qué pena que se pierda, como tantas cosas buenas...

Malena

Argentina me trajo muchas cosas buenas, pero la mejor de todas fue el nacimiento de mi hija en 1979. María Dolores y yo decidimos llamarla Malena, por el tango. Nuestra vida cambió por completo. Yo me hice niño de nuevo.

Le contaba cuentos cada noche, me los iba inventando sobre la marcha. Daba tanta emoción a los relatos que la pequeña no se dormía ni para atrás. Sólo me cansaba yo. Narraba un baile en un palacio y empezaba a cantar *Mami qué será lo que tiene el negro* haciendo la conga con ella por toda la habitación. Cómo para dormirse...

Teníamos una máquina de cine y con ella le proyectábamos películas de Disney con las que disfrutaba muchísimo. Allí vio por primera vez *Blancanieves*, *El Libro de la Selva*, *Los Aristogatos*... Aunque su preferida era la de *La Bella Durmiente*. Una vez la niña se enfadó viendo *Pinocho* porque pensaba que el muñeco se había muerto al ser tragado por la ballena y no había forma de convencerla de lo contrario, menudo berrinche...

La llevaba a la escuela y la recogía por las tardes. Un día que no pude ir al tener una función esa tarde, María Dolores se olvidó las llaves en casa y no pudieron entrar al volver de la escuela. Como no querían quedarse en la calle, optaron por acudir al teatro y esperarme entre bambalinas. Por algún motivo, Malena decidió que era buena idea dejar a su madre atrás e irrumpir en plena función y decir a voz en cuello:

—Que dice mamá que dónde están las llaves.

Me dirigí al público y les presenté a mi hija, improvisando un poco. La gente pensó que aquello estaba preparado. Aplaudieron mucho. Luego en casa nos reímos durante días con la anécdota.

Junto a María Dolores y Malena, en el Retiro, durante una sesión de fotos para *Lecturas* (1983). *En casa es muy serio, está siempre metido en su mundo y cuesta sacarlo. Cuando más saca el humor es cuando se enfada, que no levanta la voz pero tira de ironía y de humor negro y siempre te acabas riendo.* [**María Dolores Cabo en una entrevista realizada por Nieves Herrero en el programa *De tú a tú*, emitido por Antena 3 en 1994**]

EL LIBRO DE GILA

La pirueta

De las primeras cosas que hice al regresar a España fue ins-
talarme en Barcelona y organizar un montaje de mi obra "La
Pirueta" en un teatro de la travesera de Gracia llamado Teatro
Don Juan. La obra, muy influida por mis lecturas de los años
setenta y algunas de las películas de Ingmar Bergman, llevaba
implícita una fuerte crítica social.

Trataba de un personaje adicto a la televisión cuyo cuerpo se iba atrofiando al no poder separarse de la pantalla. Primero se le dormía un pie, luego las piernas, la cintura y los
brazos y se quedaba paralítico mientras seguía viendo sus
programas preferidos. Al final de la obra su esposa le preguntaba si le dolía algo y él respondía: "Mientras pueda seguir
viendo la tele y recibiendo a las visitas todo irá bien".

El público y los críticos quedaron algo desconcertados
con aquel nuevo paso que yo había dado en mi quehacer artístico. Acostumbrados a la risa constante de mis monólogos del
absurdo, no terminaban de entender por qué les hacía llorar
con aquel personaje que sufría tanto.

Y más si añadimos que, al finalizar el espectáculo, yo me
sentaba a boca de escenario y decía al público:

*Cuando me lancé a hacer esta obra de teatro, mi única in-
tención era hacerles pasar un mal rato. Si lo he conseguido, me
doy por satisfecho.*

De cualquier modo, aquello para mí fue una experiencia
que volvería a repetir, porque creo que no hay nada más triste
que estarse quieto en el mismo sitio. Hay que intentar crecer
como artista. Aunque, a ser posible, siendo consciente de que
el público no tiene la culpa de lo tuyo.

Crítica de la boda de un crítico

En el mundo se usa mucho eso de la ley del embudo. Cada vez que se estrena una obra de teatro, los críticos hacen la crítica del estreno, unas veces buena y otras veces mala. Sin embargo, cuando un crítico estrena esposa o esposo, nadie hace la crítica de su boda. En vista de esta injusticia, y aprovechando la libertad de prensa, he decidido poner remedio a esa injusticia. Procedo:

Ayer por la tarde se celebró la boda del conocido crítico teatral Felipe Boroní-Capote con la señorita Elisa Montefrío-Sánchez. La boda, a pesar del entusiasmo despertado en toda la vecindad y en todos los asistentes a la misma, a mí, como crítico, me pareció una boda de lo más vulgar, llena de tópicos y sin que aporte nada nuevo a la tan manida costumbre de casarse los unos con los otros.

La ceremonia, dirigida por el tío del crítico, que actuaba como padrino, tuvo un arranque bueno que nos hizo pensar en principio que íbamos a presenciar algo original y fuera de serie. Nada más lejos de la realidad.

A medida que fue transcurriendo el tiempo, nos dimos cuenta de que no era otra cosa que un plagio vulgar de otras bodas celebradas en la misma parroquia. Los intérpretes de la boda, es decir, los novios, Felipe Boroní-Capote y Elisa Montefrío-Sánchez estuvieron lentos, inseguros, fríos, dudando en las sendas contestaciones del "Sí, quiero" y el "Sí, otorgo". Puede ser que estuvieran faltos de ensayo, pero lo cierto es que estuvieron francamente mal en sus respectivos papeles.

El padrino fue, a nuestro juicio crítico, el que mejor estuvo en su papel, que aunque no es el de protagonista, no deja de tener su importancia dentro de las bodas. Lamentamos mucho, como críticos, no poder decir lo mismo de la madrina, que estu-

vo ordinaria a más no poder. No se supo mover como es debido en estos casos, pisó a dos invitados, regañó con el cura y la vimos tropezar varias veces, aparte de discutir con un monaguillo de once años. Los testigos, en su corto papel, muy bien, felicitando a la novia con mucha soltura y mucha naturalidad.

En cuanto a los invitados, hubo de todo: unos patosos y otros correctos. La ropa tampoco ha sido nada original en este estreno, ya que el novio llevaba el clásico chaqué, suponemos que de alquiler a juzgar por las manchas de las solapas y el brillo en el trasero del pantalón, y la novia el tantas veces usado traje de organza blanco con tocado de tul ilusión y ramito de azahar. El lunch, de lo más corrientito; el champán, barato; los canapés, escasos, y el foie-gras, picante; pocas aceitunas y pocos pastelillos de nata, que son mis preferidos.

Concretando: los que asistimos a la ceremonia nos aburrimos mucho. La boda Boroní-Capote-Montefrío-Sánchez ha sido una boda más, corrientucha, que pasará sin pena ni gloria, una boda de quiero y no puedo.

De no haber asistido a ella, no nos habríamos perdido nada. El público que llenaba la parroquia se aburrió bastante.

Una estrella sobre cinco.

Gila en casa de su madre en 1983.

Mi madre

Mi madre murió en agosto de 1986. Tenía demencia senil, ya no reconocía ni a sus hijos ni a sus nietos.

La noticia de su muerte me llegó por teléfono. Yo estaba trabajando en un teatro de Oviedo. No estuve en su entierro, porque el artista no puede paralizar un teatro ni siquiera por la muerte de una madre. Así es el oficio. De cualquier manera, creo que para mí fue mucho mejor conservar la imagen que tenía de ella y nunca llegar a ver su cuerpo sin vida.

Unos meses antes de su muerte me salió una actuación en las fiestas de Colmenar Viejo, donde vivía mi madre con mi hermana Toñi.

Era el último día de las fiestas, y por esa razón es el más importante. Es costumbre que ese día los mozos del pueblo beban vino en cantidades abundantes, como para darse ánimos de cara a toda una noche de juerga que les espera. Mi madre quería a toda costa estar presente durante mi actuación. Yo, que tenía y tengo una gran experiencia de lo que significa actuar en estos pueblos durante las fiestas (estoy bien curtido en ese menester), traté de convencerla de que no fuese, porque ya lo había vivido en muchas ocasiones: los mozos de los pueblos, sin mala intención, pero cargados de vino, son difíciles de manejar con la palabra, y es inevitable que durante mi actuación alguno se pase de la raya.

Mis hermanos llevaron a mi madre y la sentaron cerca del escenario. El espectáculo se celebraba en una especie de barracón cubierto, con sillas plegables que cada uno iba ocupando a medida que entraba. Cuando se acercaba la hora de mi actuación comencé a caminar hacia el barracón. Durante el trayecto, por las calles de Colmenar, los mozos con pañuelo al cuello y su correspondiente boina, recorrían las calles borrachos como cubas persiguiendo a un burro asustado. Se me pasó por la cabeza lo que iba a ocurrir durante mi actuación y pensé en lo que iba a sufrir mi madre.

Llegó el momento, subí a la tarima que hacía de escenario y me dispuse a comenzar, pero de pronto, en mitad del local, se armó una pelea. Uno le había tocado el culo a la novia de otro y empezaron a darse bofetadas mientras los jaleaban. Yo esperaba el final de la pelea, pero aquello iba en aumento. Entonces me acerqué al micrófono y dije:

—Por favor, los de la pelea, que hagan el favor de subir al escenario. La mayoría de la gente se lo está perdiendo y han pagado su entrada como todo hijo de vecino.

Aquello fue como un milagro, la gente rompió a reír y los de la pelea quedaron paralizados. Entonces comencé mi actuación. Mi madre fue feliz ese día. El público escuchó mis monólogos entre risas y aplausos y ella me sonreía todo el rato. Aquella actuación fue una de las más hermosas de mi vida.

Aunque tuvo cinco hijos más con su segundo marido, tengo la impresión de que mi madre sentía por mí algo especial, como si se sintiera culpable de haberme abandonado cuando yo tenía poco menos de un año. De pequeño, por haberme criado con mis abuelos, me negaba a llamarla mamá, para mí era Jesusa. Pero a esa edad ya no era Jesusa, era mi madre.

De joven trabajó limpiando pisos. Cantaba flamenco de maravilla, imitaba a la Niña de los Peines. Nunca cantaba si se lo pedíamos, sólo lo hacía cuando andaba distraída con sus tareas. Recuerdo escucharla cantar: "En los campos de mi Andalucía, los campanilleros por la madrugá, me despiertan con sus campanillas y con sus guitarras me hacen llorá...".

Cuando pienso en ella la pienso siempre así: feliz y cantando.

Dos fotografías de Jesusa, la madre de Gila. La de arriba de 1933 y la de abajo de 1986.

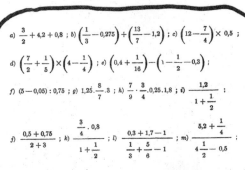

El monólogo de los discursos políticos

El mayor fracaso de gran parte de los políticos es el contenido de sus discursos. Estoy seguro. Vean un ejemplo:

Están próximas las elecciones y, por este motivo, me es muy grato dirigirme a todos los ciudados del país, sobre todo a los más humildes.

En primer lugar, quiero emitir un juicio en el que la analogía de los hechos sea la clave que nos lleve a una acción determinante de las acciones individuales sin perjuicio del individualismo. Antes bien, en mi opinión es preferible que el absolutismo no sea el detonante que predomine en la oscuridad de la connotación opositora, ya que esto es preferible a negar el auténtico y lógico sentir de la mayoría pensante, pues si tomamos como barómetro el cambio, seguro que desarraigamos para siempre esa acefalía intrínseca del malestar absoluto, y es más, llegaremos a la conclusión de que las realidades no son un espejismo, sino una reflexión transparente y pura; por el contrario, si nos dejamos arrastrar por las raíces que se degeneran en el devenir político, iremos directamente hacia un estado impreciso y no hacia la meta realista del individuo, sea o no estereotipo de un malestar económico y social. Espero haber sido claro con mis palabras. No quiero cansarles más. Esto es todo.

Coincidirán conmigo en que este tipo de discurso no lleva a ninguna parte. Si algún político me está escuchando y quiere triunfar en las próximas elecciones, que tome papel y lápiz, o grabadora, o lo que sea, y aprenda cómo hay que hacer los discursos para salir elegido presidente:

Ciudadanos: como presidente del Partido Independiente de la Derecha Moderada, quiero dar a conocer a ustedes las ventajas de mi partido sobre todos los demás. ¡Basta de promesas que luego no se cumplen! En caso de salir elegido presidente en las próximas elecciones, les prometo un futuro lleno de felicidad. Y, para que no quede la menor duda, entre los doce mil primeros electores que me voten, sortearemos un coche y dos viajes al Caribe.

Además, a todos lo que depositen su confianza en mi persona les daré un puesto de trabajo en los Altos Hornos de Bilbao, o, si no, en la Red Nacional de Ferrocarriles, donde cobrarán cuarenta mil pesetas a la semana y tendrán dos meses de vacaciones al año, una paga extra por Navidad de doscientas mil pesetas y unas vacaciones extra con todo pagado en un hotel de cinco estrellas. Además, dejaré que sean los obreros que me voten quienes elijan el lugar donde disfrutar esas vacaciones.

Y ya al bode del delirio, mi partido regalará a los dos mil primeros votantes que me den su confianza una cubertería de plata valorada en trescientas mil pesetas, un televisor en colores de veinticinco pulgadas, un vídeo, una tostadora de pan y doce rollos de papel higiénico de la marca "El Canguro".

Y hay más. El Partido Independiente de la Derecha Moderada promete a los estudiantes una beca con todos los gastos pagados en la Universidad de Oxford, y a los ancianos la construcción de varios parques con doce pistas de petanca y sesenta mesas de parchís, más una gorra de visera para cada uno y una bufanda de lana tejida a mano por las monjitas de Santa Eulalia.

Háganme caso y no me fallen. Les espero en las urnas.

Así sería mi discurso si fuera político.

Claro que, además del discurso, también hay un medio muy útil para ganar votos: visitar los supermercados y los barrios marginales y repartir besos a todos los niños. Esto, de todos modos, no es muy saludable, pues, por lo general, casi todos los niños pobres tienen mocos.

La criada

Viviendo ya en Barcelona me llamaron de *El Corte Inglés* para decirme que podía ir con el coche y ellos me lo llenaban de bebidas. Era un detalle por una promoción que había hecho para esos grandes almacenes.

Tenía entonces una furgoneta Dodge bien grande, así que llegué con la furgoneta hasta *El Corte Inglés* de Plaza Cataluña y me la llenaron de bebidas. Como en mi casa a nadie le gustaba el alcohol, metí todas las botellas en un mueble aparador por si se presentaba la ocasión de invitar a alguna visita.

En Barcelona teníamos una criada pequeña y muy callada que vivía con nosotros. Yo guardaba algunas herramientas en el armario del cuarto de servicio, donde dormía ella. Una tarde que la criada había salido, fui a buscar una herramienta y dentro del armario, entre sus cosas, vi una botella de Carlos I. Me dio mucha vergüenza por la pobre mujer. Para que no lo pasase mal pensé que lo mejor era no decirle nada y sin más agarrar la botella de Carlos I y ponerla de nuevo en el aparador donde teníamos todas las bebidas. Dos días más tarde, observé que la botella de Carlos I ya no estaba en el aparador. Aproveché que la mujer había salido a comprar la fruta, abrí su armario y de nuevo encontré allí la botella de coñac, y vuelta otra vez a colocarla en el mueble con el resto de botellas.

Esto se repitió siete u ocho veces en un mismo mes. Hasta que un día la mujer me agarró del hombro y me dijo:

—Señor, digo que si a usted le gusta esa marca de coñac, yo le regalo una botella, porque es que esa que no para de quitarme la he comprao para el cumpleaños de mi novio y la voy a necesitar pronto.

Con Sammy Davis Jr. en México en 1984.
Yo ejercía de telonero de Sammy todas las noches. Mientras nosotros hacíamos nuestro número, los "meseros" llevaban comida y copas a las mesas y la gente comía y bebía, algo que a Sammy no le parecía serio. Habló con el encargado y le dijo que si durante su actuación se movía un solo camarero, o veía a alguien mover los carrillos, se iba de México esa misma noche. Se hartó al ver que al rato le servían una langosta a una pareja, se giró y se fue directo al aeropuerto, pasándose el contrato por el culo.
[de su libro de memorias *Y entonces nací yo*]

El cuento de cómo escribir un cuento

Ese día estaba yo muy inspirado. Seguro que iba a escribir uno de los cuentos de humor más graciosos de la historia del humorismo. Metí el papel en la máquina de escribir, me serví un güisqui, encendí un cigarrillo y comencé a escribir:

"Hace años, vivía en un pueblo un enano..."

Mi mujer entró en ese momento.

—¿Sabes lo que ha hecho Fernandito?

Fernandito es el menor de mis hijos. Tiene siete años.

—No.

Mi mujer estaba enfurecida.

—Le ha quemado las pestañas al abuelo.

—¿A qué abuelo?

—¿Cómo que a qué abuelo? A mi padre... ¿Cuántos abuelos hay en esta casa?

Tenía razón mi mujer. Su padre era el único abuelo que había en la casa.

—Bueno..., no creo que la cosa sea tan grave. Las pestañas no son tan importantes, a lo mejor le crecen otras.

Yo sé que no, que a esa edad no te crece nada. Pero quería seguir con el cuento del enano. Mi mujer soplaba por la nariz, estaba enfurecida de verdad.

—Es que no sólo le ha quemado las pestañas. Es que le ha quemado las cejas y el pelo.

—¿También?

—También.

—Vaya por Dios.

A mí me daba igual aquello.

—Y eso no es lo malo; lo malo es que el abuelo ha sufrido un infarto por el susto.

Estaba tan concentrado en lo mío, que otra vez pregunté:

—¿Qué abuelo?

—¿Cómo que qué abuelo? Mi padre. ¿Cuántos abuelos hay en esta casa?

Con aire distraído releí lo que había escrito: "Hace años, vivía en un pueblo un enano...". Mi mujer me atravesó con la mirada:

—¿Es que no vas a hacer nada?

—Sí, sí. Claro, por supuesto.

Luego pregunté a mi mujer cómo había sido la cosa. Me explicó que el abuelo, su padre, se había quedado dormido mientras leía el periódico y Fernandito le había prendido fuego al periódico al tiempo que gritaba: "¡Fuego! ¡Fuego!". Y de ahí lo del infarto.

Creo que hice todo lo que se puede hacer en estos casos: reproché a Fernandito su conducta, tramité el entierro del abuelo y me vestí de luto riguroso.

Al volver del cementerio, me he sentado frente a la máquina de escribir y he tratado de seguir con el cuento del enano. Pero entre el llanto de mi mujer, el teléfono que no deja de sonar para darnos el pésame, los gritos de Fernandito que está jugando con sus hermanos a los indios y el tocadiscos de mi hija, que está puesto a todo volumen, no me siento inspirado.

No sé cómo será la vida de los demás humoristas, pero yo en la mía está claro que no tengo suerte: cada vez que me viene la inspiración, me ocurre algo.

Ya otra vez, antes que me pasara lo del abuelo, tuve una idea genial para escribir un libro de humor en el que contaba la pasión de Robinson Crusoe por su cabra y me pasó lo mismo. Había escrito las primeras líneas cuando mi mujer, llorando, vino a contarme que su hermana Teresa, la menor, se había quedado embarazada sin querer. Al niño le pusimos de nombre Luisito. Fueron unos días trágicos. El causante del mal paso se había fugado a Noruega, mi mujer lloraba a moco tendido y yo me sentaba todos los días frente a la máquina de escribir a releer el principio de mi novela: "Robinson Crusoe miró a la cabra con los ojos llenos de amor...". Y eso era todo.

No tengo suerte. Siempre que me llega la inspiración, se muere un pariente de forma violenta, o se estropea el váter, o hay un incendio en mi casa. Tengo una carpeta llena de cuentos empezados y que tuve que interrumpir apenas escribí las primeras líneas: "Había una vez una vaca que...". "Una huerfanita se cayó a un río..."

Ahora mismo tengo que dejar de escribir esto porque me llama mi mujer para decirme que la grúa se está llevando mi coche.

Portada del libro *Gila y su gente* (Editorial Nueva Senda, Buenos Aires, 1972).

Contraportada del libro *La Jaleo, El Bizco y los demás* (Ediciones DIMA, Barcelona, 1966). *Me alegro de haber escrito mis libros porque ya se sabe lo que pasa con la memoria. Puede llegar un día en que uno se levante y no se acuerde de si se llama Alfonso González Castro y está casado, o se llama Isidoro Martínez Arcos y está soltero.* **[de su libro de memorias *Buenos Aires, mon amour*]**

El monólogo del diagnóstico médico

[LLAMA POR TELÉFONO]

¿Don Basilio? Muy buenas tardes. Yo bien, ¿y usted?

(...)

Iré al grano. Acabo de recibir sus análisis. A ver cómo se lo digo... Eestá usted grave. Bueno, más que grave, gravísimo. En cualquier momento...

[LEVANTA EL PAPEL CON LOS RESULTADOS]

¿Sigue usted ahí? Respire. No deje de respirar. Le decía que tengo sus análisis aquí mismo y...

[INTENTA CONTENER LA RISA]

Vamos a ver, tiene usted el colesterol, ufff, ya ni tiene colesterol de todo el que tiene, no sé si me entiende. Ah no, perdone.

[AGARRA OTRO INFORME]

Eso era de un señor que se murió ayer, sus análisis son estos otros... Madre mía, está usted peor que el muerto. Tiene usted bilirrubina ochocientos, Leyman dos mil, o sea, X elevado a Y... No pinta bien la cosa. Espero no estarle asustando, no se me vaya a morir al teléfono.

[LE DA LA RISA]

Yo si fuese usted no me preocuparía. El colesterol total, que es lo que importa, lo tiene usted irrecuperable. Mejor vaya a dar una vuelta al parque, relájese por completo, ni se mueva. Así se va acostumbrando.

[SUELTA UNA CARCAJADA]

No, si es que me río de los nervios, no me lo tenga en cuenta, don Basilio. Parece ser que tiene usted las células planas y redondas, una cosa muy mala. Calculo que le quedan seis minutos de vida.

[LEVANTA UNA RADIOGRAFÍA]

Pero al menos la radiografía le ha salido bonita, si quiere le hago una ampliación y se la enmarcamos. Creo que ya sé lo que tiene... Metabolismo glucídico, madre mía.

[SUELTA UNA CARCAJADA]

Son los nervios, perdone. Vaya preparando a la familia, el epitafio, déjelo todo bonito y bueno, pues a disfrutar lo que le quede. Si tiene alguna duda y le da tiempo a llamarme antes de morir, llámeme. A ver si hay suerte, eh. Un abrazo y a lucharlo.

Los catetos o paletos que interpreto en mis monólogos y que dibujo en las revistas son tiernos, sinceros, sin doblez. Son personajes que esconden una verdad universal, y que muestran una bondad y una maldad infantiles. Somos todos nosotros, en el fondo, o eso quiero creer. **[de una entrevista realizada por Joaquín Soler Serrano en el programa** *A fondo,* **emitido por TVE en 1976]**

Cartas a Indalecio

Comencé a colaborar en el periódico *Diario* 16 con una página de humor que titulé "Cartas a mi primo Indalecio". Eran unas piezas breves basadas en las cartas que me escribía mi primo Crescencio desde España, pero haciendo como si me las estuviera escribiendo desde Argentina, siempre con la idea de buscarle la gracia a la complicada realidad. Se trataba de tener una visión externa de lo que estaba pasando en España durante la Transición.

Reproduzco una de aquellas cartas inventadas porque creo que tiene interés la forma en la que refleja el clima de la época:

Querido Indalecio:

Mucho malegraré de que te encuentres mu bien, es mi mayor deseo. Yo y la Alfonsa estamos normales gracias a Dios. La presente es pa decirte que habemos recibido tu carta y nos ha dao una alegría mu grande habernos enterao de que nos habéis censao pa votar.

Lo que sí te digo es que no sabemos a quién elegir porque hemos visto que La Pasionaria ha vuelto de Rusia y que Carrillo quiere que haya eurocomunismo de ese pero La Pasionaria quiere comunismo de Moscú y es un lío. Tampoco entendemos que haya un rey y a la vez pueda salir votado el comunismo si en Rusia cuando salieron votados lo que hicieron fue quitar al zar Nicolás que ya se sabe lo que pasó. Además macuerdo de cuando quitamos al Alfonso XIII y montamos lo de la República que mandaba el señor aquél vestido de paisano, don Aniceto. Y por tanto me cuesta entender el eurocomunismo nuevo.

Lo que me dices en tu carta del Fraga Iribarne y del Blas Piñar de que esos son de derechas, ya lo habenos leído en los periódicos daquí, no te preocupes que no nos equivocaremos.

Me dice el Gregorio que te diga que me digas si van a autorizar lo del divorcio. Es para una cosa. Te lo digo yo porque él ya sabes que no ve mu bien y el otro día en el metro se le cayeron las gafas y se las pisaron y dice que hasta que no le hagan unas nuevas ya irá palpando. El otro día fuimos a un restorán a comer y la Julia se enfadó con el Gregorio y le tiró el plato de fideos por la cabeza, a mí me dio por reírme y entonces él me pegó en la cabeza con el extintor de incendios que menos mal que llevaba la boina puesta porque si no es que me mata. Luego fuimos al cabaré a bailar y lo pasamos mu bien.

De por aquí en las Américas todo sigue igual, que si derechos humanos sí, derechos humanos no... En Brasil cabreaos con los americanos por lo de la energía atómica o no sé qué y los de Panamá lo mismo con el canal pa que pasen los barcos sin tener que dar tol rodeo por el estrecho de Magallanes que hace un frío que te cagas.

Bueno, Indalecio, que no me se ocurre más que decirte por hoy, te gradezco mucho que me hayas mandao la revista y me gustaría que me mandes más, pastar al corriente de cómo van las cosas de España. Con ningún otro particular se despide de ti este que lo es, tu primo.

Miguel Gila

POSDATA: me pregunta la Alfonsa que si el nuevo rey al final es el Jaime de Mora y Aragón, que dice que parece más rey que el rey de verdad. Sin más dilación pues, un saludo.

Junto a su perrita pinscher, Mini, a principios de los años ochenta.

Noticias de Córcega

Ofelio Carlos Niepetto denunció a la policía que ayer noche, cuando regresó a su casa, se encontró con que su esposa le había abandonado, llevándose los niños, los muebles, la ropa, las ventanas y las cortinas.

La esposa le dejó una carta que decía textualmente: "Ofelio Carlos, perdona que te haga esto, pero he llegado a la conclusión de que no te amo y creo que es mejor la separación. No puedo seguir pegándote palizas todas las noches. Esto no es vida ni para ti, ni para mí. En el suelo te dejo la cena, la encontrarás un poco fría porque me he llevado la vajilla entera y no tenía dónde colocarla, pero espero que me disculpes. Ya te mandaré la camisa cuando esté planchada. No trates de buscarme, ni trates de buscar los muebles, ni los niños, ni el coche, ni las ventanas, ni a tus padres. Me he visto obligada a llevarme todo, ya que la vida está cada día más dura".

Durante toda su carrera como humorista gráfico, Gila no paró de insistir en su repulsa hacia la violencia en general, y hacia la violencia contra la mujer en particular. Produjo decenas de viñetas en las que hizo foco sobre el lado más inhumano del hombre y la débil posición de la mujer en la sociedad española. Se posicionó en todo momento del lado de las víctimas y con todo su horror procuró subrayar la poca importancia que se le daba a aquellas agresiones y asesinatos, que eran algo habitual y formaban parte de la cultura..
Siempre he criticado el machismo en mis viñetas y en mis monólogos. Estamos viviendo una época en la que a pesar de que la gente se divorcie, luego la mujer tiene algún pequeño amor y viene el exmarido y la mata, ¿por qué pasa eso? No puedo entender ese impulso. Hay que luchar contra esos hombres terribles, esos que antes de casarse dicen "cariñito, mi amor...", y después de casados les pegan una puñalada.
[de una charla con su amigo Pedro Ruiz en el programa especial de homenaje a Gila titulado *Una noche alegre*, emitido por TVE en 1999]

330

Antes de una actuación de Gila en la sala madrileña Florida Park, tras más de doce años sin actuar en Madrid. De izquierda a derecha: Chumy Chúmez, Gila, Manolo Gómez Bur, José Luis Coll, Manuel Summers y Andrés Pajares. Volver a Madrid era como cuando después de un largo paseo con unos zapatos que nos aprietan los pies llegamos a casa y nos ponemos unas zapatillas muy cómodas.

Las hermanas de Buñuel

En aquella época conocimos a dos de las hermanas del cineasta Luis Buñuel.

María Dolores y yo tuvimos una divertida reunión en su casa, nos llevó Paco Rabal. En aquella reunión estaba también Gabriel García Márquez, de quien me hice muy amigo a base de coincidir en eventos y mítines del Partido Socialista.

Tomamos algo de vino, comimos jamón serrano, y las hermanas de Buñuel, dos señoras ya mayores, con un gran sentido del humor, nos contaron que dedicaban la mayoría de su tiempo a jugar a cosas divertidas. Recuerdo dos de los juegos que nos contaron. Uno de ellos consistía en hacer que estaban muertas durante dos días, y aunque salían y entraban en la casa, no hablaban con nadie ni saludaban a nadie porque estaban muertas. Después, cuando resucitaban, pedían disculpas a la gente, diciendo: "Perdone que no le hayamos saludado la otra tarde, pero es que estábamos muertas y a la muerte hay que respetarla".

Otro de los juegos con que las hermanas de Buñuel se divertían mucho era el de ir por las calles y donde veían un piso en alquiler, pedir información al portero. Luego que éste les daba todos los datos de la finca, preguntaban el precio del alquiler y subían a verlo. Finalizada la visita, preguntaban:

—¿En este piso hay ratas?

El portero, muy digno y a menudo ofendido, decía:

—No, señoras. No hay ratas.

A lo que las hermanas de Buñuel replicaban:

—Entonces no nos interesa. Nosotras estamos buscando un piso con ratas.

Carta al director de la revista Hermano Lobo

Muy señor mío:

Le escribo para defender los derechos de la juventud de hoy, que mañana serán viejecitos arrugados y llenos de artrósis. Estos jóvenes rebeldes de larga cabellera y guitarra al hombro a los que llaman ye-yés, hippies y melenudos. ¿Por qué ese ensañamiento con la juventud actual? Los jóvenes tienen derecho a desmayarse ante un cantante de la nueva ola. Vaya mi aplauso para esos chavales y chavalas que empuñan ramos de violetas en vez de ametralladoras.

Los jóvenes de hoy son enemigos de la burocracia, de la aristocracia, de la guerra, del trabajo aborregado, de las fábricas, de la violencia, del racismo, de la propiedad privada, del comercio y del dulce de membrillo que les quiere privar de sus dosis de LSD. Los jóvenes de hoy viven para el amor y la música, y sólo con amor y música el mundo será un paraíso, y contará con grandes autopistas, con grandes fábricas de fideos y grandes campos llenos de legumbres. A los jóvenes de hoy se les odia. Los jóvenes de hoy son unos incomprendidos, y yo, como toda esa juventud, soy rebelde, y si no fuera porque estoy casado desde hace ocho años, me iba a Inglaterra y me casaba con un señor que fuese arquitecto, a ser posible con algún título nobiliario. ¿Por qué no? Si a mí me gusta un arquitecto con los ojos verdes, ¿por qué me tengo que casar con una señorita pálida? El hombre debe ser libre y casarse con lo que le dé la gana. A muchos hombres les da vergüenza enamorarse de otra cosa que no sea una señorita, pero es absurdo. No hay nada como la libertad y el amor.

EL LIBRO DE GILA

El día en que los ejecutivos se dejen la melena y se besen entre ellos el mundo será un paraíso. No molesten más a los jóvenes, por favor.

Sin otra cosa por hoy.

Reciba muchos besos de su sincero admirador,

Gila en un fotograma de la película *Alejandra, mon amour* (1979).
Como vengo a España muy de tarde en tarde siempre tengo una sensación de desconcierto,
siempre encuentro muchos cambios y tardo en hacerme a ellos. Estoy como aquella lombriz
que se coló en un plato de fideos pensando que era una orgía, nada me cuadra.
[de una entrevista realizada por José Luis Pécker, y emitida por la Cadena SER en 1981]

Los cruceros

Durante los años ochenta seguimos viajando a Argentina a menudo. Viajábamos siempre en barco. Los quince días que duraba la travesía eran unas vacaciones en sí para nosotros.

Recuerdo aquellos cruceros con mucho amor. Los desayunos en el camarote, las tardes al sol en la cubierta, con el vasito de *Bitter Kas* bien cerca, que era lo que más me gustaba beber porque siempre he sido casi abstemio, brindis con cava en fin de año y para de contar.

No dejaban llevar animales a bordo, pero nosotros siempre colábamos a nuestra tortuga Lily, que era del tamaño de un libro gordo. La metíamos de tapadillo dentro de una caja de zapatos y la escondíamos en nuestro camarote. Algo que mucha gente no sabe es que para averiguar si una tortuga es macho o hembra se le hacen cosquillas en la panza: si se pone contento es que es macho, y si se pone contenta es que es hembra. Como la tortuga tenía que comer, le pedíamos a un camarero que nos trajera una ensalada con todo quitado menos la lechuga, y unos trocitos de pollo cortados y sobras varias. Al final el camarero se atrevió a preguntar que si es que nos quedábamos con hambre después de la cena y tuvimos que contarle la verdad, pero no pasó nada a la tortuga, que no moriría hasta muy mayor.

Como curiosidad, Lily murió de un ataque de gota. Imagino que por sus excesos.

En aquellos viajes coincidíamos con personajes insólitos, como el gallego con boina que caminaba siempre por el barco con una caja de madera bajo el brazo que no soltaba en ningún momento. Aquello nos tenía intrigados.

Una noche de luna, mientras estábamos en cubierta reunidos con algunos compañeros, pasó junto a nosotros el gallego con su caja debajo del brazo. Uno de los de la reunión le preguntó qué guardaba en aquella caja para llevarla con él a todas partes con tanto celo. Se sentó junto a nosotros y nos comentó que en aquella caja de madera llevaba las cenizas de su abuelo, que había emigrado a Buenos Aires en 1912; al morir había dejado gran cantidad de dinero y tierras para sus hijos y sus nietos con la condición de que cuando muriese fuese incinerado y sus cenizas enterradas en su pueblo natal del Ferrol.

Como para dar fe de que lo que estaba diciendo era cierto o tal vez para que nadie pensara que lo que guardaba en aquella caja era dinero, la abrió, con tan mala fortuna de que un golpe de viento se llevó las cenizas en un segundo. Fue una de las situaciones más absurdas que me han tocado vivir en mi constante viajar. Ver a aquel gallego con la caja abierta sobre sus rodillas y mirando cómo el abuelo se le iba para siempre. Cuando cerró la caja, dentro de ella no habría más ceniza què la que cabe en un puño cerrado.

No sé de quién fue la idea, pero la única forma de que aquel hombre no se presentara en el pueblo natal del abuelo con la caja vacía era que fumásemos todos y fuésemos echando la ceniza de nuestros cigarrillos dentro de la caja de madera. Y así, sin pensarlo más y con la resignación del gallego, empezamos a fumar y a llenar de ceniza aquella caja. Estuvimos días y días con la misión.

Hasta entonces no había sabido cuánto ocupaba un abuelo en cenizas.

*Un dibujante de viñetas humorísticas es alguien que refleja la realidad en un dibujo,
a ser posible distorsionándola. Y a ser posible riéndose mientras dibuja.*
[de su libro de memorias *Buenos Aires, mon amour*]

Si te digo la verdad, yo tampoco lo entiendo.

De cuando Gila echó la vista atrás, rivalizó con Kevin Costner, cruzó el océano abrazado a una tortuga, pensó en Gloria Fuertes y pasó a vivir para siempre

El monólogo del hombre raro

Dice la gente que me conoce que soy muy raro. Y tal vez tengan razón, todos tenemos alguna manía. Yo no tengo por qué ser distinto.

Reconozco que hay cosas que a otros no les molestan y a mí sí. Por ejemplo, que me pellizquen en las ingles. Eso de entrar en un bar a tomarme un café y que venga el camarero y me dé pellizcos en las ingles me pone furioso, y la gente me dice: "Es que tú eres muy raro".

Pues vale, seré muy raro, pero no lo puedo remediar, no me gusta que los camareros me pellizquen en las ingles.

Y otra cosa que me pone furioso es pisar la cagada de un perro. Les digo la verdad. Cuando piso una me dan ganas de darme cabezazos contra una esquina. Bueno, pues cuando lo comento, me dicen que soy muy raro, que pisar una cagada trae suerte, y hay gente que cuando pisa una, juega a la lotería o se mete en un bingo.

Yo les digo la verdad, que cuando piso una cagada me cabreo, porque aparte del resbalón que te puedes romper un brazo, está el olor. Hay una calle en mi barrio, que para andar por ella tienes que hacer como si estuvieras en la guerra cruzando un campo de minas.

Un día pisé una mierda que parecía una ensaimada de Mallorca con unos zapatos de ante que acababa de estrenar. Los tuve que abandonar en la calle y andar descalzo hasta mi casa.

Otra cosa que me molesta es que me asalten en la calle con una navaja. Pues lo comento con la gente y me dicen que eso es de lo más normal, porque los que asaltan están con el mono y no tienen más remedio que asaltar para poder pagarse la droga.

Yo no digo que no sea así, pero me sienta muy mal que me asalten, y sobre todo me pone furioso que después de asaltarme y quitarme todo lo que llevo encima, me den un navajazo, o dos, y me maten.

Reconozco que soy muy raro, que eso le pasa a mucha gente y se lo toman a broma o lo comentan en su casa muertos de risa. Pero es que yo no. ¿Qué quieren que les diga?

Y hay otro asunto que me pone furioso. Que cuando estoy en el cine viendo una película, entre un señor, se me siente en las rodillas y me bese en la boca. Seré muy raro, pero no me gusta que se me siente en las rodillas un señor al que no conozco y me bese. Bueno, y muchas cosas más.

Hace dos años, mientras estaba de veraneo con la familia, me desvalijaron el piso y me sentó muy mal. Pero muy mal, ¿eh? Y cuando fui a la comisaría a hacer la denuncia, estaba furioso y me decía el comisario:

—Bueno, cálmese, esto es muy frecuente. Si viera usted la cantidad de pisos que desvalijan aprovechando que los dueños están de veraneo...

Pero yo no me puedo calmar, yo me cabreo. ¡Qué más quisiera yo que ser como mi primo Ernesto! ¡Tener su carácter! A mi primo Ernesto, cada dos por tres su mujer le rompe una jarra de cristal en la cabeza, y él se ríe y dice:

—Esta mujer mía es que es una cosa que...

Y va al hospital, le dan quince puntos en la cabeza y sigue como si nada. ¡Pues yo no! A mí me da mi mujer con una jarra en la cabeza y me cabreo. Me enfado un poco, al menos. A lo mejor la gente tiene razón y yo soy muy raro, pero no sé hacer las cosas de otra manera.

Escuchen lo que me pasó hace quince días. Se me acerca un pobre y me dice:

—O me das una limosna, o te meto dos hostias.

¿Ustedes creen que eso es forma de pedir limosna? Pero ahí no termina la cosa, porque voy y le digo:

—Escuche —yo hablándole de usted, con mucho respeto—. Las limosnas se piden de otra manera: "Una limosna, que

Dios se lo pagará", o "una limosnita, por el amor de Dios".

Y va y me dice:

—¿Por el amor de Dios? ¡Pero qué antiguo eres, tío!

Pues nada, le doy cien pesetas, y me dice:

—Métetelas por el culo, gilipollas. ¿Tú te crees que con cien pesetas voy a comer? ¿Pero tú en qué siglo vives? ¡Muérete ya!

Y, bueno, pues lo comenté con los amigos y se reían de mí. Me decían que la gente ahora tiene otras costumbres y que hay que respetarlas.

Al final tendré que darles la razón y reconocer que soy muy raro. ¿Qué quieren que les diga? Yo soy así.

A mi edad ya es muy difícil cambiar.

Miguel Gila en la oficina de su casa de Barcelona. Una oficina que hacía las veces de refugio para pensar, leer y escribir, y a la que se refería como El Búnker.
Siempre he sido una persona activa, siempre subiendo el listón un poco más cada vez, teniendo intereses nuevos y siendo consciente de que cuando tu cerebro sigue activo, tu físico responde a ello. **[de una charla con Pedro Ruiz en el programa especial de homenaje a Gila titulado *Una noche alegre*, emitido por TVE en 1999]**

El rap

A principios de los años noventa empecé a comprar muchos compact discs. Mi afición por la música, que siempre había sido destacada, se disparó. Quería aprender un poco de todo.

Si escuchaba algo que me gustaba por los altavoces del centro comercial, preguntaba a un dependiente y compraba el disco.

A día de hoy lo que más me gusta escuchar es música clásica, jazz y cantautores estupendos como Víctor Jara o mi gran amigo Joan Manuel Serrat.

Recuerdo que una vez, viviendo en Argentina, nos quedamos atrapados en un ascensor de un hotel mi mujer, Serrat y yo. María Dolores se angustió mucho, y para calmarla Joan Manuel le cantó una canción que aún no tenía terminada. Era la primera vez que la cantaba. El título de la canción era "Mediterráneo".

Esos eran los géneros en los que me movía. También podía pasar días seguidos con las bandas sonoras de Ennio Morricone de fondo.

Pero alguna vez me salí del camino.

Recuerdo una mañana que sonó por los altavoces del centro comercial algo nuevo para mis oídos. El dependiente me dijo que aquel sonido se llamaba rap. Me gustó mucho y me llevé el cedé a casa. Por la tarde volvió mi hija de la escuela y se sorprendió al descubrirme escuchándolo. Me preguntó que desde cuándo me gustaba el rap ese y yo le respondí que desde esa misma mañana. El compact era de un artista norteamericano llamado Vanilla Ice. Y me sigue gustando.

Diálogo entre dos ciudadanos

—¡Antonio! No te vas a creer lo que me ha dicho el niño.

—Cómo andamos, Tomás. ¿Qué te ha dicho?

—Me ha dicho la palabra *ginecomastia*.

—No sé qué significa eso.

—Vete tú a saber. De los chicos de hoy se puede esperar cualquier cosa.

—Pues si me dice eso mi hijo le parto la cara.

—Yo no, que luego se quedan traumatizaos.

—Tampoco sé qué significa eso.

—Si te digo la verdad, yo tampoco lo entiendo.

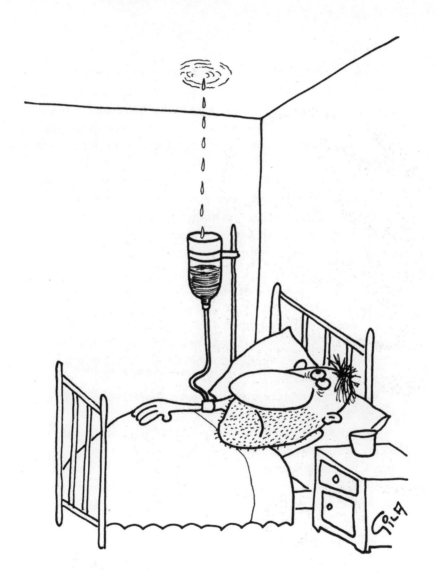

Diálogo con una estrella del fútbol

—Señoras y señores, muy buenas noches. Estamos aquí en "La Hora del Deporte", y tenemos en primer lugar a una de las grandes figuras que mañana van a jugar el partido. Un hombre que va a defender los colores de su equipo con mucha garra. El gran Alejandro. Alejandro, ¿qué piensas que va a pasar mañana?

—Yo, la verdad, o sea, esto es fútbol, ¿no? Si juega Quique en la media, o sea, yo, más bien no..., cómo le diría, esteee..., mi opinión, pues bueno..., con Quique, bueno..., no, ¿verdad...?

—Así que opinas que vais a ganar vosotros, bueno, muy bien. ¿Y cuántos goles piensas que seréis capaces de marcar en la victoria?

—Bueno, goles, lo que son goles, o sea, si juega Quique en la media pues yo más bien..., o sea, todo irá como tenga que ir..., bueno, es fútbol, no es otra cosa, entonces decir ahora... pues no sé, siempre es mejor decir cuando, bueno..., o sea, ahora es tontería, pero quizá podríamos imaginar que, o sea, si nosotros pudiéramos...

—Así que opinas que un dos a cero. Pues muchas gracias. ¿Quieres añadir algo para la afición?

—O sea, añadir yo, no, porque..., bueno, porque esto es fútbol y entonces yo..., más bien, pues diría que yo, si juega Quique, podemos lograr que..., o sea, no sabemos si...

—Muy bien, un millón de gracias en nombre de la afición, Alejandro, por estas aclaraciones. Y mucha suerte con todo.

—Bueno, gracias.

Tres formas de dar el pésame

El carácter es algo fundamental para el ser humano. Influye en todas las cosas. Por ejemplo, hoy vamos a ver cómo influye el carácter a la hora de dar el pésame a una persona que acaba de perder a un ser querido, ya sea humano, gato persa o cactus de los pequeños.

Si eres una persona optimista, llegas y dices:

—Hombreee, ¿qué tal estamos?, ¡enhorabuena! No me mires así, habrá que verle el lado bueno. Quiero decir que ahora con la penicilina todo se arregla, ¿no? Y si no pues qué le vamos a hacer, así es la vida. El vivo al bollo y el muerto al hoyo. ¡Que no falte una sonrisa! Venga, adiós. Y enhorabuena otra vez, ¿eh?

Si eres una persona tímida, tiendes a dar el pésame economizando tus palabras:

—En fin. Ayyy. Lo que es la vida. En fin. Ayyy. Qué penita, eh. Ya ve usted. En fin, pues nada. Adiós.

Y si eres alguien que se tira mucho el rollo, un rollista de esos, das el pésame de esta otra forma:

—¿Pero cómo ha sido esto?, pero qué barbaridad, me he enterao esta tarde y he dicho: "Pero si es que no puede ser", porque malo estuvo en Pontevedra con aquello de las cigalas, pero ahora, joder, no puede ser, si era un crío, ¿qué edad tenía?, ¿setenta y nueve años?, pues un chaval, no me cabe en la cabeza, si se hubiera muerto en Pontevedra que estaba amarillo con esa piel como de lagarto pues todavía, pero joder, y usté quién es, ¿la esposa o la madre?, ¿la nieta?, ¡la nieta!, pues perdone que le diga pero es usté bien guapa, no somos nada...

Estos tres ejemplos nos demuestran que lo que llevamos por dentro es mucho más importante que lo que llevamos por fuera.

EL LIBRO DE GILA

352

Bailando con lobos

El western es un género cinematográfico que a mí siempre me encantó. Me atrapaban desde niño, cuando mi abuela me llevaba a aquellas salas en las que proyectaban filmes en los que el vaquero disparaba desde el tren contra los indios y la música del pianista nos conducía por la historia a un ritmo endiablado.

Una de las películas que más ganas tenía de ver era una que se llamaba *Bailando con lobos*, dirigida y protagonizada por el actor norteamericano Kevin Costner. Quería ir a verla con mi hija Malena, pero ella se resistía porque los westerns no le gustaban tanto como a mí. Al fin logré convencerla y fuimos una tarde al cine Astoria. A pesar de la resistencia inicial, la película le gustó más a ella que a mí (y eso que terminé viéndola tres veces más en las siguientes semanas). Al salir del cine fuimos directos al *VIPS* a comprar la banda sonora, algo que hacíamos siempre.

Aquella película me conmovió de verdad, era más que un western típico. La parte negativa de la experiencia fue que mi hija se enamoró de Kevin Costner. Lo empecé a sospechar cuando me di cuenta de que no paraba de escuchar la banda sonora una y otra vez encerrada en su habitación. Pero lo terminé de confirmar cuando vi que sustituía el póster mío que tenía colgado en la puerta por uno del Kevin Costner. Fue un golpe, aunque hablando con María Dolores, que es psicóloga y siempre da en el clavo, me di cuenta de que aquello se debía a que mi hija se había hecho mayor, y que era algo de lo más normal.

Eso sí: un día, mientras Malena estaba en la escuela, entré en su habitación y coloqué una foto mía en la pared. Por equilibrar. Que soy comprensivo, pero no tanto.

El monólogo del hombre de negocios

El hombre de negocios de hoy en día tiene unas formas de comunicación muy limitadas a la hora de llamar por teléfono. En concreto tiene tres. Pasemos a observarlo con los siguientes ejemplos.

[LLAMA POR TELÉFONO]

Oiga, ¿es *Arsenios y Boniatos*? ¿Don Ernesto?

Que digo que cuándo me mandan el pedido que les hice... Les pedí 200 kilos de alambre y me han mandado 200 kilos de pan de molde. Es un error imperdonable pero entiendo que es lo que toca. Al menos que no vuelva a pasar, se lo ruego. Sí... Bueno, eso queda en firme. Usted me manda la factura, que yo se lo pago. Adiós.

La segunda llamada del hombre de negocios en su despacho se produce de forma distinta. El hombre está con sus papeles y entonces suena el teléfono.

[DESCUELGA EL TELÉFONO]

¿Sí? Soy yo, ¿quién es?

[SONRÍE Y PONE VOZ CARIÑOSA]

Holaaa... Dime... Anda que... Porque no..., porque no puedo, pero... Pues aquí estoy, liado... Ay, cómo eres... No, bueno... Venga, sí, dímelo... ¡Qué tonta! Yo es que ahora... Bueno, no sé, ¿Cuándo sería...? Vale, de acuerdo. Como un clavo. Allí estaré... Adiós, chuchi, adiós.

Y la tercera llamada sería algo así:

[LLAMA POR TELÉFONO]

¿Está la señora? Que se ponga. De parte del señor.

(...)

¿Cariño? Oye, que te acuestes, que voy a ir un poco tarde. Es que tengo reunión. Pues nada, que van a venir don Vicente, don Matías, Winston Churchill...

EL LIBRO DE GILA

Pues no sé... Sobre las doce..., de doce a seis y media de la madrugada. Depende, ya sabes cómo es esta gente, que siempre alargan las cosas. Tú acuéstate y no me esperes levantada. Y no te eches en mi lado de la cama que lo dejas calentorro y me da un asco que... Venga. Gracias. Un beso. Adiós.

La mujer de negocios, como cualquier mujer respecto a cualquier hombre en cualquier ámbito, tiene bastantes más formas de comunicarse. Pero de eso ya hablaremos otro día.

Mi relación con la electrónica

Desde que aprendí a arreglar aparatos de radio en la posguerra he sentido pasión por entender el funcionamiento de toda clase de artilugios.

En una ocasión, estando en México hospedados en el hotel Ejecutivo, nos dimos cuenta de que había un hilo musical que no cesaba. La música sonaba en el hall de entrada, en los ascensores y hasta en las habitaciones. Hablar por encima de la música se hacía complicado, y no digamos mantener un pensamiento durante un rato. Mantenían ese hilo musical desde las ocho de la mañana hasta las diez de la noche. Aquella música era una tortura constante.

Y entonces apliqué mis conocimientos electrónicos. Como los cables de todo el hotel iban en serie, mi truco fue muy simple: pinchar con un alfiler los dos cables que iban al altavoz de nuestra habitación y establecer un cortocircuito que eliminara el sonido. Después cortar el alfiler a ras del cable y a ver quién es el guapo que adivina dónde está la avería. Vinieron varios técnicos y ninguno pudo dar con el problema.

El problema lo descubrieron cuando nos fuimos de la habitación, que se me ocurrió quitar el alfiler por compasión con el hotel, y como los técnicos habían dejado el amplificador al máximo para intentar escuchar algo, fue sacar el trocito de alfiler y de golpe se escuchó la música como si se tratara de una explosión. Los americanos que estaban tumbados en las hamacas, debajo de los altavoces, saltaron asustados y cayeron a la piscina mientras gritaban "Help! Help!".

Y por esto es útil saber de electrónica.

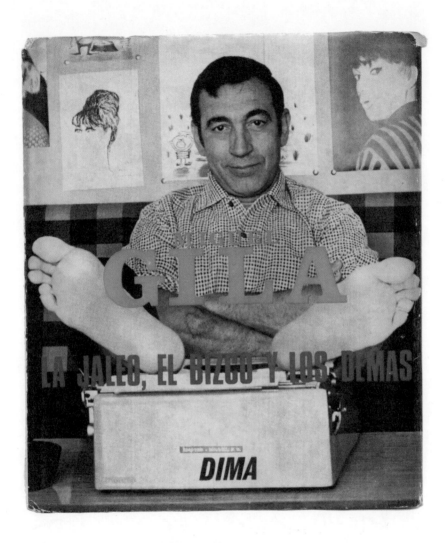

Portada del libro *La Jaleo, El Bizco y los demás* (Ediciones DIMA, Barcelona, 1966).

EL LIBRO DE GILA

El monólogo del marido cabreado

¿Hola? ¿Está la señora? Que se ponga, que me va a oír. ¡Estoy harto!

   (...)

   ¿Pili? Escúchame bien. Que sea la última vez que... Sí, sí. Sí, de acuerdo. Sí. Entiendo, pero... Sí, sí. Vale. Sí, sí, sí. Pero vamos a ver, cariño... Sí. Sí, sí, comprendo. Sí, sí, sí. Pero escúchame tú a mí... Sí, vale. Pero yo lo di..., yo lo di..., lo que yo di... Sí, sí, sí. Te entiendo todo. Sí, sí, sí, sí. Correcto. Sí, sí. Me parece bien, pero... Sí, sí. Sí, muy bien. No, pero tu ma... tu ma... tu madre, sí, sí. Tu ma... Sí, sí, pero bien pudie..., bien pudie..., bien pudiera..., Sí, sí, sí. No, si yo no di..., yo no di..., yo no di... Sí, sí, vale. Pero es que yo creo que... Sí, sí, sí, sí. Sí. Muy bien, Pili. Pues no te dig..., no te di..., no te digo, sí, sí. No te digo más, entonces. Sí, sí, sí. A las ocho. Lo que... Sí, sí. Lo que haya de cena, sí. A mí ya sabes que todo me gusta. Sí, sí, sí. Muchas gracias, cariño. Sí, sí. En nada estoy en casa. Sí. Gracias, Pili. Sí, sí, sí. Venga. Yo también a ti. Sí, claro, sí. Que yo también te quiero, sí. Un beso. Adiós.

Gloria Fuertes

A partir de aquí paso a hablarles en presente porque es donde me encuentro ahora. Y porque aún no tengo la capacidad de viajar al futuro.

Hoy, 27 de noviembre de 1998, ha fallecido Gloria Fuertes.

Conocí a Gloria Fuertes cuando los dos éramos adolescentes. Ella era una joven muy interesante, éramos vecinos en la calle Zurbano, donde nacimos los dos y compartimos juegos y risas. Su hermano Angelín, que murió antes de cumplir los siete años, había sido gran amigo mío de la infancia.

Yo sabía, porque me lo habían hecho saber los amigos del barrio, que Gloria estaba un poco enamorada de mí. Pero era dos años mayor que yo, y a esas edades dos años parecen un mundo. Ya lo dijo ella en alguna entrevista: "Yo estaba enamorada de Gila, pero era muy chulito".

Con lo de la chulería se refería a que en aquella época se usaba el pelo a lo Rodolfo Valentino y se llevaba un pañuelo marrón o azul marino con lunares blancos al cuello y, a veces, la gorra de visera a cuadros como los chulapones, y yo, como el resto de mis amigos, entrábamos de lleno en esa moda.

En esa edad en la que el amor surge de una mirada o de unas palabras, había en Gloria algo que me atraía. Cuando hablaba con ella notaba la gran diferencia que había entre Gloria y el resto de las chicas del barrio. Me gustaba su forma de hablar, su manera de expresarse. No llegamos a ser novios, pero dedicamos mucho tiempo a conversar sentados en uno de los muchos bancos de piedra de la calle José Abascal, intercambiando chistes y ocurrencias.

Gloria, que tenía un estupendo sentido del humor, ya escribía poemas que me dejaban pensativo.

Cuando empezó la Guerra Civil, yo me fui de voluntario y nunca tuve noticias de Gloria hasta que años más tarde la identifiqué como la gran poeta y narradora española que era. Ahí fue cuando la redescubrí.

Me acuerdo al dedillo de uno de sus poemas que yo, lleno de vanidad, supuse que estaba escrito para mí por nuestro pasear juntos muchas tardes. Seguro que no, pero me hizo ilusión pensarlo:

> *Ya ves qué tontería,*
> *me gusta escribir tu nombre,*
> *llenar papeles con tu nombre,*
> *llenar el aire con tu nombre;*
> *decir a los niños tu nombre*
> *escribir a mi padre muerto*
> *y contarle que te llamas así.*
>
> *Me creo que siempre que lo digo me oyes.*
>
> *Me creo que da buena suerte:*
> *voy por las calles tan contenta*
> *y no llevo encima nada más que tu nombre.*

Gloria, no quiero decir nada más porque estoy convencido de que al irte me he quedado con una parte de ti.

Te recuerdo siempre. Un beso.

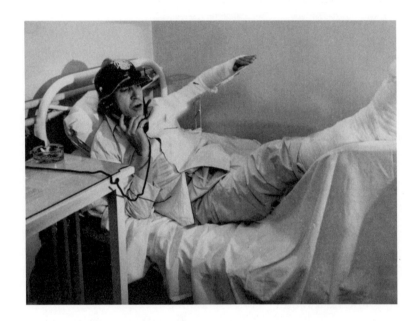

Gila en un fotograma de la película *Una señora estupenda* (1970).

El monólogo de la operación de riñón

Señoras y señores, les habla Gila a través de los micrófonos deportivos instalados desde esta mañana muy temprano, en el quirófano del doctor Menéndez para ofrecerles en directo la retransmisión de la operación de riñón que se va a celebrar aquí, dentro de breves instantes.

El quirófano está iluminado con generosidad en un día magnífico de voltios, y es enorme la expectación que hay por parte de los enfermos, que se han desplazado desde todas las clínicas del país para estar presentes en este acontecimiento. Sólo de la clínica Los Dolores, hemos contado ciento cuarenta y cinco ambulancias más ochenta y cinco camillas con enfermos que no han querido perderse este acontecimiento, además de muchos otros que han venido apoyándose en muletas o con la ayuda de algunos familiares.

Y para que ustedes puedan tener una idea de nuestra situación dentro del quirófano, vamos a situarnos en la sala de espera de la estación de Medina del Campo, así tendremos a nuestra derecha una estufa y a nuestra izquierda un armario con utensilios de cirugía.

Y ahora vamos con las alineaciones. Por parte del enfermo, como portera, la señora Julia; en defensa sus cuñadas Petri, Eugenia y Antonia, y en la delantera Pichuca, Manoli, Celia y Maruja. Por parte del doctor Menéndez, como anestesista, Manso, y como enfermeras Loli, Angelines, Conchita y Faustino, su cuñada Manoli y su madre política.

En estos instantes, señoras y señores, salta al quirófano el equipo del doctor Menéndez vistiendo batas verdes y gorros verdes; a continuación les sigue el enfermo, que lleva un pijama blanco con rayas amarillas. Se sitúan en el centro del quirófano, tiran la moneda al alto... y le van a operar a favor del aire.

Va a sacar el balón de oxígeno Angelines, lo hace en este momento, se lo pasa al anestesista, avanza el anestesista con el balón de oxígeno y lo coloca en la mismísima nariz del enfermo. Va a sacar el bisturí, lo hace Rubiola, el practicante de la izquierda. Saca el bisturí, muy mal sacado, ¡qué pena! Ha perdido la oportunidad cuando estaba del todo solo. Lo recibe Faustino, el practicante de la derecha, y se lo entrega al doctor Menéndez en corto. Menéndez dribla a Petri, llega hasta el enfermo y corta muy bien la tripita.

Menéndez ha cortado muy bien la tripita del enfermo. ¡Atención! Va a sacar el riñón y... ¡sí! Lo hace el propio Menéndez, con la izquierda alto y fuerte, sobre la enfermera, para el riñón la enfermera con el pecho, cae al suelo el riñón, aprovecha el fallo el practicante y de bote pronto lo cuela por la ventana que da al patio.

Se hace con el riñón la portera del edificio, muy segura, muy bien colocada, estaba tendiendo ropa en el patio, y se ha hecho con el riñón. Lo va a sacar del bolsillo del delantal, lo saca, lo bota dos veces y se lo entrega al doctor con la mano. Atención porque el riñón está muy sucio. El doctor se hace con el riñón, le quita la pelusa y avanza con él, sigue avanzando, se tira en plancha y coloca el riñón en el cuerpo del paciente, va a coser en la tripita, la cose, pega un esparadrapo y acaba la operación con la victoria del doctor Menéndez por un riñón a cero. ¡Muy buenas noches!

Miguel Gila y Junki, fotografiados por Oriol Maspons para el libro *Personajes de compañía* (Àmbit Serveis Editorial, Barcelona, 1995).

Junki

Junki es un perrito alegre donde los haya. Me acompaña a todas partes. Es un pinscher enano muy limpio que apenas suelta pelo y habla alemán como los alemanes de toda la vida. Le encanta trotar como si fuera un caballo en miniatura. Desciende del pinscher alemán de pelo liso y se cree que a su origen también contribuyeron el elegantísimo lebrel italiano y el sabio dachshund. Su pedigrí se oficializó en 1895.

A pesar de este brillante currículum, cualquier camarero puede impedirle la entrada en un restaurante. Y es que en España sólo estamos en la Unión Europea para según qué cosas. En cuestión de perros, estamos más cerca de Mongolia que de Perpiñán.

No hay que olvidar que la raza pinscher colaboró de forma activa, por el arcano sistema del procrear, en la creación del famoso dobermann. Ahí, el pinscher sirvió de negativo, y se hizo una ampliación manual de 65 centímetros de alto por lo que diera de ancho. Y así surgió el dobermann, de la mano de don Federico Luis Dobermann, quien según algunos exaltados, fue el Wagner de la creación de las razas caninas. Si a alguien no le agrada Wagner, o le agrada demasiado, siempre puede decir que fue el Antonio Stradivarius de las razas caninas o cualquier otro. Aunque sea un torero.

Junki convive con una perrita beagle de cinco meses de edad, algo loca. La soporta con paciencia, pues todavía es joven, y Junki posee la sabiduría que dan los años, habrá que aprender de él.

El cuento del amante de los sinónimos

Don Ramón hizo pasar a su despacho al joven escritor. El joven escritor llevaba en la mano un ramo de flores.

—¿Es usted el joven escritor que pretende la mano de...?

—Sí, señor.

—Pues me veo en la necesidad de comunicarle que se equivoca de...

El joven escritor se sorprendió, abrió los brazos y dejó caer al suelo el ramo de flores.

—¡Que no puede concederme la mano de su hija! Me siento tan desgraciado, desventurado, desdichado, infortunado, infeliz, lacerado, malhadado...

Don Ramón intentó hablar:

—Quiero decirle que...

—No siga —le interrumpió el joven escritor—. Ya sé lo que me va a decir: que soy un descuidado, un desidioso, un negligente, un perezoso, un abandonado, un holgazán, un desaplicado, un perdulario, un imprevisor...

—No es eso, caballero. Lo que ocurre...

El joven escritor no le dejó seguir:

—No me diga nada. Adivino su pensamiento. Usted piensa que a su hija la voy a abandonar, a desamparar, a desechar, a repudiar, a olvidar, a arrinconar...

—Por favor, yo...

—Entonces piensa que quiero a su hija como un gozo. Para mi complacencia, comodidad, bienestar, fruición, alegría, delectación, regodeo, diversión, sensualismo...

—No he pensado eso. De todas formas hay una razón...

—¡Qué le voy a hacer! Entre usted y yo no puede haber un debate, discusión, polémica, altercado, cuestión, porfía, litigio, disputa, palestra, pelea, agarrada, contienda, lucha, combate...

—Jovencito —interrumpió don Ramón bastante fastidiado—. ¿Sabe lo que pienso de usted?

Y, sacando un diccionario de sinónimos, empezó a leer.

—Pienso que es usted idiota, memo, babieca, bodoque, bobo, tonto, pazguato, pavotonto, estúpido, mentecato, papamoscas, papanatas, necio, estólido, y lo que quiero decirle es que no tengo ninguna hija, soy soltero, y me imagino que la joven por quien usted pregunta es la del piso de abajo.

El joven escritor quedó un momento pensativo.

Don Ramón siguió hablando:

—Y encima la joven que usted pretende se casó hace un mes.

El joven rompió a llorar. Don Ramón pasó más hojas del diccionario de sinónimos, y añadió sin levantar la vista del mismo:

—Es usted ridículo, extraño, extravagante, grotesco, irrisorio, risible, fachoso, bufonesco, escaso, podre, corto, mezquino, irregular y excéntrico...

El joven escritor salió de la habitación con la cabeza baja. Unos gruesos lagrimones quedaron sobre la alfombra.

Don Ramón le vio salir y, guardando el diccionario de sinónimos en el cajón de la mesa de despacho, quedó unos instantes pensativo. Sacó de nuevo el diccionario y buscando en sus páginas, leyó:

—He sido duro, perverso, malvado, maldito, malandrín, maligno, depravado, corrompido, avieso, siniestro, ímprobo, nefario, amoral y ruin con ese joven.

Y guardó el diccionario y se rascó la nariz.

EL LIBRO DE GILA

Cine de acción

Los sábados por la tarde tengo una rutina que sigo con mi hija y que nos encanta a los dos. Bajamos al videoclub y alquilamos tres películas: una para ella, otra para mí, y otra para María Dolores.

A mi edad ya no tengo paciencia para cierto cine de autor francés con el que mi esposa sigue disfrutando, así que suelo alquilar películas de acción, a menudo norteamericanas. Son mis preferidas.

Una de las que más me ha gustado ultimamamente se titula *Alerta Máxima*. Trata de un cocinero que viaja a bordo de un acorazado estadounidense y se ve obligado a repeler una invasión terrorista. El protagonista es Steven Seagal, la película es buenísima, viéndola me divertí como un enano.

Otra gran favorita es *Terminator 2*. La primera parte también es buena.

Además de en casa, también suelo ir a ver ese tipo de películas al cine. Si hay alguien hablando en mitad de la película le mando callar, no lo soporto. Soy muy maniático con estas cosas.

Muchas veces voy a la sala de cine subido en uno de esos autobuses turísticos, me gusta que me vayan explicando Barcelona, así me entero del doble de cosas.

Me gusta que mi profesión me permita codearme con gente famosa a la que admiro, lo que no me gusta tanto es que sea gente tan alta. En la foto de arriba estoy con el actor que hacía de mayordomo en la serie de "La familia Addams", y en la foto de abajo con Steven Seagal. En las dos me veo como un enano. [**de su libro de memorias *Y entonces nací yo***]

El cuento del señor que tenía que madrugar

Ocurrió en una fría noche de un invierno frío. Hacía media hora que me había acostado cuando entró en mi habitación un señor muy elegante. Tendría unos cincuenta años, tal vez alguno más, no muchos. Me saludó, se desnudó, y se metió en la cama conmigo. Por suerte, tengo una cama muy amplia, la misma que compartía con mi difunta esposa antes de su fallecimiento, así que me moví hacia un lado y el hombre se acomodó.

—¿Tiene usted despertador?

Le dije que no. Me dijo:

—¿Me puede despertar a las siete? Tengo que hacer unos trámites y no puedo llegar tarde.

Le dije que sí, que bueno, que le despertaría a las siete. El hombre se dio media vuelta y a los pocos instantes ya dormía con gesto plácido. Yo intenté hacer lo mismo, pero empecé a pensar: "Mira que si me quedo dormido y este señor llega tarde por mi culpa". Tras una hora, me levanté. La preocupación no me dejaba dormir. Yo he sido siempre muy responsable y más cuando se trata de otra persona, así que me senté en un sillón, cogí un libro y me puse a leer *Los hermanos Karamazov*. Los ojos se me cerraban, di algunas cabezadas, me levanté, fui hasta el cuarto de baño, me refresqué la cara y miré mi reloj. Eran las cuatro y cinco, aún faltaban casi tres horas para las siete. Fui a la cocina y me preparé un café bien cargado, me senté de nuevo en el sillón y a los pocos segundos me quedé dormido. Desperté con violencia, angustiado, pensando si serían más de las siete, pero por suerte sólo habían pasado diez minutos, eran las cuatro y veinte. Si me quedaba en el sillón, sin lugar a dudas me volvería a dormir, así que opté por salir a la calle y pasear.

Hacía un frío espantoso. En ese momento estaba cayendo una helada que, según dijeron los periódicos al día siguiente, hacía años que no se conocía.

No había ningún bar abierto, así que no tuve más remedio que caminar hasta las siete menos cuarto. A las siete menos cinco estaba en mi casa y a las siete en punto, me acerqué a la cama.

—Señor, oiga, señor.

—¿Qué? ¿Qué? ¿Qué pasa, leñe?

—Son las siete.

—Muchas gracias.

Y el hombre se levantó, se dio una ducha, se afeitó, se vistió y se fue.

Yo estaba tan cansado que me acosté. Me levanté a la hora de comer.

Por la tarde fui a una relojería y compré un despertador. De esto hace ya dos años. Es increíble, desde entonces no viene ningún señor a acostarse en mi cama, pero conservo el despertador por si acaso. No quiero volver a pasar una noche como aquélla.

Una fotografía de una de las esquinas del Búnker de Gila en su casa de Barcelona.
No me retiraré nunca porque todo lo que hago es para mí una afición, no lo siento como un
trabajo en el sentido de sacrificio, sino como un entretenimiento. No me cansa nunca. [**de**
una entrevista en el semanario *Pronto*, 1981]

El Búnker

En mi piso de Barcelona hay una habitación que es como mi casa dentro de mi casa. Yo la llamo El Búnker, porque es donde me refugio del mundo exterior para pensar y escribir. Allí dentro me aíslo durante horas. Arreglo radios y otros trastos, dibujo, escucho música.

Mi hija Malena suele venir a visitarme al Búnker. No es un lugar cerrado con llave. Con mi hija me dedico a pintar, yo con acuarelas y ella con rotuladores, mientras escuchamos música. A principios de cada curso escolar forramos sus libros de texto con *Aironfix*, algo que me encanta y que me hace echar en falta no haber podido acudir a la escuela de niño tanto como me hubiera gustado.

Dentro del Búnker me dedico a emular las creaciones que había visto realizar a Tono frente a su mesa en los años de *La Codorniz*: inventos de madera, recortables de papel.

Tengo la estancia decorada con frases célebres de gente a la que admiro, como por ejemplo una de Pedro Antonio de Alarcón que dice: "La historia es casi siempre una lección inútil escrita con lágrimas y sangre". Leo esas frases y me quedo pensando en mi propia vida.

El Búnker da a un patio interior. Ningún vecino puede verme ni apenas escucharme. Durante gran parte del día esta habitación es mi lugar en el mundo.

El monólogo de las memorias de un desmemoriado

Como me ha dicho el médico que ando mal de fósforo, hoy he decidido escribir mis memorias. No vaya a ser que se me olviden.

Nací, no recuerdo bien si fue el 6 de febrero de 1906 o el 9 de noviembre de 1907. Mi padre, creo recordar que era de Jaén o de Almería, no estoy muy seguro, porque hace ya mucho tiempo. Trabajaba de no me acuerdo de qué, en una fábrica o en un taller, algo así, de lo que estoy seguro es de que no trabajaba en una oficina, porque me acordaría. Era alto, de tez morena y pelo negro, más bien castaño tirando a rubio. Mi madre cuidaba de la casa, porque vivíamos en una casa con jardín, aunque ahora que lo pienso, no era una casa con jardín, era un piso con balcones o ventanas, porque recuerdo que al asomarme veía la calle, no sé muy bien si era la calle Fuencarral o la calle Serrano, esto no lo tengo muy claro, porque para acordarme de las calles soy una calamidad. Mi único hermano se llamaba Luis, o Enrique, o algo así, y era más pequeño que yo, o no, creo que no, creo que era mayor, porque había nacido antes; bueno, es lo mismo, como bien dice el refrán, el orden de los factores no hace al monje. Lo que recuerdo es que nos llevábamos dos o seis años de diferencia el uno del otro.

Por aquel entonces, mi padre, que en gloria esté, murió gracias a Dios en un accidente, atropellado por un tranvía o un camión. Recuerdo que era un vehículo con ruedas. Mi madre, al quedarse viuda, se tuvo que poner a trabajar de no recuerdo qué, para poder mantenernos. Pasó el tiempo y nos hicimos mayores.

Mi hermano se casó con una chica que se llamaba, creo que Adela, y que era muy buena. Tuvieron una hija o dos y yo seguí soltero hasta que también me casé. Lo que no recuerdo bien es cómo se llamaba mi mujer, pero recuerdo que, igual que la mujer de mi hermano, era muy buena y muy cariñosa. Mi mujer murió años más tarde de un parto, o de un infarto, y me quedé viudo. Entonces, como estaba muy triste, me fui a vivir a Salamanca, no, perdón, a Salamanca no, a Santander.

Mi madre quedó sola y también murió unos meses después que mi padre. Yo trabajaba en una fábrica de algo, creo, si la memoria no me falla, que era una fábrica de conservas. Lo que no tengo claro es si era de atún o de espárragos trigueros, pero recuerdo las latas como si las estuviera viendo. Ahí, en esa fábrica, conocí a una mujer que no recuerdo ahora si se llamaba Luisa o Marisa, tal vez se llamaba Felisa, no importa, la cuestión es que nos hicimos novios y después de cuatro meses o cuatro años, no lo recuerdo bien, nos casamos, tuvimos dos hijos varones y una hembra, los cinco se casaron y luego yo me hice viejo, y ya no me acuerdo de más.

Cosas que nunca pasaron

Durante décadas, la gente ha dicho cosas de mí que no eran ciertas. Se han propagado por el imaginario colectivo escenas de mi vida que jamás habían ocurrido y se han dado como verdaderas por simple repetición. Relataré algunas...

Cuentan que en una ocasión iba yo de viaje en coche y me detuve en una carretera. En el campo había un hombre con un arado. Dicen que me acerqué a él y hablamos:

—¿Sabes quién soy?

—No.

—Sí, hombre, me tienes que conocer. Que salgo mucho en la televisión, vestido de soldado.

—¿¡Franco...!?

Y como ésta, gran cantidad de anécdotas que yo pienso que no caben dentro de mi estilo de humor, pero a saber.

Pasaría también en los años cincuenta con una portada apócrifa mía de *La Codorniz* en la que se decía que aparecían un hombre y una mujer sentados en un prado y encima de ellos, en un pequeño terraplén, un cateto con una piedra gigante en la mano. Abajo del dibujo decía: "¿Se la tirará o no se la tirará?".

También se hablaba de una función en la que salía yo a la pista de un circo con una bicicleta roja y amarilla y unos alicates y, después de hurgar en la bicicleta, me giraba hacia la audiencia y decía: "Voy a ser franco. Ni la arreglo, ni me voy". Otra variante que escuché fue que entraba en escena con una foto enorme de Franco enmarcada y decía al público: "Deberíamos colgarlo, sólo falta escoger el lugar adecuado".

Será fruto del subconsciente colectivo. Deseamos que pasen cosas que nunca pasan. Pero lo que imaginamos también es real y debe de existir en alguna parte..., digo yo.

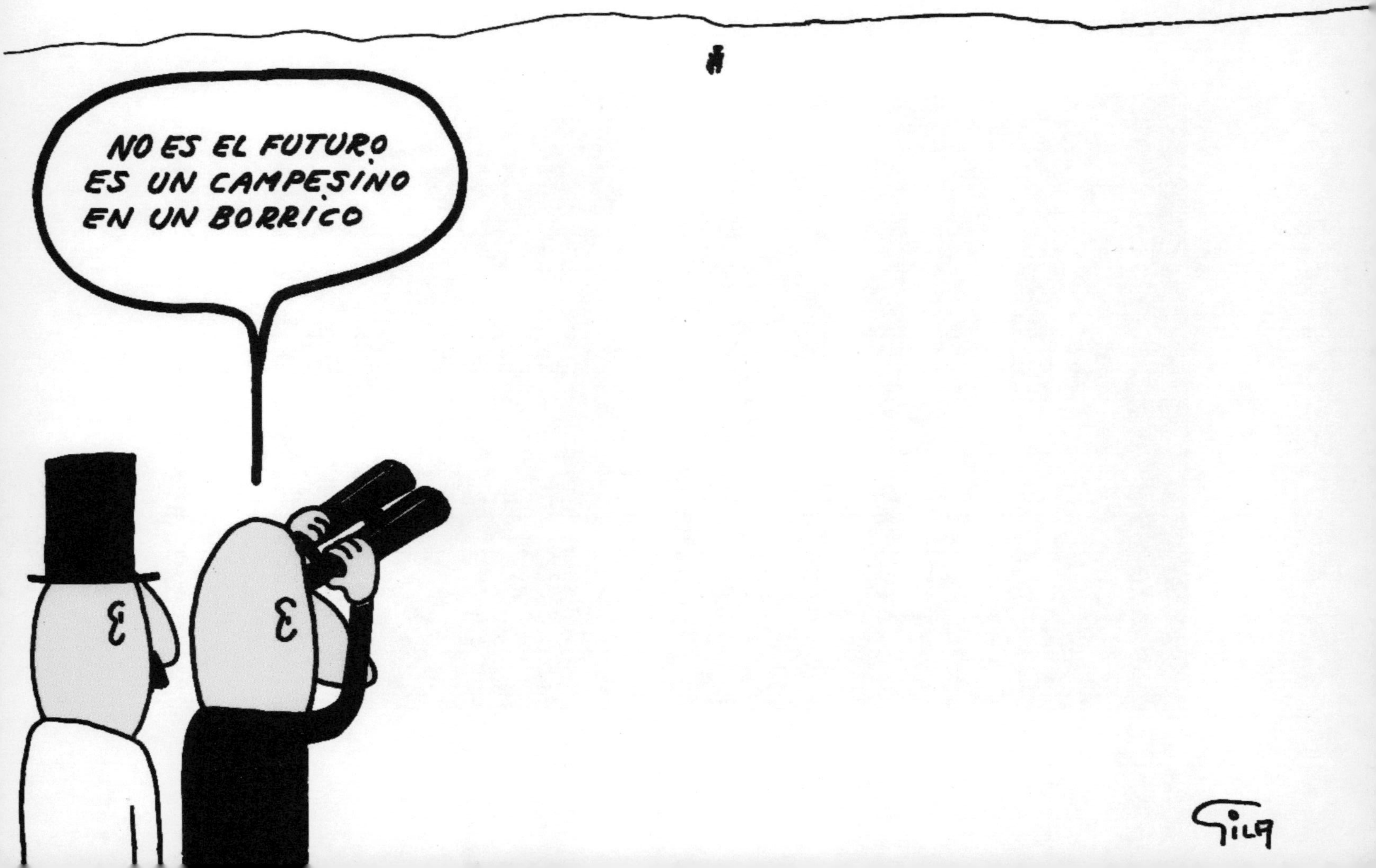
NO ES EL FUTURO ES UN CAMPESINO EN UN BORRICO
GILA

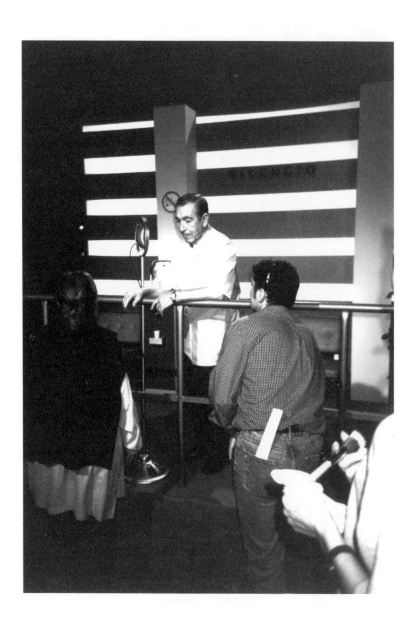

Gila en un plató de TVE en 1999, antes de una de sus últimas apariciones televisivas.

El monólogo de mis muchas muertes

Yo no he creído nunca en la historia esa de la reencarnación, pero después de haberme muerto varias veces estoy empezando a pensar que algo hay de cierto. Aunque les doy un consejo, yo que tengo experiencia: no se mueran nunca, porque después de que te mueres ya ni puedes ir al teatro, ni jugar al dominó, ni veranear en la playa, ni ir a un baile de salón, ni nada de nada. Lo mejor es no morirse nunca. Porque aunque la vida nos dé problemas, vivir es bonito. Se lo digo yo que me he muerto varias veces.

La primera vez que me morí, la culpa la tuve yo. Me lo habían advertido: "No te bañes en plena digestión". Pero yo, con trece años, ¿qué sabía? No hice caso a mis padres y me tiré al agua cuando hacía media hora que me había comido una tortilla de patatas, cuatro filetes empanados, medio kilo de pan, tres empanadillas de atún y dos plátanos, y aunque me apretaron la barriga y me hicieron la respiración artificial y el boca a boca, no dio resultado. Al llenarse de agua los pulmones se produjo el paro cardiaco y ahí terminó la cosa.

La verdad es que lo malo no fue morirme, lo peor fue lo mal que lo pasé tragando agua. Yo levantaba los brazos para que mis padres, que estaban en la orilla, se diesen cuenta de que me estaba ahogando, pero ellos creían que les saludaba y me contestaban agitando alegres sus brazos. No sé si alguno de ustedes se ha ahogado alguna vez, pero les doy mi palabra de que no se disfruta casi nada.

La segunda vez que me morí fue durante la guerra. Tenía yo veinte años recién cumplidos y una novia que se llamaba Inés. Claro que esta vez no es que me morí, es que me mataron.

Estaba yo en las trincheras, tan contento, silbando flojito, para que no me oyera el enemigo, cuando de pronto escuché el estruendo de un cañonazo. No me dio tiempo a nada, el proyectil hizo explosión en el mismo lugar donde estaba yo, y aunque me llevaron en una ambulancia de la Cruz Roja, no me dio tiempo a sobrevivir. Esta vez sí que me molestó morirme, porque no fue como la primera, que era un pobre crío, esta segunda vez que me morí estaba en la mejor edad para disfrutar de la vida.

Pero ya se sabe lo que pasa en las guerras. Que te matan, ¿y a quién vas a reclamar...?

La tercera vez que me morí fue al terminar la guerra. Me coloqué de albañil en un edificio de catorce pisos y, aunque no soy supersticioso, el caso es que estaba trabajando en el piso trece cuando llegó el peón con un montón de ladrillos, se movió el andamio, perdí el equilibrio y caí al vacío. En los pocos segundos que tardé en estrellarme contra el suelo pasó por delante de mis ojos toda la historia de mi vida, sin dejarme ni un capítulo. Y si entre alguno de ustedes hay un incrédulo le animo a que haga la prueba.

De la última vez que me morí me acuerdo como si hubiera sido ayer por la tarde. Ya tenía yo ochenta y dos años, tal vez ochenta y tres, no lo recuerdo bien. Lo que sí que recuerdo es a mi nieto diciendo: "Me da mucha pena que se muera el abuelito porque siempre que íbamos de paseo me compraba un helado de vainilla". Yo, la verdad, no tenía muchas ganas de morirme, porque era un día de primavera y en la calle hacía un sol precioso, pero a pesar de que en mi horóscopo decía que iba a andar bien de salud, pues como los médicos dijeron que lo mío no tenía solución no me quedó más remedio que aceptarlo y morir.

Recuerdo que vinieron al entierro dos viejecitos que eran amigos míos. Amigos de quedar en la plaza a tomar el sol, pero que nunca supe cómo se llamaba ninguno de los dos. También estuvieron algunos vecinos y mis familiares. No puedo recordar lo que dijo el cura, sólo que después del entierro se fueron todos a sus casas y yo me quedé allí con las coronas y las flores.

Y aquí me tienen, que aparte de algún catarro no he vuelto a tener ningún problema, y es que lo importante es apreciar la vida, porque aunque a veces las cosas no vienen como uno quiere, vivir es muy bonito.

¡Qué le vamos a hacer!

Ay, Carmela

Existe una canción llamada "Ay, Carmela", que cuando la escucho es como si pasaran una goma de borrar por toda mi vida hasta mi adolescencia, cuando la cantaba con mis amigos, antes de la guerra.

Estuve muchos años buscando esa canción porque no sabía quién la había cantado, hasta que Luis Eduardo Aute me regaló una versión que hacía Rosa León. Cuando estoy triste, porque yo también tengo mis momentos de tristeza, la escucho y la canto como la cantábamos los muchachos en los solares, en la escuela, a la salida del taller, en la trinchera...

> *¿Qué ha sido de ti, Carmela,*
> *en medio de este silencio?*
> *¿Estás viva todavía*
> *o te has muerto en el destierro?*
> *¿Pudiste escapar entonces*
> *o te quedaste aquí dentro?*
> *Preguntas y más preguntas*
> *que se va llevando el viento;*
> *el mismo viento que entonces*
> *desordenaba tu pelo.*

Cuando escucho esa canción y cierro los ojos el tiempo se detiene, vuelvo a tener diecisiete años. Se me hace un nudo en la garganta. Y siento que voy a vivir para siempre.

EPÍLOGO: La risa

por Miguel Gila

Antes de despedirme quiero dejar escrita una reflexión acerca de una parte vital de mi oficio de humorista: la carcajada, la risa. Entiendo que definir la risa, tanto como definir el humor, es algo muy complicado. Pero lo voy a intentar.

El humor como lo entendemos ahora es algo que se inventó Freud, que era un muchacho más o menos inteligente y aun así necesitó escribir un libro entero para explicarlo. Yo no puedo decir qué es el humor en general, pero creo que sí puedo decir qué es el humor para mí. Luego de más de sesenta años manejándome con el humor, primero gráfico y escrito y más adelante en los escenarios, en el cine y en los platós de televisión y analizando por qué la gente ríe, he llegado al convencimiento de que la risa se produce porque la gente se siente estafada. El humor es una estafa cerebral.

Si a cualquiera de nosotros nos vendan los ojos y nos empujan muy poco a poco por un camino y durante el trayecto nos hacen creer que ese camino nos conduce hacia el acantilado de una altura considerable, nuestro cerebro se irá condicionando para enfrentarse a la caída por ese acantilado, pero si al llegar al punto de destino descubrimos que al final de ese camino lo único que hay es un pequeño escalón, un escaloncito de dos centímetros, ese engaño, esa estafa que le juegan a nuestro cerebro, es lo que nos provocará la risa. A eso es a lo que llamo yo una estafa cerebral. Ese susto liberador. Esa sorpresa que nos provoca la carcajada.

La risa, en muchas ocasiones, yo diría que casi en su totalidad, está basada en eso que conocemos como ridículo. La gente ríe cuando alguien es víctima de un accidente que, sin ser grave, tiene consecuencias que muestran el ridículo. Hace algunos años fui a ver un espectáculo del Lido de París. En el momento en que reinaba el mayor de los silencios entraba un camarero por entre las mesas llevando una pesada bandeja llena de botellas, copas, vasos y platos. Al llegar a un lugar determinado de la sala, el camarero tropezaba, la bandeja volaba por los aires con gran estrépito, y era inevitable que algunos restos de tarta y parte de champán que quedaba en las copas fuesen a caer sobre un señor muy elegante que se levantaba y miraba al camarero con asombro. El camarero, con su cara de pobre hombre, pedía disculpas, mientras del todo azorado, con una servilleta, intentaba limpiar el traje del señor. A nadie se le ocurría preocuparse por aquel camarero infeliz, todo el mundo reía sin tener claro que aquello fuera un accidente preparado, un número más de la función. El humor eclipsaba la desgracia.

En otra ocasión estaba yo en la Antártida, en un viaje que hice con más personas. Estábamos observando a los pingüinos que corrían intentando zambullirse en el agua. Cuando venía una ola fuerte, los pingüinos corrían hacia la nieve, y cuando la ola se retiraba corrían como locos hacia el agua, algunos tropezaban con la misma torpeza que el camarero del Lido y caían en ridículas posturas de las que se incorporaban con más torpeza todavía. Ningún pingüino se reía de estas caídas, tan sólo los que pertenecíamos al género llamado humano nos reíamos de aquello. No es necesario que sea un filósofo el que nos diga que "el hombre es el único animal que se ríe", es algo que podemos observar en nuestro día a día.

* * *

Es importante distinguir entre "reír con" y "reírse de". "Reír con" significa que nos valemos de situaciones de la vida a las que les damos un giro para llevarlas al humor. Por el contrario, "reírse de" implica la burla, ya sea imitando o contando algo valiéndose como soporte de los defectos físicos o mentales de personas que no tienen la capacidad de conducirse con los códigos establecidos por esta sociedad. Así surgen las historias de locos, de borrachos, de jorobados y de gente que se sale de la norma. El humor que se "ríe de" es un humor que persigue al diferente. "Reírse de" es lo más fácil, pero no lo más meritorio. Yo me divertí mucho de niño colgando a un cura un cartel en la espalda en que ponía "Peligro de pedo", pero me extraña que humoristas adultos sigan empleando estos trucos.

Mi abuelo Abdón (abuelo por parte de madre) era trapero y recorría las calles de Madrid gritando: "¡El traperooooo!". Era un hombre muy cariñoso conmigo, pero cuando pasaba por la calle de Zurbano yo me hacía el distraído y me escondía, porque los otros chicos del barrio, cuando mi abuelo decía lo de trapero, gritaban: "¡Pues haber nacido ministro!", y luego echaban a correr. Otras veces esperaban y, cuando se llevaba la mano a la boca y estaba apunto de lanzar su pregón, decían: "¿Quién es un gilipollas?", y mi abuelo gritaba: "¡El traperooooo!". Por eso nunca les dije que aquel era mi abuelo.

Me dolía mucho aquello. Era una mezcla entre vergüenza y rabia en la que nunca he dejado de pensar. Creo que desde entonces detesto la burla. No tiene nada que ver con el humor. Por desgracia, mucha gente no encuentra la diferencia. Para mí, el humor embellece y la burla afea. Y el mundo ya tiene fealdad suficiente como para añadirle más.

* * *

Otra de las razones por las que reímos es por esa seriedad gris que tratan de imponer al hombre la sociedad, las costumbres, las leyes o la religión. Si caricaturizamos esos elementos serios que nos rodean hasta llevarlos al terreno del absurdo, es inevitable que a la gente le cause risa lo ridículo que conlleva esa seriedad.

Pongamos como ejemplo que un señor entre en su casa vestido de pijama y zapatillas, se mete en su habitación, se quita el pijama y las zapatillas, se pone una camisa limpia, una corbata, un traje azul marino, unos zapatos de charol, se acuesta a dormir y a la mañana siguiente al despertarse se levanta, se quita el traje, los zapatos, la corbata y la camisa, se pone el pijama y se va a la calle. Contemplarlo nos provocaría la risa porque las costumbres y las normas de comportamiento del individuo se tienen que regir por lo que nos dictas la sociedad. Y cabría preguntarse si a este señor no le gusta ponerse el pijama para ir a la calle y acostarse con traje oscuro y corbata. De la misma manera, si viésemos a un señor sentado en un bar con un calcetín rojo y otro calcetín verde nos provocaría la risa, no porque sea gracioso sino porque el señor está infringiendo lo establecido por la sociedad, que nos dice que los dos calcetines tienen que ser del mismo color. Supongamos también que una señora elegante pasea por la calle llevando una gallina atada con una correa, nos reiríamos de ella, porque lo "normal" es que llevara un perro, no una gallina. Ni siquiera nos detendríamos a pensar que la señora tal vez sea más amante de las gallinas que de los perros.

Tan solo los niños, que aún no están condicionados por las normas ni por las leyes, son capaces de reír en cualquier momento ajenos a esas normas de comportamiento que nos imponen cuando, de forma equivocada, nos dicen que tenemos uso de razón, que es esa edad a partir de la cual ya no nos permiten usar la razón.

* * *

Por supuesto que hay situaciones en que la risa brota sin que sea el momento más oportuno, pero esto es inevitable porque, como decía al principio, nos han situado al borde de un abismo para hacernos tropezar con un escaloncito. Hay muchos momentos en que la risa no nos llega porque el dolor supera cualquier otro sentimiento: la enfermedad, la muerte, el desengaño romántico. No es raro que la risa pase al olvido en estos casos, al menos de forma momentánea.

Ocurre con frecuencia en esta sociedad de consumo en la que estamos sumergidos y en la que día a día vamos incorporando cosas nuevas como la cerveza sin alcohol, el agua con gas, los caramelos sin azúcar, el café descafeinado, la leche semidesnatada... que nos llevan a confusiones que entran en el absurdo sin que nos lo propongamos. No hace mucho entré en una farmacia a comprar caramelos sin azúcar y pedí caramelos sin alcohol y este absurdo provocó una risa colectiva en toda la gente que había en la farmacia. Pero ni siquiera estaba intentando hacer un chiste.

Siempre he creído que el humor es lo mejor que hay para la mente. Pienso que es un buen instrumento, tal vez no para solucionar los problemas sociales actuales, pero sí para ponerlos de manifiesto, para que la gente tome conciencia de que existen. Si haces un chiste sobre la violencia que inunda la sociedad estás señalando esa violencia, estás obligando a la gente a mirar y a plantearse las cosas.

La risa produce en el individuo un estado de felicidad, a veces muy breve, pero siempre saludable. Necesitamos reír, porque a lo largo, mejor dicho, a lo corto de nuestra vida, hay mucha gente (políticos, militares, jueces, abogados, policías, árbitros de fútbol, notarios y otros) que nos van a amargar muchísimos de los pocos días que tenemos.

* * *

No creo que el humor sea una forma de contemplar la vida, pero sí estoy convencido de que el humor tiene una gran influencia en el comportamiento de las gentes. Para los que carecen de sentido del humor, que por desgracia son muchos, la vida es una pesada carga que soportan sobre sus hombros, una carga que los lleva a la depresión. Y lo peor es que la depresión es más contagiosa que la gripe.

Si analizamos un día cualquiera de nuestra vida nos daremos cuenta de que varias de las situaciones por las que hemos pasado se nos habrían hecho más llevaderas de haber sabido ver el humor que contenían. Yo hago uso del humor para desdramatizar situaciones y casi siempre acabo dándome cuenta de que no eran tan dramáticas como pensaba.

Estoy convencido de que la risa es la mejor terapia que se ha inventado para la salud del ser humano. Por desgracia, la crispación política y social que nos toca vivir, y que los medios de comunicación nos vomitan día a día, contándonos las tragedias que suceden en los cinco continentes y centrándose siempre en lo más horrible, se transmite a la gente, que de manera inconsciente, se hace contenedora de ese sentimiento, y eso hace que esa gente ría tirando a poco. El mundo es cada vez mejor, más limpio y más seguro que nunca, pero se empeñan en convencernos de lo contrario. Hay que combatir esa corriente de pensamiento negativo.

* * *

En una entrevista hecha en 1974 le preguntaron al poeta Gabriel Celaya si era necesario el humor en España, y Celaya respondió: *Es inevitable como un estornudo, pero no se puede decir que sea necesario, porque no sirve para nada. (...) El humor es siempre reaccionario. Proporciona buena conciencia a los que presumen de revolucionarios sin serlo de verdad. Los humoristas no son más que unos oportunistas. El humor sigue siendo tan fascista como siempre.* A mí esta opinión de Celaya me resulta una idea por completo equivocada, una distorsión de la realidad.

Pero no todos son Gabrieles Celayas. El dramaturgo Eugène Ionesco dijo: *Donde no hay humor no hay humanidad. Donde no hay humor hay campos de concentración.*

Con todos mis respetos a Gabriel Celaya, yo no he sido nunca ni oportunista ni fascista. Durante la guerra combatí el fascismo con un fusil en mis manos, y después de la guerra lo he seguido combatiendo con el arma que poseo: la risa. Mi arma es la risa y con ella me defiendo de quienes me quieren quitar la voz.

Salvando las distancias entre estos grandes pensadores y yo, me gustaría concluir con un pensamiento propio. Y ese pensamiento, casi una certeza, es que la solemnidad tiene la culpa de todas las desdichas humanas. Si todas las personas supieran reírse de sí mismas no habría guerras, ni violencia, ni frustración. La vida pasa en un suspiro, no hagamos de ella un asunto demasiado serio.

No me quiero ir sin decirles que les quiero mucho.

Gracias y buenas noches.

Apéndices

Bibliografía

Para montar esta antología he transcrito y adaptado (en base a las diferentes versiones y anotaciones manuscritas de Miguel Gila) textos de los siguientes libros:

La Jaleo, El Bizco y los demás (Ediciones DIMA, Barcelona, 1966)
Un borrico en la guerra (Ediciones DIMA, Barcelona, 1966)
Gila y su gente (Editorial Nueva Senda, Buenos Aires, 1972)
El libro rojo de Gila (Ediciones 99, Madrid, 1974)
El libro de quejas de Gila (Ediciones SEDMAY, Madrid, 1975)
Un poco de nada (Editorial Planeta, Barcelona, 1976)
De Gila con humor (Editorial Fundamentos, Madrid, 1985)
Yo muy bien, ¿y usted? (Ediciones Temas de Hoy, Madrid, 1994)
Y entonces nací yo: Memorias para desmemoriados (Ediciones Temas de Hoy, Madrid, 1995)
Memorias de un exilio: Argentina mon amour (Ediciones Universidad de Salamanca, Salamanca, 1998)
Encuentros en el más allá (Ediciones Temas de Hoy, Madrid, 1999)
Siempre Gila: Antología de sus mejores monólogos (Aguilar, Madrid, 2001)
Cuentos para dormir mejor (Editorial Planeta, Barcelona, 2001)
Tipologilas (Círculo de Lectores, Barcelona, 2002)
Lo mejor de Gila (Espasa, Madrid, 2008)
Miguel Gila: Vida de un genio, de Juan Carlos Ortega y Marc Lobato (Libros del Silencio, Barcelona, 2011)

Cronología de obra y vida

1919 — Nace Miguel Gila en en la calle Zamora n.º 15 del barrio de Bellas Vistas (situado en el distrito de Tetuán), en Madrid.

1932 — Abandona los estudios después de ser expulsado del colegio Raimundo Lulio por enésima vez y empieza a trabajar como empaquetador en una fábrica de chocolates. Al poco tiempo pasa a ser aprendiz de mecánico.

1934 — Se afilia al sindicato de la UGT y a las Juventudes Socialistas.

1936 — Estalla la Guerra Civil Española y Gila se alista en el bando republicano, en el Regimiento Pasionaria.

1938 — Es capturado e internado en un campo de prisioneros en el que permanece cinco meses.

1939 — Inicia su periplo por tres cárceles distintas: Yeserías, Carabanchel y Torrijos. En total pasará tres años encerrado.

1942 — Lo liberan de la cárcel por un decreto ley. Empieza a publicar viñetas humorísticas en la revista *La Codorniz*. Es destinado a Zamora para cumplir los cuatro años del servicio militar.

1943 — Comienza a trabajar en Radio Zamora y a colaborar en el diario *Imperio*.

1944 — Contrae matrimonio con su primera esposa.

1951 — Se muda a vivir a Madrid. A finales de agosto representa por primera vez un monólogo ante una audiencia: lo hace en el teatro Fontalba de Madrid.

1953 — Cesa su colaboración en *La Codorniz* tras un agrio cruce de declaraciones en la prensa con el director de la revista, Álvaro de Laiglesia.

1954 — Estrena en el teatro Álvarez Quintero la obra "Tengo momia formal", protagonizada por José Luis Ozores, Tony Leblanc y el propio Gila.

1956 — Participa con un papel secundario en la película *Mi tío Jacinto*.

1957 — Protagoniza una película clave dentro del cine español de mediados del siglo XX, *El hombre que viajaba despacito*.

1961 — Inicia una relación sentimental con la actriz María Dolores Cabo, junto a quien permanecerá el resto de su vida.

1968 — Se autoexilia de España de forma definitiva y se muda a vivir a Buenos Aires.

1970 — Arranca su colaboración semanal en el programa argentino "Sábados Circulares".

1971 — Coprotagoniza junto a Palito Ortega la película *Muchacho que vas cantando*.

1972 — Empieza a colaborar con textos y viñetas humorísticas en la revista *Hermano Lobo*.

1978 — Estrena una sección fija titulada "Que se ponga" en el programa argentino "Al estilo de Mancera".

1979 — Nace su hija Malena. El mismo año se estrena la película de animación *Historias de amor y masacre*, que incluye un corto escrito y dibujado por Gila.

1984 — Contrae matrimonio de manera oficial en el consulado español de Buenos Aires con su segunda esposa, María Dolores Cabo, tras otros dos intentos no oficiales (uno en Paraguay y el otro en Las Vegas).

1987 — Regresa a España de forma definitiva y se instala en Barcelona.

1993 — Recibe el Premio Ondas por toda su carrera en radio y televisión.

1995 — Publica el primer volumen de sus memorias: *Y entonces nací yo*.

1995 — Se le concede la Medalla de Oro al Mérito en el Trabajo.

1999 — Recibe el Premio Internacional de Humor Gat Perich.

2001 — Muere Miguel Gila en la clínica Teknon de Barcelona.

Agradecimientos

Mil gracias por encima de todo a Malena Gila. Por su ayuda incondicional a la hora de regresar a su padre, por facilitarnos el acceso a sus fotografías, cuadernos y recuerdos, y por ser una persona tan estupenda y perspicaz.

Gracias por su inspiración, sus comentarios, su apoyo y su ayuda a Rubén Lardín, Estrella Caso (miguelgila.com), Mauro Entrialgo, Julia Murga, Javier Pérez Andújar, Pedro Ruiz, Luis Bassat, Juan Carlos Ortega y Marc Lobato.

Y en especial —porque sin las siguientes personas no habría salido el mismo libro que ha terminado saliendo— muchísimas gracias a Lola de Cascante, Pilar González, José María de Cascante, Ana Rodríguez, Paula Robles, Jan Martí, Rebeca González Izquierdo, Inés López, Sergio Ibañez, Toni Mascaró y Miqui Otero.

Franco asciende al Paraíso

un relato de Miguel Gila

No fue casual el encuentro.

Alguien le había dicho a Carrero Blanco que Franco acababa de morir y estaba a punto de llegar al Más Allá. El almirante, como todos los españoles, estaba convencido de que Franco era inmortal. No obstante, sabiendo que el Caudillo era capaz de cualquier cosa, incluso de morirse, Carrero Blanco se puso su uniforme de gala y se acercó hasta la entrada del Más Allá para esperar a su amigo Paco, como él le llamaba con gran cariño y complicidad.

Para Franco, acostumbrado a verse con el almirante cada dos por tres, no fue una sorpresa encontrárselo a la entrada del Más Allá.

—Paco, me habían dicho que venías. Al principio pensé que sería un comentario de algún envidioso.

—Estando la Navidad tan cerca no quería morirme. Ya sabes la debilidad que siento por los mazapanes. Pero me dijeron los médicos que me tenía que morir y me morí. Para mí la disciplina siempre ha sido lo primero.

Franco se sentó, se quitó las botas y se frotó los dedos de los pies. Luego dio un suspiro de alivio.

—Perdona, Luis, pero con tantos desfiles y tantos discursos en pie desde el balcón del palacio de la plaza de Oriente, tengo los pies que no me aguantan.

—Si quieres te presto unas zapatillas de paño.

—¿Cómo voy a ir con uniforme de general y zapatillas de paño? Me doy unas friegas y me quedo nuevo.

—Como tú digas. Bueno, cuéntame, cómo ha sido lo tuyo.

—Hacía tiempo que no me encontraba bien. Meses atrás me levanté algo molesto, con un edema en el tobillo.

—¿Un enema en el tobillo?

—No, Luis, un edema. No un enema. Un enema es otra cosa. En fin. Que me he muerto, quédate con eso.

* * *

Carrero quiso llevar a Franco a dar una vuelta por el Paraíso.

El Caudillo accedió de mala gana.

—Con lo cansado que estoy.

—Pero es que aquí hay gente muy interesante.

Se cruzaron con La Pasionaria y los miró con mala cara.

—Hay que ver, qué mal perder... —dijo Carrero—. Mira, Paco, ahí está el teniente Moscardó.

—¿Le has dicho que me he muerto?

—No, hombre. Es una sorpresa. ¡La alegría que se va a llevar! Muchos estamos contentísimos con lo de tu muerte.

Cuando Moscardó vio a Franco no pudo contener el llanto. Franco le abrazó con efusividad. A Moscardó no le salían las palabras, lloraba como un niño.

—¿Sabes que te nombré capitán general del ejército a título póstumo? —dijo Franco.

—No me digas, no hacía falta esa molestia.

—No es ninguna molestia, Pepe. Después de lo del Alcázar de Toledo te merecías eso y mucho más.

—Era mi deber, no quisiera molestar.

—Que no molestas, Pepe, coño.

—Tampoco hace falta que me llames "coño", Paco.

Carrero Blanco vio que alguien se acercaba.

—Mirad, ahí viene Hitler.

Hitler se les acercó tocándose el bigotín.

—Muy buenas, ¿cómo estamos? —dijo.

En el cielo todo el mundo hablaba español.

—¿Sabes que perdiste la guerra? —dijo Franco lleno de mala idea.

A Hitler se le puso la cara de color blanco. Pasó los dedos por su flequillo y dijo:

—Ya me han dicho. Se hizo lo que se pudo, en Rusia hacía un frío de cagarse y...

Franco le cortó:

—Pues en Teruel hacía más frío, y ganamos.

—Me vas a comparar Teruel con Stalingrado —dijo Hitler.

—Adolfo, tú sabes que yo habría entrado en la guerra.

—Pero es que a cambio me pedías Argelia, parte del Sáhara, Marruecos y Gabón. No era poca cosa, macho.

—¿Y qué era para ti todo eso, si ya tenías Alemania, Polonia, Francia, Austria y un montón de países más?

—Los amigos dan sin esperar nada a cambio.

—Pero qué amigos, si nos vimos dos veces. Además me dejasteis Madrid hecho una pena con tanta bomba, y Gernika... ¿viste el cuadro de Picasso?

—Muy bueno —dijo Hitler.

—Sabía pintar, el tío —dijo Franco.

Carrero Blanco exclamó:

—¡Mira, Paco, Santa Teresa de Jesús!

Franco apartó a Hitler, que le tapaba las vistas, y se quedó pensativo unos instantes. Tenía la boca seca.

—Pero esa mujer tiene los dos brazos. ¿Entonces el brazo suyo que tenía yo como una reliquia...?

—Es que en el cielo apareces siempre entero. Si ves a Millán Astray no lo reconoces —dijo Carrero.

—¿Le digo algo a la señora? Igual estaría bien pedirle disculpas por haber usado su brazo de amuleto de la suerte.

—Mejor que no, Paco. Ella ni te conoce.

Franco miró al suelo avergonzado. Se sentía poca cosa entre tanto famoso.

* * *

A media mañana, caminando entre unas nubes, Carrero y Franco se encontraron con el Cid Campeador.

—¡Hermoso caballo! —dijo Franco.

—Sí —dijo el Cid—. Se llama Babieca.

—Lindo nombre. No me puedo creer que esté hablando con el Cid Campeador, don Rodrigo Díaz de Vivar. Yo soy Francisco Franco, Caudillo de España por la Gracia de Dios.

—Así que vos sois el Generalísimo.

—Sí —dijo Franco, entre asombrado y orgulloso—. He leído cosas de usted. Cosas que me dan envidia. Aunque yo he sido el general más joven de Europa en el siglo XX, a usted, a los dieciocho años, el infante Sancho II lo armó caballero, le hizo su alférez y portaestandarte y jefe del ejército y sus gestas fueron incomparables. En mi humilde opinión.

—Veo que estáis informado de mi vida —dijo el Cid.

Carrero Blanco estaba asombrado ante la sabiduría del Caudillo.

El Cid montó sobre su caballo Babieca y se disculpó:

—Me vais a perdonar, pero me espera mi esposa.

Carrero, intentando alardear de que también conocía la historia del Cid, dijo:

—Doña Jiménez.

Franco le corrigió:

—Doña Jimena, Luis, doña Jimena.

El Cid puso a galope su caballo y se alejó envuelto en una nube de polvo blanco que iluminaba su figura con pequeñas estrellas brillantes. Franco dejó escapar una lagrimita.

* * *

Esa misma tarde se les ocurrió hacer una fiesta de bienvenida a Franco. Una fiesta como Dios manda, que a la vez sirviera de homenaje a toda la carrera del dictador.

Franco dudaba. Habló con Carrero Blanco:

—He estado pensando si sería adecuado celebrar una fiesta para conmemorarme a mí, que al final soy responsable de la muerte de muchas de las personas que viven ahora con nosotros en el Paraíso. Igual es mejor dejar las cosas como están.

Carrero meditó un segundo y dijo:

—Una guerra es una guerra y una posguerra es una posguerra. Hacemos lo que podemos, Paco —dicho esto, le dio una palmadita en la espalda a Franco—. Hale, vamos a celebrar esa fiesta por todo lo alto y no te compliques más. Lo hecho, hecho está.

Franco dio la aprobación, y Carrero se dedicó a localizar a los artistas, a los escritores y a los militares que estaban con ellos y con su alzamiento. En un lugar amplio y tranquilo del Más Allá se levantó un escenario, sobre algunas nubes planas y fuertes, que se iluminaron con el sol de un amanecer primaveral.

Sentados sobre pequeñas nubes estaban los de derechas y los indiferentes. Y en un costado los de "No sabe, no contesta". En las primeras filas se hallaban los grandes hombres de la historia. En lugares privilegiados, en calidad de invitados de honor, los reyes, los príncipes, los emperadores y los hombres importantes de la Iglesia. Detrás, los falangistas destacados. Por supuesto, no asitian comunistas, anarquistas o republicanos. Aquella fiesta era para los que estuvieron del lado del caudillo en el Glorioso Alzamiento Nacional.

Se abrió el espectáculo con las chicas que quedaban del ballet de la Sección Femenina, que aunque algunas ya habían alcanzado los setenta años, por ese milagro que se producía al llegar al Más Allá, habían recuperado su agilidad y las varices les habían desaparecido. Bailaron la Jota de la Dolores.

A continuación, Andrés Segovia interpretó el Concierto del Sur y José María Pemán leyó unos poemas de los suyos. Luego salió Celia Gámez, que con cerca de ochenta años —nunca confesó su edad— ya no era la Celia del "Pichi", pero seguía conservando la gracia y el buen decir.

Después de Celia Gámez le tocó el turno a Miguel Fleta, que cantó eso de:

Por un sendero solitario la virgen madre sube... la roca fría del calvario la ocultan negras nubes.

Más de seis horas duró la fiesta. Franco, Carrero Blanco, Mola, Sanjurjo y los militares que presidían el acto no cabían en sí de gozo. La luz, la música, la comida. Era una maravilla absoluta, la mejor experiencia de sus muertes.

¡Qué bonito!

Por fin estaban todos donde tenían que estar.